U0553318

让我们 中青文 一起追寻

罗伯特·哈里斯 作品集

罗伯特·哈里斯（Robert Harris）

英国小说家，皇家文学会会员，现居于英国西伯克郡，著有多部畅销小说，被翻译成37种语言。代表作包括《祖国》《庞贝》《影子写手》《军官与间谍》《秘密会议》《慕尼黑》，以及"西塞罗三部曲"（《最高权力》《权谋之业》《独裁者》）等。其中，《军官与间谍》为他赢得了包括沃尔特·司各特历史小说奖（Walter Scott Prize for historical fiction）在内的四项大奖，著名导演罗曼·波兰斯基的新作《我控诉》便改编自这部作品。

王林菁

先后求学于北京外国语大学、美国康奈尔大学，热爱文学和阅读，用经历探寻自我，用体验丰富人生。

Munich

by
ROBERT HARRIS

©Canal K Ltd 2017

This edition arranged with INTERCONTINENTAL LITERARY AGENCY LTD (ILA) through BIG APPLE AGENCY, LABUAN, MALAYSIA.

Simplified Chinese edition copyright:
2020 SOCIAL SCIENCES ACADEMIC PRESS (CHINA)

All rights reserved.

MUNICH

慕尼黑

ROBERT HARRIS

〔英〕罗伯特·哈里斯 作品
王林菁 译

MUNICH

本书获誉

从头到尾都紧抓人心……《慕尼黑》精准地捕捉了那个时代的情绪：怀疑与恐惧、政治阴谋、纳粹机器的狂妄自大，以及人们因战争得以避免的错觉而产生的欢欣鼓舞之情。十分精彩。

——西蒙·汉弗莱斯，《星期日邮报》

哈里斯的智慧、判断力和对细节的洞察力无人能及……他的研究是如此无懈可击，以至于就算删除所有的间谍小说要素，《慕尼黑》也可作为一本历史读物出版。哈里斯对英国最受非议的首相的处理是如此有力，如此具有说服力，是我在虚构作品中读过的对政治人物最触动人心的刻画。

——多米尼克·桑德布鲁克，《星期日泰晤士报》

一部充满智慧的惊悚小说……在历史细节上一丝不苟。

——《泰晤士报》年度图书推荐语

让人爱不释手到了危险的地步：在读它的时候，就算房子着火了，我可能也注意不到……

——杰克·凯里吉，《星期日快报》

哈里斯在每一个转折点都紧紧抓住了读者的心,真实感人地展现了张伯伦如何基于正确的理由做了错误的事……
——《每日快报》年度图书推荐语

一个关于个人关系和政治戏剧的精彩故事……非常非常值得一读。
——文斯·凯布尔,《旁观者》周刊年度图书推荐语

献给玛蒂尔达

我们必须谨记,所有的过去,都是曾经的将来。

——历史学家 F. W. 梅特兰（1850~1906 年）

我们本应在 1938 年开战……1938 年 9 月本该是最佳时机。

——希特勒，1944 年 2 月

| | 餐厅 | 炉边室 |

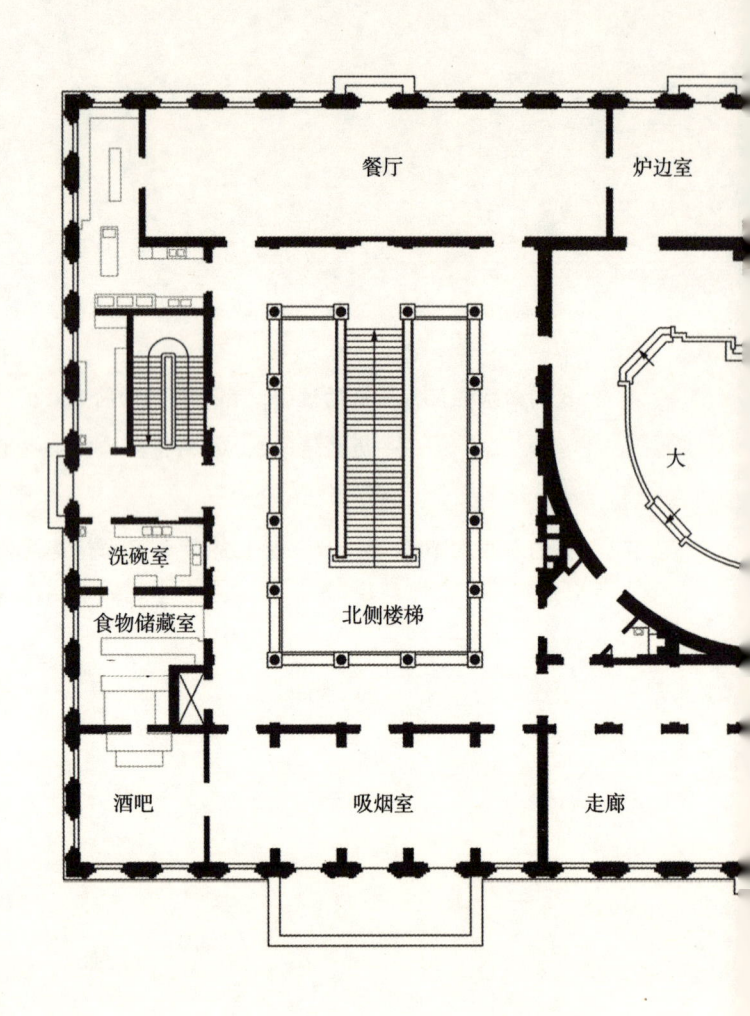

洗碗室

食物储藏室

北侧楼梯

大

酒吧 | 吸烟室 | 走廊

| 接待室 | 吸烟室 |

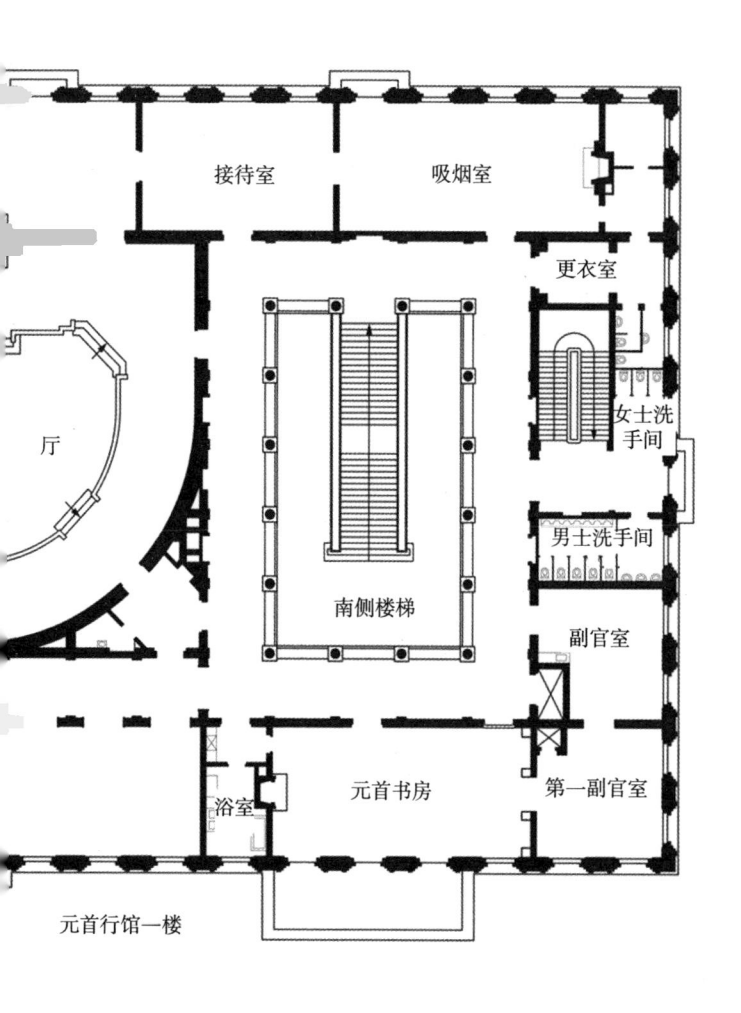

更衣室

厅

南侧楼梯

女士洗手间

男士洗手间

副官室

浴室　元首书房　第一副官室

元首行馆一楼

主要人物介绍

英国方面

休·莱格特（Hugh Legat）：本书主角之一，哈特曼的同学，两人均毕业于牛津大学贝利奥尔学院。曾任职于英国外交部，后调任至唐宁街10号，是张伯伦的私人秘书之一。

奥斯蒙德·克莱弗利（Osmund Cleverly）：张伯伦的首席私人秘书，莱格特的上司，又被大家称为奥斯卡。

塞西尔·赛耶斯（Cecil Syers）：张伯伦的私人秘书之一，莱格特的同事。

霍勒斯·威尔逊（Hollace Wilson）：张伯伦的特别顾问。

哈利法克斯勋爵（Lord Halifax）：英国外交大臣。

亚历山大·卡多根（Alexander Cadogan）：英国外交部常务次官。

亚历克·邓格拉斯（Alec Dunglass）：张伯伦的议会私人秘书。

威廉·马尔金（William Malkin）：英国外交部高级法律顾问。

威廉·斯特朗（William Strang）：英国外交部中央司司长。

弗兰克·艾希顿－格瓦金（Frank Ashton-Gwatkin）：英国外交部经济参事。

内维尔·汉德逊（Nevile Henderson）：英国驻德大使。

伊冯·柯克帕特里克（Ivone Kirkpatrick）：英国驻德大使馆一等秘书。

德国方面

保罗·冯·哈特曼（Paul von Hartman）：本书主角之一，莱格特的牛津同学，德国外交部翻译，反希特勒团体成员。

埃里希·柯尔特（Erich Kordt）：德国外交部文员，反希特勒团体成员。

约阿希姆·冯·里宾特洛甫（Joachim von Ribbentrop）：德国外交部部长。

恩斯特·冯·魏茨泽克（Ernst von Weizsacker）：德国外交部国务秘书。

绍尔大队长（SS-Sturmbannführer Sauer）：党卫队二级突击队大队长，里宾特洛甫的亲信。

保罗·施密特（Paul Schmidt）：德国外交部首席翻译。

海因里希·希姆莱（Heinrich Himmler）：党卫队全国领袖。

威廉·凯特尔（Wilhelm Keitel）：国防军最高统帅部总参谋长。

其他国家

阿列克西·莱热（Alexis Léger）：法国外交部秘书长。

安德烈·弗朗索瓦–庞赛（André François-Poncet）：法国驻德大使。

加莱阿佐·齐亚诺（Galeazzo Ciano）：意大利外交部部长，墨索里尼的女婿。

贝尔纳·阿托利科(Bernardo Attolico)：意大利驻德大使。

休伯特·马萨里克（Hubert Masarík）：捷克斯洛伐克外交部首席顾问。

沃伊捷赫·马斯特尼（Vojtek Mastny）：捷克斯洛伐克驻德公使。

第一天

1

1938年9月27日,星期二下午1点之前,外交部的休·莱格特先生坐在伦敦丽兹饭店的落地窗旁,点了一瓶昂贵的1921年唐培里侬香槟,把《泰晤士报》翻到第17版,然后开始第三遍阅读阿道夫·希特勒前一晚在柏林体育宫发表的演讲。

希特勒先生的演讲
——

给布拉格的最后通牒
——

要和平还是战争?

莱格特的眼神不时穿过餐厅扫向入口。也许这是他的想象,但客人们甚至侍者们在暗粉色的软垫椅之间来回走动时,似乎都显得异常压抑。没有人笑。厚实的平板玻璃窗外一片寂静。在潮湿的天气里,四五十个工人,有些光着膀子,正在格林公园中挖壕沟。

此时此刻,全世界都不会怀疑,这不是一个人,也不是一个领袖,而是所有德国人在演讲。我知道在这个时刻,所有人——数百万坚强的人民——都同意我所说的每一个字。（万岁！）

在这演讲发表的时候他从BBC上收听过它，它是金属般的、冷酷的、危险的、自卑的、自负的，可怕却令人印象深刻。它一直被希特勒用手敲打演讲台的砰砰声打断，被一万五千人表示认同的高声呼喊打断。那噪声是不人道而可怕的，仿佛从一条黑色的地下河里涌起，从扬声器里喷涌而出。

我感谢张伯伦先生所做的一切努力，我向他保证，德国人民除了和平别无他求。我进一步向他保证，并且现在强调，当这个问题得到解决时，德国在欧洲将不再有领土问题。

莱格特拿出钢笔在这个段落下画线，然后同样在之前提到《英德海军协定》的地方画线。

这样的协议只有在两国彼此承诺永远不再互相开战时，才具有道义上的正当性。德国有这样的意愿。让我们共同希望有同样信念的人在英国人民当中占得上风。

他把报纸放在一边，看了看怀表。他不像他那个年龄的大多数人一样用手表看时间，而是更喜欢用怀表。他只有二十八岁，但看上去比真实年龄更年长一些——脸色苍白，举止庄重，西装深黑。他在两周前预订了座位，那时危机还没有爆发。现在他感到内疚。他会再等她五分钟，然后他就不得不离开了。

当瞥见她的影子出现在墙上镀金镜面中的花丛间时，他已经等了一刻钟了。她站在餐厅的边缘，几乎踮着脚尖，茫然地张望着，脖子修长而雪白，下巴向上扬起。他又打量了她一会儿，好像她是个陌生人似的，他好奇如果她不是他的妻子，他究竟会如何评价她。"引人瞩目的人物"——这是人们对她的看法。"不能用漂亮来形容。""对，但很俊俏。""帕梅拉是一个家教很好的姑娘。""是的，家教极好，可怜的休完全配不上她。"（这段对话是他在他们庆祝订婚的派对上无意中听到的。）他先挥挥手，然后站了起来。最后，她注意到他了，微笑着挥手向他走去。她穿着紧身裙和合身的丝绸夹克，快速从桌椅间穿过，引得众人回首注视。

她紧紧地吻了他的嘴。她有点喘不过气。"对不起，对不起，对不起……"

"没关系，我才到。"在过去的十二个月里，他学会了不去过问她去了哪里。她手上除了拿着手提包，还拎着一个小纸盒。她把纸盒放在他面前的桌子上，摘下了她的手套。

"我们不是说好了不要礼物吗？"他掀开盖子。一个防毒面具凝视着他，它以黑色橡胶为底，有着金属鼻子和空洞又呆滞的眼眶。他向后退了一步。

"我带孩子们去试了试。显然，我得先给他们戴上，这很考验一个母亲的奉献精神，你不这样觉得吗？"她点了一支香烟。"我可以喝一杯吗？我快渴死了。"

他叫来服务员。

"只喝半瓶？"

"我今天下午得上班。"

"是啊！我都不能确定你会出现。"

"老实说，我不该出来的。我试着打电话，但你不在家。"

"好吧，但你现在知道我去哪里了。我有完全正当的理由。"她微笑着向他靠过去。他们碰了碰杯。"亲爱的,结婚纪念日快乐。"

公园里,工人们正挥舞着铁镐。

*

她很快就点了菜,甚至连菜单都没有看:"不要前菜,剔骨多佛比目鱼,蔬菜沙拉。"莱格特递回菜单,说他也要这些。他无法思考该吃什么,也无法消除他脑海中戴着防毒面具的孩子们的样子。约翰三岁,戴安娜两岁。他告诫孩子们不要跑得太快,要穿暖和些,不要吮吸玩具和蜡笔,因为你永远不知道它们曾经被放在哪里。他把纸盒放在桌子底下,用脚把它踢到视线之外。

"他们很害怕吗?"

"当然不。他们认为整件事都是一场游戏。"

"你知道有时候我真的也这么觉得吗?即使你看到了电报,也很难不觉得这只是可怕的笑话。一个星期前,一切看起来都好像协商好了,然后希特勒就改了主意。"

"现在会发生什么?"

"谁知道呢?可能什么都不会发生。"他觉得自己该更乐观一点,"他们还在柏林谈判,至少在我离开办公室的时候还在谈。"

"如果他们停止谈判,战争会在什么时候爆发?"

他向她展示了《泰晤士报》的头条,耸了耸肩。"我猜是明天。"

"真的吗?会这么快吗?"

"他说他将在星期六越过捷克边境。我们的军事专家认为他需要花三天的时间让坦克和大炮就位,这意味着他将不得不从明天开始行动。"他把报纸放回桌上,喝了几口香槟。酒尝起来很酸。"这样吧,我们换个话题吧。"

他从上衣口袋里拿出一个戒指盒。

"噢，休！"

"它有点太大了。"他告诉她。

"但很迷人！"她把戒指戴在手指上，举起手在水晶灯下来回移动。蓝宝石在灯光中闪闪发亮。"你真让我惊喜。我还以为我们没钱呢。"

"我们是没钱。这是我妈妈的。"

他一直担心她会认为他太小气，但让他惊讶的是，她把手伸到桌子对面，放在了他的手上。"你真好。"她的皮肤很凉。她纤细的食指抚摸着他的手腕。

"我真希望我们能开间房，"他突然说，"整个下午都躺在床上，忘记希特勒，忘记孩子们。"

"那么你为什么不去看看能不能安排一下呢？我们都已经在这里了。还有什么能阻止我们呢？"她那双大大的灰蓝色的眼睛对上了他的眼睛。突然的领悟让他如鲠在喉：她说了这句话，只是因为她知道这是永远不会发生的。

他身后有个男人在礼貌地咳嗽。"莱格特先生吗？"

帕梅拉移开了她的手。他转过身，发现餐厅领班像祈祷那样双手合十，看起来严肃庄重。

"是的。"

"唐宁街10号请您接电话，先生。"他小心地说，声音刚好大到能让邻桌听到。

"妈的！"莱格特站起来扔下他的餐巾，"不好意思，我得去接电话。"

"我明白，你要去拯救世界，"她挥手让他走，"我们随时都可以吃午饭。"她开始把东西装进手提包。

"再给我一分钟,"他的声音里充满恳求,"我们真的得谈谈。"

"你走吧。"

他犹豫了一会儿,意识到附近的食客都在盯着他。"一定要等我。"他说。他希望刚才的"你走吧"是平静的陈述,跟随领班走出餐厅进入酒店大堂。

"我想您会需要一些私密空间,先生。"领班打开了通向小办公室的门,桌上有一部电话,听筒就放在底座旁边。

"谢谢。"他拿起听筒,等门关上后他才开口。"我是莱格特。"

"不好意思,休,"他认出了塞西尔·赛耶斯的声音,那是他在首相私人办公室的同事,"我恐怕你得立刻赶回来了。形势变得很紧张。克莱弗利在找你。"

"发生什么事了吗?"

电话那头迟疑了片刻。私人秘书们总是假定有接线员在监听。"谈判看起来就要结束了,我们的人正在回国的路上。"

"明白了,我要上路了。"

他把听筒放回底座。他一时之间站立不稳。这是亲历历史的感觉吗?德国将攻击捷克斯洛伐克。法国将向德国宣战。英国将支持法国。他的孩子们将要戴上防毒面具。在丽兹饭店里的食客们将抛弃他们的白色亚麻桌布,蹲进格林公园的壕沟。这一切简直让人难以想象。

他打开门,匆匆穿过大堂进入餐厅。但丽兹饭店员工的效率太高了,他们的桌子已经被清理过了。

*

皮卡迪利大街上没有空着的出租车了。他在排水沟旁来回跳动，徒劳地对每一辆经过的出租车挥舞卷起的报纸。最后，他放弃了，拐进圣詹姆士街下了坡。他不时瞥一眼马路，希望能看到他的妻子。她匆匆忙忙地跑到哪儿去了？如果她直接步行回到威斯敏斯特的家，这里是她的必经之路。最好别去想了，最好永远别去想。在不合时令的炎热中他满头大汗。在他那三件套的老式西装下面，他可以感觉到衬衫粘在后背上。然而，天空灰蒙蒙的，似乎即将落下的雨却一直没有落下。沿着蓓尔美尔街，在伦敦那些大俱乐部——皇家汽车俱乐部、改革俱乐部、雅典娜俱乐部——高高的窗户后面，水晶灯在潮湿昏暗的室内闪烁着。

他没有放慢脚步，一直走到连接卡尔顿府联排和圣詹姆士公园的台阶顶端。在那里，他发现自己的路被二十个沉默的人挡住了，他们正看着一个小飞艇一样的东西，它从国会大厦后方缓缓升起。它飞过大本钟的塔尖，构成了奇特而美丽的一幕——雄伟壮丽，给人一种超现实主义的感觉。在远处，他可以在泰晤士河南边的天空中看到另外六艘飞艇——它们就像是微小的银色鱼雷，有的已经飞到了数千英尺的高度。

他旁边的男人喃喃说道："我想你可以说这意味着'气球要升起了'。"

莱格特瞥了那人一眼。他记得这句话，在上一次大战中，父亲在回家休假时使用了完全一样的表达方式。因为"气球要升起了"[①]，所以父亲不得不回法国去了。对六岁的休来说，这听起来就好像父亲要去参加一个聚会。那是他最后一次见到父亲。

[①] "气球升起来了"是产生于一战期间的英国俗语，每当可能发生敌袭的时候，具有监控作用的巨型气球就会浮在城市的高空。后来这一表述的意思就变成"即将发生大麻烦"。本书脚注均为译者注或编者注，如无特殊情况，后文不再另做说明。

莱格特在一众围观者中缓慢前进，踏着小碎步跑下三级宽台阶，穿过林荫路①，进入了骑兵卫队路。在这里，在皇家骑兵卫队阅兵场的沙地的中心，在他离开后的半个小时中，有什么事发生了。这里有了一对防空炮。士兵们正从一辆平板货车上卸沙袋。他们动作迅速，就好像在担心纳粹德国的空军会随时出现。他们构成人墙，沙袋在他们手中一个接一个地传递。沙袋砌成的半堵墙包围着探照灯电源。一个炮手猛烈地摇动了扳手，炮管开始摇晃，直到它几乎与地面垂直。

莱格特拿出一大块白色棉手帕擦脸，这样别人就看不出他红了脸、流了汗。假如在首相私人办公室里有哪件事比其他任何事都更令人不悦的话，那就是表现得惊慌失措。

莱格特爬上台阶，进入狭窄、阴暗、被烟熏黑的唐宁街。在唐宁街10号对面的人行道上，一群记者转过头把目光投向他。一个摄影师举起了相机，但当他发现没有什么重要人物出现时，又放下了它。莱格特向警卫点了点头，警卫用力敲击了一下门环。就像是出于它自己的意志一般，门开了。他走了进去。

他从外交部调到唐宁街10号已经有四个月了，但每次他都会产生同样的感觉：他仿佛走进了某家不再流行的绅士俱乐部——黑白相间的门厅，庞贝红的墙，黄铜吊灯，滴答滴答地悠闲拨动指针的落地式老爷钟，铁铸伞架上孤零零的黑色雨伞。在大楼深处的某个地方，电话响了。门房跟莱格特道了声"下午好"，然后回到他的车夫式皮椅上，继续看《伦敦晚报》。

在通往大楼后部的宽阔通道里，莱格特停下来照了照镜子。他拉直了领带，用双手捋捋头发，扩了扩肩，转过身来。在他前

---

① 20世纪初英国修建的专门用来举行重大仪式的马路。

面是内阁会议室,它的镶板门关闭了。在他的左边,霍勒斯·威尔逊爵士的办公室也关着门。在他的右边是通向首相私人秘书的办公区域的走廊。这栋乔治亚风格的大楼显得十分宁静。

沃森小姐和他共用一间最小的办公室,她在桌后弯着腰,和他离开时一模一样。她被一堆文件夹包围着,莱格特只能看到她头顶的白发。她打字员的职业生涯始于劳合·乔治的首相任期。据说他曾追求唐宁街的所有女孩,但很难想象他追过沃森小姐。她的工作是为议会质询准备答复。她越过一堆文件瞥了莱格特一眼。"克莱弗利一直在找你。"

"他和首相在一起吗?"

"不,他在办公室。首相在内阁会议室,和'三巨头'一起。"

莱格特发出一种介于叹息和呻吟之间的声音。他沿着走廊走到一半,把头伸进赛耶斯的办公室。"塞西尔,我是不是惹了大麻烦?"

椅子上的赛耶斯转过身来。他是个小个子,比莱格特大七岁,总是忍不住开别人的玩笑,常常让人很是烦躁。他系着和莱格特一样的领带。"恐怕你这浪漫的午餐选错日子了,老兄,"他满怀同情地低声说道,"我希望她没有生气。"

莱格特曾在某个脆弱的时刻向赛耶斯暗示了自己家里的情况,但从那以后他就后悔了。"没生气,都很顺利。柏林出了什么事?"

"局势显然恶化了,朝着希特勒的攻击性演讲描述的方向。"赛耶斯假装要拍椅子的扶手。"'Ich werde die Tschechen zerschlagen!'"

"天啊!他说'我要粉碎捷克!'"

此时,一个军人的声音沿着走廊喊道:"啊,莱格特,我找到你了!"

赛耶斯说:"祝你好运。"莱格特向后退了一步,转过身让自己正对着奥斯蒙德·萨默斯·克莱弗利长着小胡子的窄脸。没什么特殊的原因,但大家都心照不宣地称他为奥斯卡。这位首相的首席私人秘书勾了勾手指。莱格特跟着他进了他的办公室。

"我必须说我对你感到失望,莱格特,而且十分吃惊。"克莱弗利比其他人年长,在战争开始前是职业军人。"在发生国际危机的时候去丽兹饭店吃午餐?这可能是外交部的做法,但在我们这里这行不通。"

"我道歉,先生。不会再发生了。"

"你不解释一下吗?"

"今天是我的结婚纪念日。我无法及时与妻子取得联系,通知她取消订位。"

克莱弗利盯着他看了几秒钟。他没有费心掩饰他对这些从未当过兵的、来自财政部和外交部的聪明年轻人的猜疑。"有些时候,一个人不得不让家庭靠边站,而现在就是这种时候。"首席私人秘书坐在桌子后面,打开了台灯。办公室的这一侧朝北面对着唐宁街花园。那些未经修剪的树木把这栋楼同皇家骑兵卫队阅兵场隔开了,使一楼办公室像被永恒的暮色笼罩了一样。"赛耶斯告知你情况了吗?"

"是的,先生。我猜谈判已经破裂了。"

"希特勒已宣布他打算在明天下午 2 点采取行动。我怕所有的黑暗都要迸发了。霍勒斯爵士应该会在今天下午 5 点之前回来向首相做汇报。首相将在晚上 8 点向全国发表广播讲话。我希望你能负责和 BBC 联系。他们要在内阁会议室里安装他们的设备。"

"好的,先生。"

"内阁在某个阶段必须召开一次全体会议,可能是在首相广播讲话之后，因此BBC的工程师们必须迅速撤离。首相还将会接见多名高级专员[①]。参谋长们有可能在任何时间到达，他们一到你就把他们带到首相那里去。我需要你做会议记录，以便首相之后可以向内阁简要说明。"

"好的，先生。"

"正如你所知，首相正在召回议员，打算明天下午就这场危机向下议院发表声明。请把过去两周的所有相关会议记录和电报都按时间顺序整理好。"

"好的，先生。"

"恐怕你得熬通宵了。"克莱弗利小胡子下的嘴似笑非笑。他使莱格特想起一所小型公立学校里肌肉发达的基督徒体育指导老师。"今天是你的结婚纪念日，我为你感到遗憾，但这也是没有办法的事。我相信你的妻子会理解的。你可以在三楼值班人员的房间里睡觉。"

"就这些了吗？"

"目前就这些了。"

克莱弗利戴上了眼镜，开始看一份文件。莱格特走回自己的办公室，重重地坐在办公桌后。他打开抽屉，拿出一罐墨水，蘸了蘸钢笔。他不习惯受到训斥。该死的克莱弗利，他想。他微微抖动着手，用钢笔尖把墨水瓶的玻璃边缘刮出声响。沃森小姐叹了口气，但没有抬头。他把手伸进桌子左边的铁丝筐，拿出了近期从外交部寄来的一个电报文件夹。在他解开文件夹的粉红丝带之前，唐宁街的信差雷恩中士出现在了门口。像往常一样，雷恩中士喘得上气不接下气。他在战争中失去了一条腿。

[①] 在大英帝国时代，英国同其殖民地或自治领间互派高级专员作为最高外交使节。

"帝国总参谋长来了,先生。"

雷恩中士一瘸一拐地朝大厅走去,莱格特在后面跟着。在远处的铜灯下,戈特子爵在站着读电报,他两腿分得很开,穿着锃亮的棕色靴子。戈特子爵是个富有魅力的人物——一个贵族,一个战争英雄,一个维多利亚十字勋章的持有人。对于办事员、秘书和打字员来说,他十分惹眼,他们突然都找到了穿过大厅的充分理由,想一睹他的风采。正门在摄影师连续爆开的闪光灯中打开了,空军元帅纽沃尔走了进来。几秒钟后,高大的第一海务大臣、海军上将巴克豪斯紧跟其后。

莱格特说:"先生们,请跟我来……"

当他领着他们进去时,他听到戈特问:"达夫来了吗?"巴克豪斯回答:"没有,首相认为他会向温斯顿泄密。"

"麻烦你们在这儿等一会儿。"

内阁会议室用双层门隔音。莱格特把外层打开,轻轻地敲了一下内层。

首相背朝门坐着。坐在他的对面,也就是长桌另一侧的正中的是外交大臣哈利法克斯、财政大臣西蒙,以及内政大臣霍尔。三个人都抬起头来看是谁进来了。除了时钟的滴答声外,会议室里一片寂静。

莱格特说:"打扰了,首相。参谋长们都到了。"

张伯伦没有转身。他的手放在桌子上,向身体两侧大大张开着,仿佛要向后挪动他的椅子。他的食指慢慢地击打着抛了光的桌面。最后,他用严厉的、稍显古板的声音说:"很好。等霍勒斯回来后我们再碰次面。我们会听听他还有什么话要说。"

大臣们收起文件,一言不发地站了起来。哈利法克斯的动作有些笨拙,他枯槁的胳膊无力地垂在身侧。"三巨头"都已有五六十岁了,到达了权力的巅峰。莱格特站在一旁让他们通过——"就像三个抬棺人在寻找他们的棺材",他之后这样向赛耶斯形容他们。莱格特听到他们问候在外等候的军官,声音平静而冷酷。他小声说:"首相,我现在可以带参谋长们进来吗?"

张伯伦仍然没有转过头来看莱格特。他盯着对面的墙。他的形象一直是强硬、固执甚至好战的。最终,他心不在焉地说:"是的,当然。把他们带进来吧。"

*

莱格特坐在内阁会议室桌子的尽头,靠近支撑天花板的多立克柱。书架上陈列着棕色皮革封皮的成文法和银蓝色的国会议事录。参谋长们把他们的帽子放在门边的小桌上,在大臣们空出的位置坐下。戈特作为他们中级别最高的官员坐在中间。他们打开公文包开始分发文件。三个人都点燃了香烟。

首相头顶后的壁炉上方有一个挂钟,莱格特朝它瞥了一眼。他将笔尖浸入手边的墨水瓶,在纸上写道:首相和参谋长们,下午2点过5分。

张伯伦清了清嗓子。"好吧,先生们,情况恐怕恶化了。我们希望——捷克政府也同意这点——苏台德能以公投的方式有序地转交到德国手中。不幸的是,希特勒先生昨晚宣布他甚至连一周都不愿再等,将在周六发动入侵。霍勒斯·威尔逊爵士今天早上见了他,私下里非常坚决地告诫他,如果法国履行对捷克斯洛伐克的条约义务——我们仍然有充分的理由相信法国会这样做——那么我们就有义务支持法国。"首相戴上眼镜,拿起电报。"按照驻柏林大使的说法,希特勒先生在习惯性地咆哮并胡言乱语一番后，回应道：'如果法国人和英国人不支持，那就随他们去。我完全不关心他们的想法。我为每个突发事件都做好了准备。我只能关注当前的情况。今天是周二，最迟到下周一我们就会进入战争状态。'"

张伯伦放下电报，喝了一口水。莱格特的笔在厚厚的纸上飞快地写下：首相，来自柏林的最新进展，谈判细节，希特勒先生的激烈反应，下周我们将进入战争状态。

"我当然会继续努力寻找和平的解决方案，只要这种方案还存在。但现在很难说还有什么可以做的。同时，恐怕我们必须为最坏的情况做好准备。"

戈特看向他的每一位同事。"首相，我们已经拟定了一份备忘录。它总结了我们对军事形势的共同看法。我是否可以读出我们的结论？"

张伯伦点了点头。

"我们认为，不管从海上、陆上还是空中将承受的压力来看，英国和法国都无法阻止德国入侵波希米亚，无法阻止德国对捷克斯洛伐克取得决定性的胜利。想要恢复捷克斯洛伐克的完整性，就只能打败德国并进行长期斗争。必须从一开始就假定这是一场旷日持久的战争。"

没人说话。莱格特敏锐地感到笔尖在纸上滑动，它发出的声音突然听上去响得过分。

最终张伯伦说："这是我一直担心的噩梦，就好像我们从上一次战争中没有学会任何东西，好像我们正在重温1914年8月。世界各国将一个接一个地被拖入战争。这都是为了什么呢？我们已经告诉捷克人，一旦我们赢了，他们的国家就不能以现在的方式存在了。三百五十万苏台德地区的日耳曼人必须有自决权。因此，把苏台德地区与德国分开甚至不会成为联合战争的目标。那么,我们是为了什么而战斗呢?"

"为了法治?"戈特说道。

"为了法治。确实,如果是为了法治,我们就应该这么做。但是天啊,我希望我们能找到其他方式来维护它!"首相短暂地扶了下额头。他那复古的翼形领让人注意到他粗壮的脖子。他脸色苍白,疲惫不堪。但经过一番努力,他恢复了平常认真高效的状态。"现在需要采取什么实际步骤呢?"

戈特说:"我们将立即派两个师去法国——之前我们已经就这一点达成一致——以彰显我们的团结一致。他们可以在三周内就位,并在十八天后开战。但是,甘末林将军已经明确表示,在明年夏天之前,法国人除了象征性的袭击外,不打算对德国采取任何行动。坦率地说,我怀疑他们甚至连象征性动作都不会做。他们会留在马其诺防线后面。"

纽沃尔补充说:"他们正在等我们派出更强大的军力。"

"空军准备好了吗?"

纽沃尔腰板挺直地坐着。他面部瘦削,骨瘦如柴,留着灰白色的小胡子。"我不得不说,对我们而言这是最糟糕的时刻,首相。表面上,我们有二十六支中队负责本土防御,但只有六支中队拥有现代化的飞机——一支有喷火式战斗机,其他五支有飓风式战斗机。"

"但是他们做好作战准备了吗?"

"一部分人准备好了。"

"一部分人?"

"飓风式战斗机的机枪恐怕面临着一个技术性问题——它们在一万五千英尺以上的高空会冻结。"

"你说什么?"张伯伦身体前倾,仿佛没有听清楚似的。

"我们正在研究解决方案,但可能需要一些时间。"

"不,空军元帅,你说的实际上是,我们已经花费了一亿五千万英镑来重新配备武器,其中大部分钱花给了空军,但当我们有需要时,我们的战机竟然没法使用。"

"我们做计划时所基于的前提一直是至少在1939年之前不会与德国发生冲突。"

首相把他的注意力放回到总参谋长身上。"戈特子爵,陆军能否从地面击落大部分攻击型战机?"

"我想我们和空军元帅同病相怜。我们的枪支持有量只有保卫伦敦所必需的约三分之一,其中大部分是上次战争留下的过时货。我们同样缺少探照灯。我们没有测距仪和通信设备……我们还指望明年再准备这些。"

他说到一半时张伯伦似乎就已经没有再听了。首相再次戴上眼镜,开始翻查手上的资料。房间里的气氛变得很紧张。

莱格特继续冷静地记录,将尴尬的事实变成官僚式纪要:首相表达了对防空力量的担忧。但他脑中的有序机制受到了破坏。又一次,他的脑海中不可避免地浮现出自己的孩子佩戴防毒面具的画面。

张伯伦找到了他正在寻找的东西。"联合情报委员会估计,在第一周的轰炸结束时,伦敦将有十五万人伤亡,两个月后将有六十万人。"

"这不太可能立即发生。我们认为,德国首先会把他们的主要轰炸力量对准捷克。"

"而在捷克被击败之后呢?我们会怎么样?"

"不知道。我们当然应该抓紧时间采取预防措施,并且从明天开始撤离伦敦。"

"海军的准备充分吗？"

第一海务大臣是个引人注目的人物，他长得比房间里的任何人都高。他头发斑白，秃顶，脸上皮肤斑驳，好像在恶劣天气中暴露了过长时间。"我们缺少护航船和扫雷舰。我们需要给主力舰加油并把它武装起来。有些船员正在休假。我们需要尽快宣布动员。"

"如果要在10月1日前进入作战状态，你要在什么时候开始做这些事？"

"今天。"

张伯伦坐在椅子上，用食指轻敲桌面。"当然，我们会在德国行动之前动员起来。"

"部分动员，首相。除此之外，我们还能达成其他目的：它将会告诉希特勒我们并不是在虚张声势——如果战争来了，我们就会做好迎接准备。这样做甚至可能让他三思而后行。"

"有可能，但也可能把他推向战争。记住，我现在已经两次凝视过那个男人的眼睛。根据我的判断，如果说有什么事是他无法容忍的，那就是让他丢脸。"

"但是，一旦我们开战了，他丢不丢面子还重要吗？如果他把你的勇敢访问和你为和平做出的真诚努力解读成软弱的表现，那将是一场悲剧。这不就是德国人在1914年犯下的错误吗？他们认为我们并不是来真的。"

张伯伦交叉双臂，盯着桌子。莱格特无法判断这个姿势意味着他拒绝了这个建议还是在考虑这个建议。他认为，巴克豪斯的精明之处在于懂得奉承首相。首相没有明显的弱点，但奇怪的是，这样一个害羞的男人竟然虚荣心较强。秒针滴滴答答地走着。最后，张伯伦抬头看了看巴克豪斯并点了点头。"很好。开始动员吧。"

第一海务大臣掐灭香烟,把他的文件塞进公文包。"我最好现在就回海军部。"

其他人和他一起站起来,感激地准备从现场逃走。

张伯伦对他们说:"我希望你们做好准备,在今天晚些时候向重要部门的大臣们通报情况。与此同时,我们应该避免做任何可能让公众产生恐慌情绪的事或说出这样的话,还应避免让希特勒陷入无法做出让步的境地,即使是在最后一刻也不要这么做。"

参谋长们离开后,张伯伦重重地叹了一口气,把头埋进手里。他斜着看了一眼,似乎第一次注意到了莱格特。"你把这一切都记下来了吗?"

"是的,首相。"

"销毁记录。"

2

柏林的行政中心位于威廉大街①，街上有一幢19世纪的建筑，三层高，外观看起来庞大而杂乱，德国外交部就坐落于此。保罗·哈特曼在外交部工作，他正对着头天晚上从伦敦收到的一封电报沉思。

    密件   1938年9月26日   伦敦
  以我们两国人民之间的老交情和共同的和平愿望之名，我敦促阁下利用您的影响力，将10月1日的决定性动员推迟到稍晚的日期，这既可以缓和目前的紧张局势，又可以为商讨细节提供机会。
                        罗瑟米尔
          伦敦皮卡迪利大街14号，斯特拉顿之家酒店

哈特曼点了一支烟，思考自己应该做出怎样的回复。自里宾特洛甫七个月前接任外交部部长以来，哈特曼曾多次接到要求，让他将收到的消息从英语翻译成德语，并以部长的名义起草回复。一开始哈特曼采用了职业外交官那正统、官方、中立的笔调，但这些早期的努力一直不被认可，大家认为他不够纳粹；有些回复

---

① 威廉大街是柏林市中心的一条街道，从19世纪中叶到1945年，这里一直是行政中心。因此，威廉大街常被用来指代德国政府，就如同白厅街经常被用来指代英国政府。

甚至被里宾特洛甫的亲信、党卫军二级突击队大队长绍尔退回，上面潦草地画着黑色的粗线。哈特曼不得不承认，如果他想要事业有所起色，就必须调整文风了。因此哈特曼开始慢慢训练自己，模仿里宾特洛甫那浮夸的文风和激进的世界观，正是本着这种想法，他开始草拟给《每日邮报》老板的回复。他用钢笔刺向纸张，用力划出刺耳的声音，制造出愤怒的假象。他认为自己的结尾段落写得尤其巧妙。

> 让苏台德问题，一个对英国来说完全不重要的问题，摧毁两国人民之间的和平，这种想法在我看来是疯狂的，是反人类的罪行。德国一直秉承诚实互信的理念，渴望同英国的和平共处与友谊。但是，当国外布尔什维克主义的影响出现在英国政坛时，德国必须为一切可能发生的情况做好准备。如果和平破裂的罪行降临世界，那责任定然不在德国——我亲爱的罗瑟米尔勋爵，你比任何人都清楚这点。

他吹干墨迹。事实上，和里宾特洛甫共事时，再怎么夸张也不为过。

哈特曼点了另一根烟，透过烟雾眯着眼睛看向稿件。他从头看起，在这里和那里做些小的修改。他的眼睛呈醒目的紫罗兰色，眼皮稍微有些宽，额头很高，虽然只有二十九岁，但发际线已经接近头顶了。他有着撩人的厚嘴唇和大鼻子。这是一张面部表情十分丰富、表达能力极强的脸：引人注目，与众不同，却堪称丑陋。然而，他的天才之处在于让男人和女人都爱他。

在正要把回复稿放进文件筐交给打字员时，哈特曼听到了一阵噪声。或者更准确地说，他感受到有一阵噪声从他的鞋底和椅子腿穿过。就连他手里的稿件都在颤抖。隆隆声越来越响，变成一阵轰隆，有那么荒唐的一瞬间，他甚至怀疑这座城市正在经历一场地震。但是，他的耳朵又辨出了重型发动机的独特声响和金属履带的轰鸣声。和哈特曼共用办公室的冯·诺斯蒂茨和冯·兰曹面面相觑，眉头紧锁。他们起身走到窗前，哈特曼也和他们一起行动。

一列了无生气的橄榄绿装甲车队正从威廉大街的方向驶来，朝菩提树大街的方向向南驶去，装甲车队由半履带火炮、载着装甲车辆的坦克运输车、卡车和马匹拖来的重炮组成。哈特曼伸出脖子去看。车队一直前行，逐渐驶出他的视野，根据其长度判断，这是一支完整的机动队伍。

冯·诺斯蒂茨比哈特曼年长，职级也高一级。他说："天啊，已经开始了吗？"

哈特曼回到他的办公桌前，拿起电话拨分机号。他不得不用手捂住左耳以隔绝噪声。从电话另一端传来一个有磁性的声音："我是柯尔特。"

"我是保罗。到底发生了什么？"

"楼下见。"柯尔特挂了电话。

哈特曼从衣帽架上拿起他的帽子。冯·诺斯蒂茨嘲弄地说："你这是要加入他们吗？"

"当然不是，显然我要到外面为我们英勇的国防军欢呼。"

他匆匆走过阴暗的走廊，走下中央楼梯，穿过两扇门。走下几级台阶后他就来到了大厅。台阶中间铺着蓝色地毯，两侧有一对狮身人面石像。哈特曼惊讶地发现大厅里空无一人，尽管空气本身似乎也在随着外面的噪声震动。过了一分钟，柯尔特也到了，腋下夹着公文包。他摘下眼镜，在镜片上呵气，然后用厚厚的领带末端擦拭了几下。他们一起走到街上。

外交部的工作人员中只有少数人聚集在人行道上观看。在马路对面的宣传部却是另外一番景象，那里工作人员几乎把整个身体都探到了窗户外面。天空阴沉沉的，大雨将至，哈特曼感到脸颊上落了一滴水。柯尔特拉着他的胳膊，他们一起朝装甲车队的方向走去。二十面红白黑相间的纳粹万字旗悬挂在他们头顶，一动不动，给宣传部灰色的石头外墙增添了节日的色彩。但令人惊讶的是，几乎没有人在街上逗留，没有人挥手或欢呼。大多数时候，人们要么低着头，要么目不转睛地盯着前方。哈特曼想知道哪里出了问题。在民族社会主义工人党的精心安排下通常不会发生这样的状况。

柯尔特仍没有开口说话，这个莱茵兰人迈着紧张而迅速的步伐。走过整幢建筑的三分之二时，柯尔特把哈特曼带到一个废弃的入口。沉重的木门被永久地锁上了；门廊很隐蔽，令外人无法窥视。这里没有什么可看的，只有外交部部长私人办公室的负责人，一个戴着眼镜的、看起来人畜无害的文员模样的人，在和一个身材高大的年轻公使馆秘书，进行临时性会面。

柯尔特把他的公文包紧贴在胸前，解开搭扣，拿出一份打印好的文件，递给哈特曼。一共有六页纸，用元首喜欢的超大字体打印出来，这样一来，每当元首不得不处理琐碎政务时，就可以让他的远视眼休息一下。这是元首那天早上与霍勒斯·威尔逊爵士会谈的记录，出自外交部首席翻译施密特博士之手。尽管它以最温和的官方语言表达，但仍向哈特曼生动地传达了它所描述的情景，让他感到就像在读小说中的场景一样。

谄媚的威尔逊祝贺元首前一天晚上在体育宫发表的演讲获得热烈反响（就好像还有其他可能性似的），感谢元首友好地提及张伯伦首相。威尔逊一度要求在场的其他人暂时离开房间，包括里宾特洛甫、驻柏林大使汉德逊和柏林大使馆一等秘书柯克帕特里克，以便可以私下当面向希特勒保证，伦敦将持续对捷克施加压力。（施密特甚至记录了他的原话：我仍然会努力让捷克人明白事理。）但是，这一切都不能掩盖一个重要事实：威尔逊冒冒失失地宣读了一份事先准备的声明，宣布一旦出现敌对行动，英国就将支持法国。然后，他竟然请元首把自己刚才宣读的话重复一遍，以确保双方之间不存在误解！难怪希特勒发了脾气，他告诉威尔逊，自己不在乎法国和英国做了什么，他为备战花了好几十亿，如果战争是他们想要的，那么它就会发生。

哈特曼认为这就像看着一个手无寸铁的过路人试图说服一个疯子交出手里的枪。

"所以这终究会演变成一场战争。"

哈特曼把文件还给柯尔特，柯尔特把它锁在了公文包里。

"似乎就是这样，会面半小时前才结束……"柯尔特朝装甲车队的方向点头示意，"一定是元首的命令。这绝非偶然，装甲车队正从英国大使馆驶过。"

发动机的噪声把温暖的空气都要震碎了。哈特曼的舌尖尝到了尘土的味道和汽油的甜香。他必须大喊才能盖过噪声："他们是谁？他们从哪儿来的？"

"他们是从柏林守备部队出发的维茨勒本①的军队，正前往捷克边境。"

哈特曼在背后攥紧了拳头。最终还是发生了！他突然生出一阵期待。"那么你认为我们现在是不是没有别的选择了？我们必须采取行动吗？"

---

① 埃尔温·冯·维茨勒本（Erwin von Witzleben，1881~1944年），德军元帅，作为"七二〇"密谋刺杀希特勒事件的主谋被纳粹党处以绞刑。

柯尔特慢慢地点了点头。"我觉得我快要吐了。"突然，他拍了拍哈特曼的手臂，这是一种警告。一名警察拿着警棍朝他们走来。

"先生们，下午好！元首在阳台上。"警察向大街远处比画着他的警棍。他很有礼貌，富有激情。他没有告诉他们该做什么，只是提醒说这是个历史性的机会。

柯尔特说："谢谢你，警官。"

两名外交官走回街上。

德国总理府就在外交部旁边。穿过马路，一小群人聚集在宽阔的威廉广场①上。毫无疑问，这是一群纳粹党的谄媚者；有些人甚至佩戴了纳粹万字臂章。不时有刺耳的"万岁！"呼声传来，不时有敬礼的手臂举起。装甲车队的士兵们转过头，眼睛向右看，然后敬礼。他们大部分是年轻人，比哈特曼年轻得多。哈特曼离得很近，可以看清士兵们的表情：惊讶的、惊奇的、骄傲的。在德国总理府高高的黑铁栏杆后面是一个院子，院子里那栋建筑物的正门上方是阳台。阳台上站着一个孤单的人影，身着棕色夹克，头戴棕色帽子。他的左手抓着黑色腰带的扣带；右手手掌平伸，手指伸展。他像机器人一般稳定地不时伸出右臂，就站在不到五十米远的地方。

柯尔特伸手敬礼，并低声说道："希特勒万岁！"哈特曼也这么做了。

一经过总理府，车队就加速朝着南边的布吕歇尔广场进发了。

哈特曼问："你说来看的有多少人？"

柯尔特扫视了几群围观者。"我估计不超过两百。"

"他不会满意的。"

---

① 现阿登纳广场。

"是的,他不会。这一次我确信政府犯了一个错误。张伯伦的来访让元首面上有光。元首命戈培尔让媒体怀着强烈的热情去报道,让德国民众认为他们会得到和平。可现在他们知道终究会发生战争,所以他们一定不会高兴。"

"那我们什么时候行动?一定要在这个时候吗?"

"奥斯特要我们今晚见面。在一个新的地方:利歇尔费尔德的歌德街9号。"

"利歇尔费尔德?他为什么要我们跑到那么远的地方去和他见面?"

"谁知道呢?尽可能10点到场。这会是一个忙碌的夜晚。"

柯尔特短暂地搂住哈特曼的肩膀,然后走开了。哈特曼又站了一会儿,眼睛盯着阳台上的人影。安保人员少得惊人,几个警察守在院子入口,两个党卫军站在建筑物门口。房间里也许会有更多的安保人员,但即便如此,人数仍然很少……当然,一旦宣战,那就另当别论了。到那时,他们就永远没机会接近他了。

又过了几分钟,阳台上的人似乎觉得受不了了。他放下胳膊,就像剧院经理在计算不满晚上演出的观众占多大比例那样,上上下下地打量着威廉大街,然后转过身,穿过窗帘走进室内。阳台的门关了。

哈特曼脱下帽子,把稀疏的头发捋平,然后再次拉下帽檐,若有所思地朝办公室走去。

3

晚上 6 点整，大本钟的钟声从敞开的窗户飘进唐宁街 10 号。

像是在暗示什么一样，沃森小姐站在那儿，拿起她的帽子和外套，用声音清脆的"晚上好"向莱格特问候。她手中拿着首相的红箱①，里面装满了她仔细附上注释的文件，然后离开了办公室。为捷克危机召回议员进行紧急辩论的决定，结束了她悠闲的夏天。莱格特知道，她现在会像往常一样，骑着自行车从白厅街行至威斯敏斯特宫，把她那台古老的打字机留在新宫院，然后爬上一段隐蔽的楼梯。这段楼梯位于议长座位后面的走廊上，会带她前往首相办公室。在那里，她会见到张伯伦的议会私人秘书邓格拉斯勋爵，与他一起讨论首相质询②的答复，她对邓格拉斯有着显而易见又不求回报的单恋心理。

这是莱格特的机会。

他关上门，坐在桌旁，拿起电话，拨通总机。他试图使用漫不经心的语气："晚上好，我是莱格特。请帮我接通维多利亚 7472，好吗？"

从参谋长联席会议结束的那一刻起一直到刚才，莱格特都忙

---

① 英国首相和大臣会随身携带传统的红色手提箱，里面放着作为国家机密的政府专用文件。

② 首相质询（Prime Minister's Questions，简写为 PMQ，又译为首相问答）是英国的一种宪政传统。首相曾在周二和周四各用十五分钟在议会中回答下议院议员提出的问题，但是在托尼·布莱尔上任之后，他的第一项改革就是将首相质询环节合并为半个小时，在周三举行。

得不可开交。现在他终于把会议记录放在了桌子上。从儿时起，他就开始为走进考试这个角斗场而接受训练，从学校考试、奖学金评选、牛津的期末考试，一路到外交部入职考试。考试中他只在答卷的单面作答，以免它被墨水弄花。首相表达了对国内防空体系的担忧。很快，他把纸翻过来，这样一来空白的那面就在上面了。按照要求，他会销毁记录，但现在还不行。有什么东西在阻止他。他无法明确地说出它到底是什么，也许是一种奇怪的使命感。整个下午，当他接二连三地接待前来拜访首相的客人，整理首相向议会发表演讲需要用到的文件时，他觉得自己知道了真相。这就是政府在制定政策时所参考的信息；相比之下，几乎没有什么比这更重要了。外交、道德、法律、义务……这些与军事力量相比有什么分量呢？如果他没记错的话，一个皇家空军中队由20架飞机组成。所以在高空中，仅仅20名现代战士带着枪就能保卫整个国家。

"马上为您接通，先生。"

电话接通时发出了咔嗒声，接着是拨号时的长双音。她接电话的速度比他预期中的要快得多，而且声音很干脆："维多利亚7472。"

"帕梅拉，是我。"

"噢，你好，休。"

她听起来很惊讶，也可能很失望。莱格特说："听着，我的时间很紧，所以长话短说，你注意力集中一点。我要你打包好一周的衣物，到车库把车开走，你和孩子们要立刻到你父母那里去。"

"但现在已经6点了。"

"道路还没封闭。"

"我们为什么要这么急着走呢？发生了什么事？"

"什么都没发生，至少现在还没有。我只是想确保你在一个安全的地方。"

"这听起来让人相当恐慌。我讨厌恐慌的感觉。"

他紧紧握住听筒。"但恐怕人们马上就要开始恐慌了,亲爱的。"他瞥了一眼门口,有人正从那里路过,且那人的脚步似乎停下了。莱格特放低了声音,但语气更急迫了。"到今晚晚些时候,离开伦敦可能会非常困难。趁着道路还畅通,你现在就得走。"她表示反对。"别跟我争论,帕梅拉。你能不能马上去做我要求的事,就这一次?"

她停顿了一下,平静地问:"那你呢?"

"我必须在这里过夜。我稍后再联系你。我得走了。你会听我的吗?你一定要答应我!"

"我会的,如果你坚持的话。"莱格特能听到电话那头有一个孩子在说些什么。帕梅拉让孩子们安静下来:"安静点,我在和你们父亲说话呢。"然后她又对莱格特说:"要我把过夜旅行袋带给你吗?"

"不用,别担心。我会试着找个时间溜出去。你确保能离开伦敦就行。"

"我爱你——你知道吗?"

"我知道。"

她等待着。他知道他应该说些什么,但找不到合适的词。当帕梅拉挂断电话时,莱格特听到了嘈杂的谈笑声,然后就只剩嘀嘀声了。

有人敲门。

"请稍等。"他把参谋长会议的记录对折再对折,塞进衣服内侧的口袋。

走廊里的人是信差雷恩。莱格特想知道他是否在偷听。但雷恩只是说："BBC已经到了。"

*

自危机爆发以来，唐宁街上第一次聚集了这么大一群人。他们静静地围在唐宁街10号对面的摄影师旁边。最吸引他们注意的似乎是一辆巨大的深绿色面包车，上面挂着BBC的标志，车身上用金色字体印着"实况广播"几个大字。它停在前门的左侧。两个技术人员正从面包车的后部铺设电缆，这些电缆穿过人行道，进入一扇推拉窗。

莱格特站在门阶上和那个名叫伍德的年轻工程师争论。"对不起，但这恐怕是不可能的。"

"怎么不可能呢？"伍德穿着V领套头衫和棕色灯芯绒西装。

"因为到7点30分之前，首相都将在内阁会议室举行会议。"

"他不能在别的会议室开会吗？"

"别说傻话。"

"如果是这样的话，我们难道不能在别的地方广播吗？"

"不可以，首相希望在政府办公楼中的核心地带向英国民众讲话，那就是内阁会议室。"

"好吧，你看——我们8点开始广播，而现在已经6点了。如果我们没有对设备进行适当的测试，而设备又发生故障的话，该怎么办？"

"你至少有半个小时的时间，如果我能给你更多的时间，我就会——"

莱格特突然停住了。在伍德的身后，一辆黑色的奥斯汀轿车正从白厅街驶进唐宁街。傍晚时分的天色有些昏暗，司机打开了前灯，让车慢慢地向前行驶，以免撞到那些从人行道走到马路上的围观者。莱格特还没反应过来，摄影记者就认出了车上的乘客。记者手中的弧光灯让莱格特短暂失明。莱格特举起手挡住眼睛，对伍德咕哝了一声"请见谅"，然后走下门阶来到人行道上。汽车停了下来，莱格特打开后车门。

霍勒斯·威尔逊爵士蜷缩在座位上，膝盖间夹着一把伞，膝盖上面放着一个公文包。他对莱格特微微一笑，然后从车里走出来。在唐宁街10号的台阶上，他突然转过身来，神情悲伤，却没有说明原因。闪光灯爆开，威尔逊急忙跑进大楼，就像夜间活动的动物对光线过敏一样，无视了从另一侧车门走下来的同伴。从车上下来的人向莱格特走去，伸出一只手。"我是驻柏林武官梅森－麦克法兰上校。"

警察敬礼。

在门厅，威尔逊已经脱下了大衣和帽子。这位首相的特别顾问是个瘦小的人，几乎称得上瘦骨嶙峋。他有着长长的鼻子和大大的耳垂。莱格特从来没有见过他不讲礼貌，甚至在某些场合，他还会狡猾地展现出某种魅力。莱格特担心这样善于隐藏情绪的前辈有一天会忍不住吐露旁人不愿听到的秘密。威尔逊因之前在劳工部与工会领导人打交道而出了名。莱格特知道他是在向阿道夫·希特勒发出最后通牒后就直接赶过来的，但觉得这想起来有些怪。然而，首相认为他不可或缺。威尔逊小心翼翼地把卷好的雨伞放在伞架上，然后问莱格特："首相在哪儿？"

"他在书房里，霍勒斯爵士，正在为今晚的广播做准备。其他人都在内阁会议室。"

威尔逊满怀信心地向大楼后部走去。他招手叫梅森－麦克法兰跟着他。威尔逊先对梅森－麦克法兰说："我希望你马上向首相汇报。"然后,他转过头对莱格特说:"能不能麻烦你告诉首相我回来了?"

威尔逊打开了内阁会议室的大门,然后大步走了进去。莱格特朝里面瞥了一眼,看到黑色的西装、金色的穗带、紧张的面孔和缠绕在昏暗光线下的蓝色香烟烟雾,然后门又被关上了。

莱格特朝着主楼梯的方向,沿走廊依次走过克莱弗利的办公室、赛耶斯的办公室和他自己的办公室。他经过自沃波尔以来的每位首相的黑白蚀刻画和照片。当他到达楼梯口时,室内氛围给人的感觉已经从一所绅士俱乐部转换成了一栋神秘地坐落在伦敦市中心的宏伟乡村别墅,里面有沙发、油画和高高的乔治亚风格的推拉窗。接待室空无一人,显得安静而冷清;在厚厚的地毯下面,地板被踩得嘎吱作响。莱格特觉得自己像个入侵者,轻轻敲了敲首相书房的门。一个熟悉的声音说:"进来吧。"

书房又大又明亮。首相背对窗户坐在书桌后,右手写着什么,左手拿着一支点燃的雪茄。在他面前的一个小架子上放了一排钢笔、铅笔和墨水瓶,旁边还有一个烟斗和一个烟草罐。除了这些物件,以及他的烟灰缸和皮革包边的本子外,那张大书桌上就没有别的东西了。莱格特从未见过比他更孤独的男人。

"霍勒斯·威尔逊爵士回来了,首相。他在楼下等着见您。"

像往常一样,张伯伦没有抬头。"谢谢告知。能稍微等一下吗?"他停下来吸了一口雪茄,然后继续书写。他灰白的头发周围烟雾缭绕。莱格特跨过门槛。在过去四个月的时间里,他从未和首相有过任何正式的谈话。有好几次,他连夜提交的备忘录在第二天早上被送回来,首相在空白处用红墨水写上赞扬和感谢的话:"一流的分析。""明显可行,表达也很流畅,谢谢你——张伯伦。"莱格特发现相比政客身上常见的和蔼可亲,自己更容易被这些像学校老师批改作业一样的赞美之词打动。但是，首相从来没有叫过他的名字，甚至没喊过他的姓（就像赛耶斯经常做的那样），更不用说喊他的教名了（这是克莱弗利的专属）。

几分钟过去了。莱格特偷偷地拿出表看了看。最终，首相停了笔。他把笔放回架子上，把雪茄放在烟灰缸边上，把一张张纸收拾整齐，然后举起它们。"请把演讲稿打出来。"

"没问题。"莱格特走过去拿起那些纸，它们共有十来张。

"我记得你是从牛津毕业的吧？"

"是的，首相。"

"我注意到你的措辞很讲究。可以请你通读一遍吗？如果你发现有些段落需要详细说明，请随意提出建议。我脑子里还有好多事，总是担心会忘掉些什么。"

首相推开椅子，拿起雪茄，站了起来。突然的起身似乎使他头晕目眩。他把手放在桌子上以稳住身形，然后朝门口走去。

张伯伦夫人站在楼梯平台上等待。她看上去就像穿上了一件天鹅绒礼服，正准备去吃晚饭。她比首相小十岁，看起来和善、呆滞、丰满，还有些矮胖，让莱格特想起了自己的岳母。他岳母也是英裔爱尔兰人，据说年轻时是个美人。莱格特没有跟上去。张伯伦夫人悄悄地对丈夫说了些什么，令莱格特吃惊的是，他看到首相短暂地拉起她的手，吻了她的嘴唇。"我现在还有很多事情，安妮。我们以后再谈。"莱格特从她身边走过时，觉得她好像在哭。

莱格特跟着张伯伦走下楼梯，注意到首相那窄而斜的肩膀，那头银丝在脑后剪短的位置微微卷起来，那只出奇有力的手在栏杆上轻轻拂过，那根抽了一半的雪茄还夹在食指和中指之间。他是出生于维多利亚时代的人。他的肖像应该挂在楼梯上那面墙的中间位置，而不是最上面。当他们到达首相私人办公室的那条走廊时,首相说:"请尽快把演讲稿给我。"他走过莱格特的办公室,拍了拍自己的口袋,从里面找到一盒火柴。在内阁会议室门口,他停了下来,重新点燃雪茄,然后打开门消失在房间里。

*

莱格特坐在办公桌后。首相的笔迹华丽得出人意料,甚至到了夸张的地步,这体现了首相板直外表下的热情天性。至于演讲内容本身,莱格特并不在意,在他看来,首相用第一人称单数讲述的内容太多了:我在欧洲飞来飞去……我已经做了一个首相所能做的一切……我不会放弃和平解决问题的希望。我在灵魂深处是一个喜好和平之人……他认为,张伯伦只不过用了一种过分谦虚的表达方式,但其实和希特勒一样以自我为中心:他总是把国家利益和自己混为一谈。

莱格特在一些地方做了修改,修正了语法问题,增加了一行宣布海军行动的内容,首相似乎忘记了这一点,之后他把稿件带到楼下。

当他走入花园房间时,屋里的氛围又变了——现在他就像走到了豪华客轮的甲板下。油画、书柜和宁静的气氛消失了,取而代之的是低矮的天花板、光秃秃的墙壁、浑浊的空气、酷热和十几台皇家打字机发出的声音(它们以每分钟八十个词的速度隆隆作响)。即使大门对着花园敞开,这里也让人感到压抑。自危机开始以来,每天都有成千上万封民众信件涌入唐宁街10号。一袋袋未拆开的信件堆放在狭窄的过道里。快到7点了。莱格特向负责人解释了自己任务的紧迫性,然后被带到房间角落的桌子旁,那里坐着一位年轻女子。

"琼是我们这里打字速度最快的人。琼，亲爱的，不管你在做什么，你都得停下来，帮莱格特先生打出首相的演讲稿。"

琼在打字机托盘的尾部按了一下操纵杆，拿出了那份还没打完的文件。"要多少份？"她的声音听起来机智而优雅。她可能是帕梅拉的朋友。

他坐在她的办公桌旁。"三份。你能认出他写了什么吗？"

"是的，但如果你能读出来的话我会更快。"她把纸和复写纸放好，等着他开始。

"'明天将召开议会，我将就造成了目前的紧张和危急局势的那些事件发表一份全面的声明……'"

他拿出钢笔。"对不起，应该是'造成了目前的紧张和危急局势的这些事件'。"他在原稿上做了记号，继续念道："'最让人觉得可怕、神奇和不可思议的是，我们之所以在这里挖战壕，戴上防毒面具，竟然是因为遥远国度的民众之间发生了争吵，而我们对他们一无所知……'"

莱格特皱起了眉头。琼停止打字，抬头看向他。她化了妆，脸上有些冒汗。她的上唇有一丝微微的潮气，上衣后面也湿了一小块。他第一次注意到她很漂亮。

她有些急躁地问："有什么问题吗？"

"是那句话的措辞——我不确定它是否合适。"

"为什么？"

"它听起来相当不屑。"

"不过他说得对，不是吗？这是大多数人的想法。如果一部分日耳曼人想加入另一部分日耳曼人，这和我们有什么关系？"她不耐烦地用手指敲击键盘，"算了吧，莱格特先生——你知道的，你不是首相。"

他不由自主地笑了。"这倒是真的。谢天谢地！好吧，我们继续吧。"

她花了大约十五分钟。当他们的工作快结束时，她从打字机上拿下最后一页，把三份文件整理好，用回形针把它们固定在一起。他检查了最上面的那份，完美无误。"你觉得有多少个词？"

"大概一千词吧。"

"所以首相大概需要八分钟的时间来演讲。"他站了起来，"谢谢你了。"

"不用谢。"当他走开时，她在他身后喊道："我会听演讲广播的。"

当他走到门口时，她已经开始打其他文件了。

*

莱格特沿首相私人办公室的那条走廊急忙跑回楼上。当他快到内阁会议室时，克莱弗利出现了。他似乎一直躲在附近的厕所外面。他问："你们下午召开的参谋长联席会议的会议记录做得怎么样了？"

莱格特感到自己的表情发生了轻微变化。"首相不希望会议内容被记录下来。"

"那你带的是什么？"

"他今晚的广播演讲稿。他让我一打出来就给他拿去。"

"好吧。好，"克莱弗利伸出手来，"给我就行。"莱格特不情愿地把稿件递给他。"你要不去看看 BBC 准备得怎么样了？"

克莱弗利自己走进了内阁会议室。门关闭了。莱格特盯着门上刷白色油漆的镶板。一个人的权力大小取决于做出决定时他是否在场。很少有人比首席私人秘书更了解这条规则。莱格特感到自己受到了莫名的羞辱。

门突然打开了。克莱弗利的下半边脸露出扭曲而可怕的微笑。"首相显然想让你进来。"

包括首相在内的十几个人围着桌子坐了一圈。莱格特一眼就认出了他们：参谋长们、"三巨头"、自治领事务大臣和国防协调大臣，还有霍勒斯·威尔逊和外交部常务次官亚历山大·卡多根爵士。他们正在听陆军武官梅森－麦克法兰上校的讲话。

"昨天访问布拉格时让我印象深刻的是，捷克军队士气低落……"他的讲话简短而流畅。他似乎很享受成为关注焦点的感觉。

首相注意到莱格特站在门口，点了点头，示意他过来坐在自己右侧，而这通常是留给内阁大臣的位子。首相已经把演讲稿从头到尾读了一遍，拿着笔从上到下地移动，偶尔还会在某个词下面画横线，他似乎只花了一半心思去听上校讲话。

"……到去年为止，捷克总参谋部一直计划从两个方向反击德国——从北部通过西里西亚，从西部通过巴伐利亚。但奥地利被德国吞并，导致其与德国的边界向南延伸了近两百英里，他们的防御受到了威胁。捷克人可能会打仗，但斯洛伐克人会吗？此外，布拉格本身面对德国空军的轰炸，也无可救药地没有设防。"

坐在首相对面的威尔逊爵士插话道："我昨晚见到了戈林将军，他相信德国军队不是在几周内，而是几天内就能打垮捷克。'布拉格会被炸成废墟'——这就是他的原话。"

坐在桌子另一头的卡多根哼了一声。"显然，把捷克说成一个容易击败的对手符合戈林的利益，但事实仍然是捷克拥有庞大的军队和坚固的防御工事。他们很可能会坚持好几个月。"

"不过,正如您刚才听到的,这不是梅森-麦克法兰上校的看法。"

"恕我直言,霍勒斯爵士,他对这件事知道些什么?"卡多根是个身材矮小的人,通常表现得沉默寡言。但莱格特可以看出,他正像一只矮脚鸡一样捍卫外交部的特权。

"也恕我直言,亚历山大,不同于我们其他人,他确实去过那里。"

首相放下笔。"非常感谢你大老远从柏林过来见我们,上校。你提供的信息非常有用,我们都希望你能安全返回德国。"

"谢谢您,首相。"

门关上后,张伯伦说:"我之所以请霍勒斯爵士带上校回伦敦直接向我们报告,是因为在我看来这是一个关键点。"他环视了会议桌上的人。"假设捷克在10月底前被摧毁,我们该如何做才能让英国公众相信,让这场战争持续一整个冬天是值得的?我们将要求他们做出最大的牺牲——确切地说,这是为了什么?我们已经承认,苏台德地区的日耳曼人从一开始就不应该被移交给由捷克人主导的国家。"

哈利法克斯说:"这当然也是自治领的立场。他们今天向我们明确表示,他们的人民不会在如此鸡毛蒜皮的问题上主张战争。美国不会介入。爱尔兰将保持中立。人们会渐渐想知道我们在哪里可以找到盟友。"

卡多根说:"当然了,还有俄罗斯人。我们一直忘记了他们和捷克人也有条约。"

桌边传来一阵不安的低语声。首相说:"亚历山大,我上次看地图的时候,发现苏联和捷克斯洛伐克之间没有共同的边界。俄罗斯人唯一能干预的方法就是入侵波兰或罗马尼亚。在这两种情况下,他们都会站在德国那边。事实上,就算撇开地理事实不谈,让斯大林,让所有人成为我们维护国际法之战的同盟,这种想法也很荒谬！"

戈特说："就战略层面而言，可怕之处在于它将成为一场世界大战，我们最终不得不在欧洲大陆同德国作战，在地中海同意大利作战，在远东同日本作战。在这种情况下，我不得不说，在我看来，帝国的存在将面临严重的威胁。"

威尔逊说："我们正在迈向最可怕的混乱，我认为，我们只有一条出路。我已经起草了一份电报，告诉捷克人，我们认为他们应该在希特勒先生明天下午 2 点的最后期限之前接受他的条件——从苏台德撤出，让他占领领土。这是我们避免被卷入争端的唯一可靠途径，而这争端很可能会迅速发展成规模巨大的战争。"

哈利法克斯问："但如果他们拒绝怎么办？"

"我的判断是他们不会。如果他们拒绝，那么至少英国将不再有任何道德义务参与其中了。我们会尽力的。"

全场沉默。

首相说："这个提议至少有简单易行的优点。"

哈利法克斯和卡多根交换了一下眼色。两人都摇了摇头——哈利法克斯慢慢地摇了摇头，卡多根则有些生气。"不，首相，这样做将使我们实际上成为德国人的帮凶。我们的世界地位会崩塌，帝国也会随之崩溃。"卡多根说。

"法国人又会怎样呢？"哈利法克斯补充道，"我们会让他们无法忍受。"

威尔逊说："他们没有问我们就向捷克斯洛伐克提供了担保，在这么做之前他们就应该考虑这个问题。"

"噢，看在上帝的分上！"卡多根提高了嗓门，"这不是工业纠纷，霍勒斯。我们不能让法国独自和德国开战。"

威尔逊很淡定："但是很显然，戈特勋爵刚刚难道不是在告诉我们，法国无意开战吗？除了这次奇怪的突袭，他们将留在马其诺防线后面，直到夏天来临。"

参谋长们马上开始交谈。莱格特看见首相扫了一眼壁炉上方的钟，然后又把注意力转移到他的演讲稿上。没有了他的权威控场，会议很快就分裂成一个个不同的讨论组。人们应该对首相全神贯注的能力表示钦佩。他已经七十多岁了，但他还在不停地工作，就像大厅里的老爷钟——滴答，滴答，滴答……

高高的窗户外，光线开始暗淡下来。时间到了 7 点 30 分。莱格特决定自己应该说点什么。"首相，"他低声说，"恐怕 BBC 现在需要进来安装他们的设备了。"

张伯伦点点头。他在房间里环视了一圈，平静地说："先生们？"大家立马就不作声了。"恐怕我们现在得暂时停止讨论了。情况显然十分严峻。现在离德国的最后通牒到期还有不到二十个小时。外交大臣，也许我们两人可以多谈谈给捷克政府发电报的事情？霍勒斯，我们待会儿去你的办公室。亚历山大，你最好也来。谢谢大家。"

*

威尔逊的办公室与内阁会议室相邻，事实上办公室的门可以直通内阁会议室。当首相独自坐在棺材形状的长桌旁工作时，门通常是开着的，这样威尔逊就可以随意进出。媒体把威尔逊描述成张伯伦身边的"斯文加利"①，但在莱格特看来，这低估了首相的主导性：威尔逊更像是一个超级有用的仆人。威尔逊喜欢像在商

---

① 斯文加利（Svengali）是英国小说家乔治·杜·莫利耶的《爵士帽》中通过催眠术控制女主人公的邪恶音乐家，后被用来形容具有极大吸引力和影响力的人。

店里抓行窃者的人一样,悄无声息地在唐宁街转悠,关注政府机器的运作。有好几次,莱格特在自己的办公桌后工作时,都感到有人在附近,转身后发现威尔逊正在门口静静地观察他。威尔逊的脸一开始是没有表情的,然后就会露出那种狡黠而令人不安的微笑。

BBC 的工程师们解开地毯上的电缆,把麦克风放在内阁办公桌靠近柱子的那头。麦克风被悬挂在一个金属支架上,那是一个大的圆柱形物体,背面逐渐变细,像被锯断的炮弹一样。它旁边是一个扬声器和各种神秘设备。赛耶斯和克莱弗利进来看他们布置。赛耶斯说:"BBC 问他们明天是否可以现场直播首相在议会的声明。"

克莱弗利说:"这不关我们的事。"

"我知道。这显然会开一个先例。我让他们去见党鞭。"

7 点 50 分,首相从威尔逊的办公室走出来,随后是哈利法克斯和卡多根。威尔逊是最后一个露面的人。他看上去很生气。莱格特猜他一定和卡多根又吵了一架。这就是威尔逊的另一个重要用处——充当首相的代理人。首相可以利用他来检验自己的想法,然后静观其变而不必暴露自己的观点,也因此不必去冒丧失权威的风险。

张伯伦坐在麦克风后面,准备开始他的演讲。他的手在颤抖。有一页纸掉到了地上,他不得不僵硬地弯腰去捡。他咕哝着说:"真是一团乱麻。"他要了一杯水。莱格特从桌子正中央的瓶子里为他倒了一杯,但在焦虑中把杯子灌得太满了,溢出的水珠在擦亮的杯身上很显眼。

BBC 的工程师让他们全都坐在房间的另一头。外面是花园和皇家骑兵卫队阅兵场。夜幕已经降临。

大本钟 8 点的整点报时响了。

广播里传来了播音员的声音。"这里是伦敦。稍后,您将听到首相,尊敬的内维尔·张伯伦先生在唐宁街10号发表讲话。他的讲话将在整个帝国、整个美洲大陆和许多国家直播。让我们有请张伯伦先生。"

麦克风旁边,一盏绿灯亮了。首相调整了一下袖口,开始讲话。

"我想对你们说几句话,大英帝国的男男女女,或许还有其他人……"

他把每个音节都念得很仔细。他的语调悦耳而忧郁,像挽歌一样打动人心。

"最让人觉得可怕、神奇和不可思议的是,我们之所以在这里挖战壕,戴上防毒面具,竟然是因为遥远国度的民众之间发生了争吵,而我们对他们一无所知。让一场已经在原则上得到解决的争端成为战争的主题,这似乎更加不可能。我能理解为什么捷克政府觉得无法接受德国在备忘录中提出的条款……"

莱格特隔着桌子看了卡多根一眼,后者正点头表示赞同。

"但我相信在我与希特勒先生会谈后,如果时间允许,应该可以将捷克政府已经同意划拨给德国的领土,以协议的方式敲定,前提是保证公平对待所有被涉及的民众。在我访问德国之后,我清楚地意识到希特勒先生认为他必须保护其他日耳曼人。他曾私下告诉我,且昨晚又公开重申,在苏台德问题得到解决后,德国在欧洲的领土主张就结束了……"

卡多根的脸朝着哈利法克斯抽搐了一下,但外交大臣盯着前方。哈利法克斯那张苍白的、虔诚的、狡猾的长脸纹丝不动。在外交部,他们称他为"老狐狸"。

"只要还有和平的机会,我就不会放弃和平解决争端的希望,也不会放弃和平的努力。如果我认为对解决问题有帮助,我会毫不犹豫地第三次访问德国……"

现在是威尔逊在点头。

"与此同时，有些事情我们可以并且应该在英国做。我们仍然需要很多志愿者加入空袭预防体系、消防队、警察队伍以及本土防卫义勇军。如果你听说有人被召唤去保卫防空工事或军舰，请不要惊慌。这些只是政府在这种情况下必须采取的预防性措施……"

莱格特等着首相宣布海军动员的消息，可它没有在演讲中出现。首相把它删掉了。相反，他插入了新的段落。

"无论我们多么同情一个即将对抗强大邻国的小国，在任何情况下，我们都不能仅仅出于同情它的缘故就把整个大英帝国卷入战争。如果我们不得不战斗，那必须是在遇到更大问题的基础上……

"如果我相信有哪个国家决心用他国对其力量的恐惧来成为世界的主宰，那么我认为它必须受到抵制。在这种统治下，信仰自由的人会生无可恋。但是，战争是一件可怕的事情，在投入战争之前，我们必须明确，这确实事关重大，而且在权衡了所有后果之后，我们应仍觉得有必要冒一切风险去捍卫我们为之而战的事物。

"现在，我要求大家尽可能平静地等待接下来几天将发生的事情。只要战争还没有开始，就总有希望阻止它的发生，你们知道我将为和平奋斗到最后一刻。晚安。"

绿灯灭了。

张伯伦深吸了一口气，瘫在椅子上。

威尔逊是第一个站起来的。他走向首相，轻轻地鼓掌。"真是太精彩了，没有任何停顿和犹豫。"

莱格特以前从未见过首相的笑容。首相露出一排整齐的灰黄相间的牙齿。受到赞扬让他高兴得几乎像个孩子。"真的有那么好吗?"

哈利法克斯说:"首相,您演讲时的语调很完美。"

"谢谢你,爱德华。谢谢你们每一个人。"他对莱格特和BBC的工程师表达感谢。"我有一个小窍门,当我在无线广播电台讲话时,我总是试着想象我只是在和一个人交谈,他就坐在扶手椅上,就像一个亲密的朋友。当然,今晚做到这点要更难一些,因为我知道我还得跟另一个人说话,他就坐在房间的阴影里,"他喝了一口水,"那就是希特勒先生。"

4

德国外交部的国务秘书恩斯特·冯·魏茨泽克曾宣称，他希望英国首相讲话的德文译本在演讲发表后的三十分钟内交到他手中。他把此事交给保罗·冯·哈特曼负责。

威廉大街外交部大楼的屋顶上缠绕着大量无线电天线，在天线下面是无线电监控室，哈特曼适时地召集了三名女性，组成了一个工作小组。首先，一位速记员记下了张伯伦的英文讲话。（这可不是件容易的事，因为BBC的信号在传到柏林的时候已经丢掉了大部分，并且英国首相那缥缈的声音在静电干扰下时隐时现，常常难以辨认。）当速记的每一页都填满后，第二位秘书就用三倍行距的英文打字。哈特曼把译文写在英文下面，一页一页地递给第三位秘书，后者再把翻译好的德文版本打出来。

"最让人觉得可怕、神奇和不可思议的是……"

哈特曼的笔在那张廉价的纸上飞快地移动着，棕色的墨水微微洇开在纸张粗糙的表面。

张伯伦结束演讲的十分钟后，翻译工作就完成了。

打字员从她的打字机上取下最后一页。哈特曼抓住它，把演讲的翻译文稿塞进一个硬纸盒，吻了吻她的头顶，大步走出房间，然后如释重负地笑了。但他一走进走廊，笑容就消失了。他在走向魏茨泽克的办公室时仔细研读了翻译稿的文字，感到越来越沮丧。张伯伦的语气太过谨慎和缓和——它太弱了，完全无法传递情绪。威胁在哪里?最后通牒在哪里?为什么晚上面对公众时,张伯伦没有重复情报人员早上私下告诉希特勒的事,即如果法国援助捷克斯洛伐克,英国就会支持法国?

哈特曼走下楼梯来到底楼,敲了敲魏茨泽克办公室外间的门,然后没等对方回应就径直走了进去。这间屋子很大,天花板很高,下方就是外交部后面的公园。房间由一个巨大而精致的枝形吊灯点亮。窗外很昏暗。除了电灯泡的反光之外,屋里的人还能通过窗子辨认出树木在夜空映衬下的轮廓。初级秘书们都回家了,他们的打字机像笼子里睡着的鸟儿一样被遮盖起来。魏茨泽克的高级秘书独自坐在办公室中央靠窗的桌子旁。她用鲜红的嘴唇夹着一支香烟,两手各拿一份文件,皱着眉头,目光从其中一份移到另一份。

"晚上好,亲爱的温特太太。"

"晚上好,冯·哈特曼先生。"她一本正经地低下头,仿佛他对她说了一大堆恭维话。

"他在吗?"

"他和部长在总理府。"

"啊?"哈特曼吃了一惊,"那我该怎么处理张伯伦的演讲稿呢?"

"他说你要马上带给他。请等一等,"哈特曼转身要走的时候,她在他身后喊道,"你脸上有什么?"

他顺从地站在枝形吊灯下,她打量着他的脸颊。她的头发和手指散发着香水和香烟的味道。他能看见她黑色卷发间的几缕灰色。他想知道她有多大年龄了。四十五岁?总之,她年纪不小了,有一个在战争中去世的丈夫。"墨水!"她不满地低声说,"棕色墨水。真的,冯·哈特曼先生,你不能就这样走进总理府。如果碰上元首该怎么办？"她从袖子里抽出一条白手绢，用舌头舔了舔一角，用它轻轻地擦了擦他的脸颊。她后退一步检查是否擦干净了。"好多了，我会打电话说你已经在路上了。"

外面的夜晚依然温暖。沿威廉大街分布着间距很远的街灯，它们在上次战争之前就立在那里，在黑暗中提供了一些孤立的照明光源。附近几乎没有人。街道中央，一个清洁工正在铲游行队伍留下的马粪。铲子在柏油路上的刮擦声是唯一能听见的声响。哈特曼攥着文件夹，迅速地沿外交部的正面走到帝国总理府的围栏前。有一扇大铁门是敞开着的，一辆奔驰车从那里驶出。哨警敬礼。哈特曼看不出谁坐在后座。当汽车朝安哈尔特火车站的方向驶去时，哈特曼向哨警报出了自己的名字和所在部门，哨警一言不发地挥手让他进去。

院子四周的窗户里都亮着灯，这里终于有危机四伏的感觉了。在有顶篷的正门下面，一个拿机关枪的党卫军哨兵要求看他的证件，然后点头同意他进入接待室。接待室里还有两个拿手枪的党卫军卫兵。他又一次展示了自己的通行证，并宣称他是来见国务秘书冯·魏茨泽克的。他们让他等一下。一个哨兵走到墙边桌子上的电话机旁。哈特曼在心里算了一下：大门处有两个哨警，这里有四个党卫军卫兵，警卫室里至少还有三个。

一分钟过去了。突然，双开大门打开了，一个穿制服的党卫军副官大步走了进来，把脚跟咔嚓一并，用手臂行了纳粹礼，其动作就像发条玩具兵一样精确而完美。哈特曼按规矩回应了他的动作："希特勒万岁。"

"请跟我来。"

他们穿过双开门，走过一张似乎没有边际的波斯地毯。褪色的旧布料、灰尘和蜂蜡让房间里弥漫着德意志帝国时代的气息。

你可以想象俾斯麦踩着地毯走过的情形。这里被另一个党卫军看守着。他是第八个卫兵吗?哈特曼跟着副官上了一段大理石楼梯,经过哥白林挂毯,来到二楼的楼梯平台,穿过又一扇双开门。一阵加速的心跳让他意识到他一定走进了元首的私人公寓。

副官说:"可以把文件给我吗?请稍等。"副官拿起文件夹,轻轻地敲了敲最近的门,溜了进去。在门关上之前,哈特曼听到了一些声音,接着他们的低声谈话被打断了。哈特曼环顾四周。这间房相当现代化,甚至十分有品位——有高雅得体的绘画,小桌子上放着灯,碗里摆着刚剪下来的鲜花,地毯铺在光滑的木地板上,还有样式简单的椅子。他不确定是否应该坐下来。他决定不坐了。

时间一点一点地流走。在某一刻,一个身穿上了浆的白衬衫、手拿一叠文件的漂亮女人走进房间,然后迅速空着手离开了。最后,过了一刻钟,门又开了,一个五十多岁的银发男子走了出来,衣领上别着纳粹党徽。这是恩斯特·冯·魏茨泽克男爵,尽管当时他秉着平等主义的精神,几乎在获得党徽的同时就放弃了头衔。他递给哈特曼一个信封。"谢谢你等我,哈特曼。这是元首对张伯伦的回复。请立即把它带到英国大使馆,亲手交给内维尔·汉德逊爵士或柯克帕特里克先生。"魏茨泽克俯身向前,用充满信任的语气补充道:"把他们的注意力引到最后一句话上。告诉他们这是对今晚广播演讲的直接回应。"然后,他更平静地说:"告诉他们这并不容易。"

"魏茨泽克!"一个专横的声音从房间里传来,哈特曼听出那是里宾特洛甫。国务秘书的脸上掠过一丝狡黠的表情,然后他就走了。

*

英国大使馆距威廉大街最北端只有不到五分钟的步行距离，离外交部不远。哈特曼在等待哨警打开总理府大门时检查了一下信封。信封上是魏茨泽克的字迹，写着：大不列颠大使内维尔·汉德逊爵士阁下亲启。信封没有封口。

"晚安，先生。"哨警行了个礼。

"晚安。"

哈特曼在宽阔的街道上走了一小段路，经过外交部昏暗而寂静的窗户。然后，他又漫不经心地——他是如此的漫不经心，以至于就算有人一直在观察他，也会认为他的行为是完全自然的——拐进了大门。守夜人认出了他。他登上狮身人面石像之间铺着地毯的台阶，犹豫了一下，然后向左拐进了空荡荡的走廊。他的脚步声回荡在石质地板上、刷绿石灰的墙上，以及拱形天花板上。两侧的门都关着。厕所位于走廊的中段。他走进去开了灯。脸盆上方的镜子里出现的人影让他胆战心惊——弯着腰，看起来鬼鬼祟祟的，在各方面都很可疑。他不适合干这种事情。他走进一个小隔间，锁上门，坐在马桶上。

亲爱的张伯伦先生：

在谈话过程中，我又一次告诉了霍勒斯·威尔逊爵士我的最终态度……

大概有七段文字，有些段落很长。信以好战的基调写成：捷克人在拖延时间；他们反对德国立即占领苏台德地区是出于故意；

布拉格正在努力促成"一次全面的战争式冲突"。魏茨泽克为之自豪的最后一句话并没有给哈特曼带来和平的希望。

有鉴于这些事实,我必须让您来判断是否应该继续现在的努力,我再次真诚地感谢您在最后一小时使布拉格政府恢复理智的尝试。

这封打字机打出来的信的署名是字迹潦草的"阿道夫·希特勒"。他来到冯·魏茨泽克的办公室,此时温特太太正锁门准备回家。她戴着一顶时髦的宽边帽,惊讶地盯着他。"哈特曼先生?国务秘书还在总理府。"

"我知道。我实在不想麻烦你,但这件事情很重要,不然我也不会这么做了。"

"怎么了?"

"你能快点把这封信抄下来吗?"

他给她看了那封信和署名。她的眼睛睁大了。她扫视了一下走廊,然后转身打开门,开了灯。

她花了十五分钟。他在走廊里望风。在抄写快结束的时候,她才开了口:"他似乎已经决定要发动战争了。"她说这话时语气平淡,没有从打字机前回头看他。

"是的,而且英国人也同样下定决心要避免战争的发生,真让人遗憾。"

"给你,"她从打字机上抽出最后一页,"你走吧。"

走廊里仍然空荡荡的。他轻快地往回走,刚走到通向大厅的最后一段台阶的顶端,就注意到一个身穿黑色党卫军制服的人影沿着大理石地面朝他走来。里宾特洛甫私人办公室的绍尔大队长正低着头,一时间哈特曼想转身,但绍尔抬起头认出了他并惊讶地皱起眉头。

"哈特曼?"绍尔的年纪和哈特曼差不多大,有着白金色的头发、苍白的皮肤、淡蓝色的眼睛。但现在他毫无表情,面无血色。

为了缓和气氛,哈特曼伸出手臂:"希特勒万岁!"

绍尔本能地回应道:"希特勒万岁!"然后,他盯着哈特曼:"你不是应该在英国大使馆吗?"

"我现在正要去那里。"哈特曼走下最后几级台阶,匆匆向正门走去。

绍尔在他身后喊道:"看在上帝的分上,哈特曼,快点!德意志帝国的未来岌岌可危——"

哈特曼大步走出大楼,已经到了街上。他预感绍尔会跑到他身后——质问他,拔出手枪,命令他翻自己的口袋,发现他的小本子。但随后他告诉自己要冷静下来。他是英国司的三等秘书,负责翻译工作。对他来说,身上有一份给英国首相的正式信函的副本——无论如何,这封信不到一小时就会到达伦敦——算不上叛国。他可以在交谈中摆脱困境。他几乎可以用交谈来摆脱所有困境。

他爬上五级已被深深磨损的石阶,来到英国大使馆的入口。用圆柱支撑的大型门廊内部被一盏光线昏暗的灯照亮了。铁门上了锁。他按了门铃,听到从楼里的某处发出的铃声。声音渐渐消失了。这里是如此安静!在马路对面,就连柏林最时尚的阿德龙大酒店都陷入寂静,就像整个城市都崩塌了一样。最后,他听到了门闩拉开、门锁转动的声音。一个年轻人将头从门里探出。

哈特曼用英语说:"我有一封来自第三帝国总理府的紧急信件,我必须亲自把它交给大使或一等秘书。"

"当然。我们一直在等你。"

哈特曼跟着他走了进去,又上了几级台阶,来到一间气派的接待大厅,它有两层楼高,有一个椭圆形的玻璃屋顶。这栋建筑是由上个世纪的一位著名铁路大亨修建的,修好不久他就破产了。房里弥漫着一种庸俗的奢靡。不是一个而是两个装饰着陶瓷栏杆的大楼梯贴着两面对面相立的墙弯曲着向上,并在中间相遇。一个高挑、苗条、衣着时髦的人像弗雷德·阿斯泰尔[①]那样敏捷地从左手边的楼梯往下走。他穿着一件晚礼服,纽扣孔里插着一朵红色的康乃馨,正用玉烟嘴抽烟。

"晚上好。是哈特曼先生吗?"

"晚上好,阁下。我是。我拿来了元首对首相的答复。"

"很好。"

英国大使接过信封,迅速拿出那三张信纸,站在那里就开始阅读。他的眼睛迅速地上下浏览。他那张拉长了的脸上留有下垂的小胡子。这张脸已经在平静中变得忧郁了,且似乎变得更长了。他低声咕哝着。看完信后他叹了口气,把烟嘴咬在牙齿间,盯着天窗。他的烟味道很香,是土耳其出产的。

哈特曼说:"内维尔爵士,国务秘书提醒您注意最后一句话。他说这并不容易。"

汉德逊又看了看最后一页。"对现在的困境而言这不是救命稻草,不过我想它还是有一点用的。"他把信交给了年轻的助手。"请把它翻译一下,立刻用电报发往伦敦。不需要加密。"

汉德逊坚持要把哈特曼送到门口。他的举止同他的穿着一样讲究。据说他是南斯拉夫保罗亲王的情人。有一次保罗亲王穿着

[①] 弗雷德·阿斯泰尔(Fred Astaire,1899~1987年)是著名美国电影演员、舞蹈家、舞台剧演员。

深红色套头衫和浅灰色西装出现在大使馆,据说希特勒在那以后的几天里一直在谈论这件事。哈特曼很好奇。英国人难道就派这样一个人去对付纳粹吗?

在门口,汉德逊和哈特曼握了握手。"告诉魏茨泽克男爵,我感谢他的努力。"他望向威廉大街。"想到我们可能这个周末就要离开这里,真是让人不可思议。但我不能说我完全为此感到遗憾。"

他最后吸了一口烟,然后用拇指和食指小心翼翼地把它从烟嘴里抽出来,弹开烟灰。烟灰落在人行道上,变成橘黄色的火花。

5

莱格特夫妇住在威斯敏斯特北街上一所租来的排屋里，它是莱格特夫妇当时在外交部中央司的上级拉尔夫·威格拉姆帮他们找的。威格拉姆和他的妻儿那时住在同一条街的尽头。这房子的优点是离办公室很近：威格拉姆希望他的下属努力工作，而莱格特在走出家门的十分钟内就能到他的办公桌前。然而，它的缺点不胜枚举，主要是因为它已经有两百多年的历史。除了通了电之外，其他设施在这两百年间几乎没有什么变化。泰晤士河离这里只有一百码远，地下水位很高。湿气从地面冒出来，和从屋顶流下的雨水相遇。家具必须巧妙摆放，才能遮住一片片墨绿色的霉菌。厨房是上次大战之前装修的，帕梅拉却很喜欢它。科尔法斯女士①也住在这条街上。夏天，她会在人行道上组织烛光晚餐，莱格特夫妇也会受邀参加。荒谬的是，莱格特每年只挣三百英镑。虽然他们不得不把地下室转租出去以偿付房租，但他们仍然在客厅的落地窗外安装了摇摇晃晃的台阶，它通向一个小花园，看起来很危险。莱格特用绳子和洗衣篮搭起了一个临时"电梯"，以便他把孩子们放下去玩耍。

家里的种种布置曾经看起来很浪漫，但实际上一点也不实用。它代表了他的婚姻状态，莱格特想。现在，他要在首相结束广播后的一个小时内匆匆回家，收拾好过夜用的东西。

---

① 英国著名室内设计师。

他和往常一样，沿着小路经过街首的威格拉姆家。大多数排屋被煤烟熏黑，但它们正面的窗台上零星点缀的天竺葵很亮眼。然而，4号的那间房黑乎乎的，似乎已被废弃。在格鲁吉亚风格的玻璃小窗后面，白色镶板的百叶窗已经合上了好几个月。莱格特突然希望——那是一种显而易见的渴望——威格拉姆还在里面，因为威格拉姆比任何人都更早地预见到了这场危机。他曾着魔似的预言说，如果他把真相讲出来的话，那么即使是爱戴他的莱格特，也会认为他在希特勒的问题上有点疯狂。莱格特立刻就能想起他的样子——急切的蓝眼睛、漂亮的小胡子、薄而紧绷的嘴。但比视觉记忆还清晰的是，莱格特可以回想起他一瘸一拐地沿走廊走向三等秘书办公室时的动静：先是重重的一脚，然后是拖在后面的左腿；他的手杖敲击出到达的信号；他的口中永远重复着同样的话——希特勒，希特勒，希特勒。当1936年德国收复莱茵兰时，威格拉姆曾要求面见时任首相斯坦利·鲍德温并警告对方说，在自己看来，这是盟军阻止纳粹的最后机会。首相回应说，如果最后通牒导致战争的可能性只有百分之一，那自己就不能冒这个险：这个国家无法承受在上次冲突结束不久后就发生另一场冲突。威格拉姆绝望地回到北街，在妻子面前崩溃了："现在等着炸弹袭击这房子吧。"九个月后，他被发现死在浴室里，时年四十六岁。似乎没有人知道他是死于自杀，还是死于过去十年中使他瘫痪的脊髓灰质炎的并发症。

噢，拉尔夫，莱格特想，可怜的、亲爱的、疯狂的拉尔夫，你早就看到了一切。

莱格特走进屋子，开了灯。出于习惯，他打了个招呼，等待收到回应。但他看得出来，他们都走了，而且走得很匆忙。帕梅拉在午餐时穿的那件丝制夹克搭在栏杆上。约翰的三轮车侧翻着，堵住了通道。莱格特把车摆正。楼梯在他脚下嘎嘎作响。木头正在腐烂。邻居们抱怨说湿气从共用墙透进来了。但帕梅拉还是设法让这个地方变得时髦起来，她使用了大量波斯地毯、深红色锦缎窗帘、孔雀羽毛和鸵鸟羽毛、珠子和仿古蕾丝花边来装饰房间。毫无疑问，她很有眼光，科尔法斯女士也这么说过。一天晚上，帕梅拉在房间里放满了香熏蜡烛，把它变成了仙境。但第二天早晨，潮湿的气味又回来了。

莱格特走进他们的卧室。即使那盏灯坏了，从楼梯口透出来的光也足以让他看清自己在做什么。帕梅拉乱丢的衣服有的堆在床上，有的撒在地板上。他必须跨过她的内裤才能到达浴室。他把刮胡刀、刮胡刷、肥皂、牙刷和牙粉都装进了他的洗漱包里，然后回到卧室去找一件衬衫。一辆汽车沿着北街慢慢行驶。他能根据发动机的呜呜声判断出车在低速行进。车灯的光照亮了天花板，在对面的墙上投射出窗框的轮廓，黑色的线条像日晷上的影子一样摆动。莱格特手里拿着衬衫，停下来听那声音。汽车似乎在外面停了下来，发动机还在运转。他走到窗前。

那是一辆双门小轿车，副驾的门开着。他听到楼下传来叮当声。过了一会儿，一个戴着帽子、穿着黑色外套的人敏捷地离开排屋，钻进车里，把门关上。

莱格特迈了两个大步穿过卧室。他一次迈三四级台阶，撞到了三轮车，差点完全摔倒。当他打开房门时，汽车正从街角处拐进彼得大街。他盯着那辆车看了一两秒钟，缓过气来，然后弯下腰从门垫上拿起信封。信很重，看上去很正式。也许是法律文件？他的名字被拼错了——写成了 Leggatt，而不是 Legat。他把信封拿回客厅，坐在沙发上，用手指小心地撕开它。他没有立即拿出文件。相反，他用两个手指分开信封，瞥了一眼里面。这是他应对金融类坏消息的一种方式。他只能辨认出打印的信头：

  柏林   1938 年 5 月 30 日
  国防军最高统帅部 42/38 号。指挥部秘密文件（最高军事机密）

  不到十分钟，他就回到了办公室。无论他往哪里看，都能发现可反映焦虑的迹象：汽车司机们正排队加油，红宝石项链颜色的尾灯一直从马歇尔大街延伸到加油站；威斯敏斯特修道院那鹅卵石铺就的露天院落里，人们在唱圣歌，这是为祈祷和平而举行的烛光守夜活动的环节之一；新闻摄影机的银色闪光灯照在昏暗的唐宁街街道墙壁上，映出了人群黑暗、寂静的轮廓。

  他迟到了。他必须挤过去才能到达唐宁街 10 号，他把过夜旅行袋高高举过头顶。"不好意思请让一下……不好意思……"但他一到建筑物里面就发现他的努力都白费了。底楼空无一人。大臣们已经离开底楼去开晚上 9 点 30 分的内阁会议了。

  克莱弗利不在他的办公室。莱格特在走廊里站了一会儿，不知道该怎么办。他发现赛耶斯坐在桌旁，一边抽烟一边盯着窗外。赛耶斯瞥了一眼玻璃反光中的自己。

  "你好，休。"

  "克莱弗利在哪儿？"

  "在内阁会议室随时待命。如果最后决定是给捷克人发霍勒斯的电报，他就能有个准备。"

  "卡多根和他们在一起吗？"

  "我没看见他，"赛耶斯转过身来，"你的声音听起来有点过度紧张。你还好吗？"

"我很好。"莱格特举起旅行袋给他看,"我只是溜回家,拿了些东西。"

赛耶斯还没来得及问他别的事,他就走了。他在办公室里打开包,拿出信封。仅仅把这封信带进这幢房子就有叛国之嫌了,被人发现拿着它是很危险的。他应该把它交给上级,尽快把这封信从自己手中递出去。

在差一刻钟到 10 点的时候,莱格特穿过了唐宁街,现在他更加急切地挤过了人群。他穿过马路对面的大铁门,进入了四方形的政府部门办公楼。通道尽头左侧角落是殖民部,入口左侧是内政部,入口右侧是印度办公室,离他最近的、往上走几个台阶就到的是外交部。每个部门的灯都亮着。守夜人向他点了点头。

这条走廊属于维多利亚时代的皇家风格,看上去大气而高贵,其奢华的设计让那些不幸没能生在英国的游客感到敬畏。常务次官的房间在底楼的拐角处,它的一侧是唐宁街,另一侧是骑兵卫队路。(距离的远近是权力大小的象征,令外交部骄傲的是,在被传唤后的九十秒内,他们的常务次官就能坐在首相的对面。)

马尚特小姐是当值的高级秘书,正独自在外间的办公室办公。她通常在楼上为卡多根的近视眼副手奥姆·萨金特工作。

莱格特有点喘不过气来。"我要见亚历山大爵士,事情非常急。"

"不好意思,他太忙了,没时间见任何人。"

"请告诉他这是事关国家命运的最重要之事。"

表链和老式深色西装这样的老套穿着对莱格特来说似乎很自然。他双脚分开地站着。虽然他喘得上气不接下气,级别也不高,但他是不会离开的。马尚特小姐惊奇地朝他眨了眨眼,犹豫了一下,然后站起来,轻轻地敲着常务次官的门。她把头伸进远处的房间。他只能听到她说:"莱格特先生要见你。"然后是一个停顿。

"他说这非常重要。"又是一个停顿。"是的，我想您应该让他进来。"从房间里传来明显的咆哮声。

她站到一边让他通过。走过她身边时，他向她投去感激的目光，她的脸红了。

房间很宽敞，天花板至少有二十英尺高，凸显了亚历山大爵士的矮小。他没坐在办公桌旁，而是坐在会议桌旁。桌子表面几乎完全被各种颜色的纸覆盖着——白色的是备忘录和电报，淡蓝色的是草稿，淡紫色的是急件，蓝绿色的是内阁文件，还零星有一些系着粉红色丝带的棕色信纸。常务次官戴了一副玳瑁圆框眼镜，正透过眼镜上方盯着莱格特，露出了恼怒的表情。"什么事？"

"很抱歉打扰您，亚历山大爵士，但我认为您应该立刻看看这个。"

"噢，天啊，怎么了？"卡多根伸出手，拿起那五页打印出来的纸，瞥了一眼第一行。

以国防军最高指挥官的命令。他皱了皱眉头，然后目光跳到最后一行。

签名：阿道夫·希特勒　副本：蔡茨勒　德国陆军参谋长

莱格特看到卡多根在椅子上坐直了身体，这让他很满意。

这份文件是希特勒的指示：两线作战，主力集中在东南方，战略集结，"绿色方案"。

"你究竟是从哪儿拿到它的？"

"大约三十分钟前，它被塞入了我家门上的信箱口。"

"谁给的？"

"我没有看见他们。一个人坐在车里。实际上有两个人。"

"没有留言吗？"

"没有。"

卡多根在桌子上腾出一块地方，把文件放在面前，低着他那不成比例的大脑袋阅读。他聚精会神地读着，拳头压在两鬓上。他的德语很好：1914年夏天，斐迪南大公被刺杀时，他正好是维也纳大使馆的负责人。

  至关重要的是，要在头两三天内营造一种局势，向希望干预捷克军事地位的敌对国家表明……
  能够迅速组队的陆军单位必须以速度和热忱击破边境防御工事，且必须非常大胆地攻入捷克斯洛伐克，确保大部分机动部队以最快速度被调集起来……
  德国空军的主要力量要用来对捷克斯洛伐克发动突然袭击。第一批军队到达的时刻就是这条边境线被突破之时。

每读完一页，卡多根就把纸张翻过来，整齐地放在他的右手边。看完那份文件后，他把那几张纸整理了一下。"非同寻常，"他喃喃低语，"我想我们要问自己的第一个问题是，它是不是真的。"
"在我看来，的确是真的。"
"我同意。"常务次官再次仔细阅读第一页，"这是5月30日拟定的。"他用手指从文字上划过，翻译道："在不久的将来，用军事行动摧毁捷克斯洛伐克是我不可改变的决定……"这肯定是希特勒说的。事实上，这几乎就是他今天上午对霍勒斯·威尔逊说过的原话。卡多根往后一坐。"所以，让我们假设它是真的——我想这有很高的可能性——那么接下来我们主要有三个问题：谁把信给了我们？他们为什么要给我们？更具体一点，他们为什么要给你？"
莱格特又一次感到了一种特别的罪恶感，仿佛仅仅因为拥有这份文件，他的忠诚就受到了质疑。他宁愿不去想它可能是从哪里来的。"这些问题我恐怕都答不上来。"

"就谁给的这个问题来说，我们知道肯定有一些人反对希特勒的做法。今年夏天，纳粹政权的几名反对者一直在与我们接触，声称如果我们保证在捷克斯洛伐克问题上坚定立场，他们就愿意推翻纳粹。我不能说他们——几个不满的外交官和一些想恢复君主制的贵族——是一个非常团结的团体。这是我们第一次真正地从他们那里得到具体的信息，但并不是说这告知了很多我们还不知道的事情。希特勒想要摧毁捷克斯洛伐克，而且他想要尽快做到这一点，这几乎不是什么新闻。"卡多根摘下眼镜，咬着眼镜架。他从容不迫地看向莱格特。"你上次在德国是什么时候的事？"

"六年前。"

"你有没有和那边的什么人保持联系？"

"没有。"至少这是实话。

"我记得，在结束你在中央司的第一份工作后，你就去了维也纳。对吗？"

"是的，先生，从1935年干到1937年。"

"在那里有朋友吗？"

"没有关系特别好的。我们当时有一个小孩，且我妻子怀了第二胎。我们倾向于独来独往。"

"德国驻伦敦大使馆呢？你认识那里的工作人员吗？"

"不，不认识。"

"那我就不明白了。德国人怎么会知道你在唐宁街10号工作呢？"

莱格特耸耸肩。"或许是因为我的妻子？她偶尔会在八卦专栏发表文章。有时我的名字会被扯进去。"就在前一周，《每日快报》刊登了一篇讲科尔法斯女士举办的派对的报道，让他羞得满脸通红，因为它称他是"外交部最耀眼的新星之一，现在在协助首相"。

"八卦专栏？"这位常务次官用厌恶的口吻重复了这个词，仿佛这是一件难以启齿的事情，他不想与之扯上任何关系。"那到底是什么？"莱格特不知道他是不是在开玩笑。但在莱格特试图回答之前，有人敲门了。"进来！"

马尚特小姐拿着一个文件夹。"刚收到一份柏林来的电报。"

"正是时候！"卡多根几乎把电报从她手里夺了过来。"我已经等了一晚上了。"他又一次把文件放在桌上，支着他的大脑袋，聚精会神地读着，脸几乎都要贴在纸上了。"该死的……该死的……家伙！"他低声咕哝着。自危机爆发以来，他从未在午夜前离开办公室。莱格特想知道他是如何忍受这种压力的。过了一会儿，他抬起头来。"这是希特勒的最新言论。首相需要马上看到它。你要回10号去吗？"

"是的，先生。"

卡多根把电报放入文件夹，交给莱格特。"至于另外那件事，我会走正规程序，看看我们的员工会怎么处理。我相信他们明天会找你谈话的。你好好思考一下，努力弄清楚谁是幕后之人。"

"好的，先生。"

卡多根伸手去拿另一份文件。

*

根据内阁会议纪要，柏林发来的 545 号电报 (从德国国会发给首相的电报) 在晚上 10 点过一点的时候被交给了张伯伦。内阁办公室的桌子边已经坐满了人：总共有二十位大臣，霍勒斯·威尔逊以及内阁秘书爱德华·布里奇斯没有被算在里面。前者以特别顾问的身份出席了与希特勒的会面；后者是一位戴着眼镜的学院派人物，他的父亲曾是桂冠诗人。很多人在吸烟。有人打开了其中一扇可以俯瞰花园的大窗，试图驱散雪茄、烟斗和香烟的味道。一阵和煦的晚风不时吹动散落在桌上和地毯上的文件。

莱格特进门时，哈利法克斯勋爵正在讲话。莱格特蹑手蹑脚地走到首相身边，把电报放在他面前。正在听外交大臣发言的张伯伦瞥了一眼文件，点头表示感谢，并示意莱格特和其他官员一起坐在屋子另一头靠墙的那排椅子上。其中两把椅子上坐着内阁办公室的书记员，他们都在潦草地书写。第三把椅子上坐着克莱弗利，他的下巴压在胸前，胳膊和腿交叉着，右脚正轻微地晃动。莱格特坐到他旁边的座位上时，他正沮丧地环顾四周，然后斜着身子低声问："那是什么？"

"希特勒的回复。"

"上面说了什么？"

"抱歉，我没有看。"

"这是你的疏忽。希望是个好消息。我担心可怜的首相会有一段相当艰难的时间。"

莱格特清楚地看到了张伯伦的侧面。他戴上眼镜，正在读希特勒的信。莱格特看不见那位坐在首相对面的外交大臣，但能清楚地辨出大臣的声音，听到他饱满的"r"发音和自信又充满威严的语气，他仿佛正在一个看不见的布道坛上讲话。

"……因此，虽然我感到非常遗憾，但恐怕凭良心而言我无法在这一问题上支持首相。发出霍勒斯爵士起草的电报对我来说很难。在我看来，让捷克人在武力威胁下立即交出他们的领土，相当于完全投降。"

哈利法克斯停下来喝了一口水。桌子周围的气氛明显紧张起来。"老狐狸"撕掉了他的伪装！实际上，有几位大臣倾身聆听，以确保他们听到的信息准确无误。

"我很清楚,"哈利法克斯接着说,"如果我们不发霍勒斯爵士起草的电报,就可能会让包括我们自己在内的数百万人承受严重的后果。这样做可能会使战争成为定局。但我们根本无法敦促捷克人去做连我们都认为错了的事情。我也不认为下议院会接受这种做法。最后,对我来说,这是问题的症结所在——我们不能向捷克提供坚定的保证,不能保证德国军队将满足于在苏台德边境停留,而不会继续占领整个国家。"

所有的目光都转向张伯伦。从侧面看,他那浓密的灰色眉毛和小胡子似乎竖起来了,鹰钩鼻也轻蔑地翘了起来。他不喜欢被人反驳。莱格特不知道首相会不会发脾气,他从未见过首相发脾气。但是在罕见的情况下这确实发生过,且据说十分激烈。然而,首相只是冷冷地说:"为反对我的提议,外交大臣刚刚提出了强有力的,甚至称得上令人信服的理由,但在我看来,这是我们的最后机会。"他环顾四周,看向大臣们的脸。"但如果这是大家的普遍看法——"他留下一个预期中的停顿,就像一个希望收到最终出价的拍卖商。没有人说话。"如果这是大家普遍的看法,"他重复道,现在他的声音变得更严酷了,"我准备就此打住。"他看向霍勒斯·威尔逊。"电报不会被发出去的。"

随后出现了集体移动座位和整理文件的声音——主张和平的大臣们不情愿地开始为战争做准备。首相的讲话声把大臣们的窃窃私语打断。他还没有说完。

"在我们开始进一步的讨论之前,我应该先通知内阁,我刚刚收到了希特勒先生的回信。我想,如果我现在把它读给你们听,也许会有用处。"

几位喜欢奉承他的大臣,包括大法官毛姆和农业部的莫里森说出"好的""当然"。

首相拿起电报。"亲爱的张伯伦先生,霍勒斯·威尔逊爵士在9月26日给我带来了你的信,我在会谈中又一次重申了我最后的态度……"

从张伯伦口中说出希特勒的诉求,这件事真令人不安,因为这让那些诉求听起来很合理。捷克政府究竟为什么要反对?毕竟捷克政府在原则上已经承认了即将被占领的那部分领土应该移交给德国。"这只不过是一项安全措施,目的是保证迅速而顺利地实现最终和解。"当他们抱怨失去了边界防御工事时,难道全世界都看不出他们只是在拖延时间吗?"如果要等捷克斯洛伐克的最终解决方案,即在遗留下来的领土上完成新的防御工事,那无疑需要几个月甚至几年的时间。"首相继续读下去,就好像希特勒在内阁会议上得到了一个席位来陈述他的观点。最后,首相摘下了眼镜。"很显然,这封信的措辞很讲究,需要花更多的时间分析,但它没有让我完全失去希望。"

第一海军大臣达夫·库珀立刻高声发言。"恰恰相反,首相,他一点都没有让步!"库珀是个放荡不羁的人,即便在上午,从他身上也总是散发出一股隐隐约约的属于深夜的味道,那是威士忌、雪茄和有夫之妇的香水的味道。他的脸涨得通红。莱格特不知道这是出于愤怒还是喝了酒的缘故。

"可能是这样的,"哈利法克斯说,"但很明显,他也没有完全排除其他可能性。他最后希望首相继续为实现和平而努力。"

"是的,不过是以最为不冷不热的态度说,'我让你来决定这件事是否值得继续做下去'。很明显,他根本没有这么想过。他只是想把他的侵略行为归咎于捷克人。"

"不过,这一点本身也不是没有意义的。这表明,即便是希特勒也觉得他不能完全无视国际舆论。这可能会给您带来一些机会,首相。"

莱格特想,这只"老狐狸"展示了他不同的两副嘴脸——前一分钟是为了战争,后一分钟则是为了和平……

张伯伦说:"谢谢你,外交大臣。"首相的语气很冷淡,显然没有原谅哈利法克斯。"你们都知道我的信念。我打算继续为和平而努力,直到最后一刻。"他回头瞥了一眼挂钟。"时间在流逝。我需要为明天向议会发表声明做准备。很显然,我必须讲得比今晚的广播更深入。我们需要把今天上午给希特勒的警告告知下议院。我建议大家就我使用的措辞达成一致意见。"他看了莱格特一眼,示意莱格特过去,并用平静的声音说:"你能不能帮我找一份昨晚希特勒演讲的副本?内阁会议结束后拿给我。"

*

莱格特唯一能找到的希特勒演讲的版本,是当天早上《泰晤士报》上发布的那篇。他拿着自己的那份报纸坐在桌旁,用手掌把它抚平。他坐在丽兹饭店等帕梅拉来的那一刻已经恍如隔世。他突然想起自己答应过等她到了乡下就给她打电话。他盯着电话。现在可能已经太晚了。孩子们可能都睡了,但毫无疑问帕梅拉一定会喝很多鸡尾酒,还会和父母吵一架。这一天太可怕了,让他不知所措:吃了一半的午餐、格林公园里的工人、泰晤士河上空升起的阻塞气球、给孩子戴的防毒面具、从北街路边驶离的汽车……明天会更糟。明天德国人将行动起来,而他自己将接受秘密情报局的质询。他无法像面对卡多根时那样轻易地让他们偏离方向。他们会拿到他的档案。

他听到了一些声音。听起来好像内阁会议结束了。他站起来，走到门口。大臣们正在走向走廊。正常情况下，内阁会议结束后会有一些笑声，有一些勾肩搭背的行为，甚至偶尔还有争吵。可今晚什么都没有。除了几次压低声音的交谈，大多数政客低下了头，独自一人匆匆离开了唐宁街10号。他看着哈利法克斯那高大而孤独的身影戴上圆顶礼帽，从伞架上拿出雨伞。从敞开的门里传来了莱格特所熟悉的冷冰冰的、时有时无的大声提问的声音。

莱格特等到他断定首相应该独自待着时，走进了内阁会议室。里面空无一人。垃圾和浓浓的烟味让他想起火车站候车室。在他的右边，克莱弗利办公室的门半开着。他可以听到内阁秘书和首席私人秘书正在交谈。在他左边，通向霍勒斯·威尔逊爵士办公室的门关上了。他敲了敲门，听见威尔逊叫他进去。

威尔逊坐在靠墙的桌子旁，正用虹吸管把苏打水加到两杯白兰地中。首相仰面躺在扶手椅上，两腿伸直，两臂垂在身体两侧。他闭上了眼睛。莱格特走近时，首相睁开了眼。

"很抱歉首相，我只能在《泰晤士报》上找到这篇演讲稿。"

"没关系。我就是在那里读到的。天啊！"

他精疲力竭地呻吟了一声，从扶手椅上站了起来。他的双腿僵硬地移动着。他拿起报纸，把它打开放在威尔逊桌上的演讲稿上，从胸前口袋里掏出眼镜，开始上下打量报纸专栏。他的嘴微微张开。威尔逊从旁边的桌边走了过来，很有礼貌地递给莱格特一杯酒。莱格特摇了摇头。"不用了，谢谢您，霍勒斯爵士。"威尔逊把它放在首相旁边。威尔逊看向莱格特，微微扬起眉毛。这是个让人惊讶的暗示——他示意他们两人都得去哄那老人。

首相说："就是这个。'我们从来没有在欧洲找到过能像我的好朋友贝尼托·墨索里尼那样，深刻理解我们人民的苦难的大国。我们永远不会忘记他在这段时间做出的一切，也永远不会忘记意大利人民的态度。如果类似的不幸降临意大利，我会让德国人去做意大利人为我们做过的事。'"首相把报纸推到桌子对面让威尔逊看。然后，他拿起玻璃杯，呷了一口。"你明白我的意思吗？"

"明白。"

"希特勒显然不会听我的，但他很可能会听墨索里尼的话。"他坐在桌子旁，拿起一张信纸，在墨水瓶里蘸了一下笔。他停下来又喝了一口，若有所思地望着前方，然后开始书写。过了一会儿，他没有抬头，对莱格特说："我要你马上把这个拿到外交部译电室去，让他们立刻发电报给驻罗马大使馆的珀斯勋爵。"

"好的，首相。"

威尔逊说："如果您要给大使写信，是不是应该先知会外交部一声？"

"该死的外交部。"首相蹭到了墨水。他转过身来，朝莱格特笑了笑。"请忘掉刚才听到的话。"他拿出那封信。"等你做好这件事，我们就可以开始为我在议会的演讲做准备了。"

一分钟后，莱格特匆匆穿过唐宁街，前往外交部。道路畅通无阻。人群散了。伦敦上空厚厚的云层遮住了星星和月亮。还有一小时就到午夜了。

6

波茨坦广场上的灯依然亮着,不管战争是不是一触即发。拥有 UFA 电影院和大型咖啡馆的豪斯瓦特兰大厦,其穹顶被四千个灯泡组成的灯饰点亮。在它的对面有一块发光的广告牌,上面是一位电影明星,有着乌黑闪亮的头发。他的脸至少有十米高,他正抽着一根马克顿牌香烟。

哈特曼等着有轨电车通过,然后漫步穿过街道来到波茨坦广场站。五分钟后,他坐上了一趟前往市郊的电动火车,它朝着西南方向隆隆行驶,一直开到深夜。他无法完全摆脱被人跟踪的感觉,尽管他选择坐在最后一节车厢,而且车厢里除了两个醉汉和一个读《人民观察家报》①的党卫军突击队队员之外没有其他人。两个醉汉在舍嫩贝格下车,离开时十分认真地向他鞠躬,然后就只剩下他和突击队队员了。城市的灯光变暗了。大片的黑暗像神秘的黑色湖泊一样包围了他。他猜那一定是公园。火车不时颠簸,发出蓝色的电火花。它在两个小车站(弗里德瑙站和费尔巴哈大街站)停了下来,自动车门朝没有人的站台打开了。最后,当火车驶进施特格利茨时,那个突击队队员折起报纸站了起来。在走向车门的路上,他与哈特曼擦身而过。他身上有汗味、啤酒味和

---

① 《人民观察家报》(*Völkischer Beobachter*)原名《慕尼黑观察家报》(*Munchner Beobachter*),在 1923 年濒临破产时被希特勒买下并改名,成为纳粹党的宣传喉舌。

皮革味。他把大拇指插在腰带上,转向哈特曼。他那穿着棕色制服的肥胖身体随着火车摇晃,让哈特曼想起了即将破裂的肥茧。

"那些家伙真恶心。"

"噢,我不知道。他们看起来人畜无害。"

"不对,应该把他们关起来。"

门开了,突击队队员跌跌撞撞地走上站台。当火车驶离时,哈特曼回头看了看,看到他弯下腰,双手放在膝盖上,正在呕吐。

在这里,树木生长得越来越接近轨道。白桦树的树干从眼前闪过,在黑暗中闪闪发光。人们可以想象自己是在森林里。哈特曼把脸贴在冰冷的玻璃窗上,想起了家、童年和夏天的野营,想起了歌唱和营火,想起了候鸟运动①和《尼伯龙根之歌》,想起了贵族精英和国家的救赎。他突然感到一阵喜悦。又有几个乘客在植物园站下车,最后他确信只剩他自己了。在下一站也就是西利歇尔费尔德,他本来是唯一一个下车的人,但在最后一刻,在车门即将关上的时候,前一节车厢里的一个人设法挤过车门的缝隙下了车。当火车驶离时,那人回头瞥了一眼,哈特曼看到了一张轮廓模糊、面露凶相的脸。阿道夫·希特勒警卫旗队装甲步兵师,即元首的贴身侍卫在利歇尔费尔德设有兵营。也许他是一个不当值的军官。那人弯下腰去系鞋带,哈特曼迅速地从他身边走过,穿过月台,上了台阶,路过空荡荡的售票处,走到街上。

哈特曼在离开办公室前已经记住了路线——右转,右转,在第四个路口左转;但直觉告诉他要等一下。他穿过车站前铺着鹅卵石的广场,站在对面一家肉铺的门口。这个车站很古怪。它是在上个世纪建造的,看起来像一座意大利风格的别墅。他觉得自

---

① 候鸟运动指一些反抗国家严格管制的年轻德国学生和学童组成团体,在乡村流浪、歌唱、享受大自然的活动。

己很像一个外国间谍。半分钟后，刚才那个乘客出现了，犹豫着，环顾四周，好像在寻找哈特曼，然后右转并消失了。哈特曼在动身前又等了五分钟。

这是一个宜人的、绿树成荫的中产阶级郊区，看上去很难在这里策划叛国活动。大多数居民已经睡着了，房屋的百叶窗都关着。几只狗在他经过时叫了起来。他不明白为什么奥斯特要约在这里见面。哈特曼沿着柯尼希贝格大街走到歌德大街。歌德大街9号是一栋有双开大门的普通房子，银行经理或者校长可能会选择住进这样的别墅。从房屋正面的窗户看去，灯都关了，他突然想到自己可能走进了陷阱——毕竟柯尔特是纳粹，与里宾特洛甫共事多年。可哈特曼本人也是党员：如果一个人想要被提拔到有影响力的职位，就必须入党。哈特曼打消了疑虑，打开小木门，大步走到前门，按响了门铃。

一个很有教养的声音说："请说明身份。"

"哈特曼，来自外交部。"

门没锁。一个大约六十岁的秃头老人站在门口，一双又大又圆的忧郁蓝眼睛深深地镶嵌在他的脸部，一块决斗造成的小小伤疤横在他的嘴角下方。这是一张精致而富有智慧的脸。他穿着灰色西装，打着蓝色领带，可能是个教授。"我是贝克。"他边说边伸出手来，用力握了握哈特曼的手，把哈特曼拉进屋里，然后关上门并上了锁。

我的天，哈特曼想，是路德维希·贝克，陆军总参谋长贝克将军。

"这边请。"贝克领着他穿过一条过道，来到房子后部的一间屋子，里面坐着六个人。"我想你认识这些先生中的大多数。"

"确实。"哈特曼点了点头，打了声招呼。在过去的几个月里，他们都承受了多么大的压力呀!房间里有那个叫柯尔特的文员,他的哥哥西奥是驻伦敦大使馆的临时代办,也是反对派的一员,西奥非常讨厌里宾特洛甫,决定冒着生命危险阻止他;有奥斯特上校,他是军事情报局的副局长,也是一个有魅力的骑兵,在一个内部如此分裂的组织所能容忍的范围内,他是在座者的领袖;还有内政部的汉斯·贝恩德·吉塞维乌斯和冯·舒伦堡伯爵,以及司法部的汉斯·冯·多纳尼。第六个人哈特曼不认识,但对方认出了他。是他早些时候看到的在火车站系鞋带的乘客。

奥斯特注意到了哈特曼惊讶的表情。"这是弗里德里希·海因茨上尉。我想你不认识他。他是我在阿勃维尔①的同事。"奥斯特笑着补充道,"他是我们中的'实干家'。"

哈特曼对此并不怀疑。这个阿勃维尔特工的脸就像一个参加过多次比赛的拳击手。

"我们勉强算是见过面。"哈特曼说。

哈特曼坐在沙发上。这房间又热又狭窄,让人局促不安。两块厚厚的天鹅绒窗帘从窗户上垂了下来。书架上摆满了文学作品,有法国的,也有德国的,还有哲学书籍。桌子上有一壶水和几个小玻璃杯。

奥斯特说:"我很感激贝克将军能在今晚过来见我们。我相信将军有话要说。"

贝克坐在一把硬邦邦的木椅上,这把椅子让他比其他人稍微高一点。"只有奥斯特上校和吉塞维乌斯先生知道我即将告诉你们的事。"他的声音听起来干涩、急促、精确。"不到六周前,我辞

---

① 阿勃维尔即德国国防军情报局,在帝国保安总局成立之前是德国唯一的情报机关。1944年,局长威廉·弗兰茨·卡纳里斯因卷入刺杀希特勒的政变而被下狱,后被处决。阿勃维尔也因此被帝国保安总局吞并。

去了总参谋长一职，以抗议与捷克斯洛伐克开战的计划。你们不会知晓我的所作所为，因为我曾向元首保证我不会公开。我后悔答应了他的要求，但就是这样，我答应了。然而，我仍然与我在最高统帅部的前同事保持着联系，我可以告诉你们，他们对于正在发生的事情抱有强烈的反对态度，强烈到让我相信，如果希特勒明天发出动员令，军队很可能会违抗它，进而反对希特勒政权。"

现场一阵沉默。哈特曼感到心跳加速。

奥斯特说："很明显，这改变了一切。我们现在必须做好准备，以便明天采取果断行动。我们可能再也没有比这更好的机会了。"

柯尔特怀疑地说，"这场'政变'将以何种形式发生？"

"通过一个行动：逮捕希特勒。"

"军队会这么做吗？"

"不，是我们要这样做。"

"但肯定只有军队才有能力完成这样的任务吧？"

贝克说："国防军的难处在于，我们已经向元首宣誓效忠。然而，如果总理府发生某种骚乱，军队当然可以采取行动维持秩序。这与我们的誓言并不矛盾。只是第一次反对希特勒的行动不可以由我们实施，而必须是其他人。"

奥斯特说："我已经分析了好几个星期了。只要我们有出其不意的优势，并获得军队的保证，即他们会确保我们不受任何党卫军救援行动影响，就不需要动用很多人去逮捕希特勒。我和海因茨上尉估计，我们的初始兵力需要大约为五十个人。"

"我们到哪里去找这五十个人呢？"柯尔特问道。

"我们已经有了，"海因茨说，"都是些经验丰富的战士，准备明天行动。"

"上帝啊！"柯尔特盯着奥斯特，好像他疯了似的，"他们是谁？他们在哪儿？他们是如何武装的？"

奥斯特说，阿勒维尔将向他们发放武器。"我们还向他们提供了靠近威廉大街的安全屋，他们可以在那里等待，直到收到采取行动的信号。"

海因茨说："到明天黎明，他们就到位了。他们每一个人都是值得信赖的同志，和我本人都有交情。记得吗，我在1920年的卡普①打过仗，然后是和钢盔团②一起作战。"

"是真的。如果有谁能成功的话，海因茨就是其中一人。"哈特曼对舒伦堡的了解很模糊——他是一位贵族社会主义者，在纳粹上台之前就入了党，但后来就不再抱有幻想了。现在他在内政部低级别的警察岗位工作。

舒伦堡对贝克说："将军，您真的认为，在元首为他们和德国做了那么多的事情之后，军队会把矛头对准他吗？"

"我同意他在外事领域取得了很多非凡的成就，包括莱茵兰的回归及吞并奥地利。但关键是，那些是不流血的胜利。苏台德地区的回归本来也是可以不必流血的。但不幸的是，他对用和平的方式实现目标不再感兴趣。今年夏天，我开始意识到，希特勒实际上想与捷克斯洛伐克开战。他有一种错觉，认为自己是某种军事天才，尽管他从未被提拔到比下士更高的级别。如果不了解这一点，你就无法了解他。另外，在有一件事上，军队内部已经达成了一致：今年与法国和英国开战对德国来说将是一场灾难。"

哈特曼抓住了发言的机会。"事实上，我可以向你们展示希特勒想要发动战争的最新证据。"他把手伸进衣袋，掏出了希特勒写给张伯伦的信。"这是元首对英国人的回应，今晚早些时候被送到

---

① 1920年，德国卡普发生了一场企图推翻魏玛共和国的政变。
② 半军事性质的德国民族主义组织。

了伦敦。"他把电报递给奥斯特,然后坐下来,点燃一支烟,看着大家传阅它。

柯尔特说:"你是怎么弄到这个的?"

"我负责把它从德国总理府带到英国大使馆,于是我复制了一份。"

"动作真快!"

"好吧,就这么定了,先生们。"奥斯特读完信后说,"信里没有任何妥协的迹象。"

贝克说:"这相当于宣战。"

奥斯特说:"我们明天早上的第一件事是把它交到总司令手中。如果这还不能让他相信希特勒不是在虚张声势,那就没有什么能说服他了。哈特曼,我们能留下它吗?还是需要交回外交部?"

哈特曼说:"不用交回去,你可以让军队看看。"

多纳尼身材瘦削,戴着眼镜,即使已经三十五岁了,看起来仍然像一个法学院的学生。他举起了手。"我有个问题要问海因茨上尉。如果我们明天能成功逮捕希特勒,该如何处置他?"

"杀了他。"海因茨说。

"不,不,不——我不同意。"

"为什么不呢?你以为他在对我们做同样的事时会有任何犹豫吗?"

"当然不是,但我不想堕落到和他一样残忍。此外,杀死他会使他成为德国历史上最伟大的殉道者。这个国家将世世代代生活在他的阴影下。"

"当然,我们不会宣布我们杀了他。我们可以简单地说他在战斗中牺牲了。"

"那骗不了任何人。真相总会浮出水面,总是这样的。"多纳尼在房间里呼吁,"吉塞维乌斯,请帮帮我。"

"我不知道自己是怎么想的。"吉塞维乌斯是一位娃娃脸的律师,他的职业生涯始于盖世太保,直到他意识到自己在和什么样的人共事。"我想最好的办法就是把他送上法庭。我们有一份对他不利的证据,大概有一米厚。"

贝克说:"我完全同意。我不能参与任何非法谋杀。这个人应该被带到安全的地方,并接受彻底的精神病学检查。然后他要么被关进收容所,要么对自己的罪行负责。"

海因茨低声说:"精神检查!"

奥斯特问:"柯尔特?你的意见呢?"

柯尔特说:"审判的问题在于,这会给他一个平台。他在法庭上会表现得很出色。别忘了在啤酒馆暴动之后发生了什么事。"

"说得没错。哈特曼,你的观点呢?"

"如果你需要我的建议,我想说我们应该把他们全部杀掉,包括希姆莱、戈培尔、戈林。整个犯罪团伙都要杀。"哈特曼声音里的暴力让他自己都感到惊讶。他紧握拳头,然后停了下来,意识到奥斯特在盯着他。

"我亲爱的哈特曼,你通常是那么超然,又那么爱讽刺!谁能想到你的恨意竟如此强烈!"

海因茨第一次饶有兴趣地看向他。"你说你今天晚上在总理府?"

"没错。"

"你能确定明天早上你在那儿吗?"

"也许吧。"哈特曼瞥了一眼柯尔特,"埃里希,你觉得呢?"

"我想我们可以找个借口。怎么了?"

"我们需要有人在内部确保信息畅通。"

"好吧,"哈特曼点了点头,"我试试看。"

"好。"

多纳尼说:"但是我们该怎么对付希特勒呢,先生们?我们的决定是什么?"

密谋者们面面相觑。最终,奥斯特说:"这就像是在争论第三帝国消失之后,我们应该拥有怎样的政府。是君主制还是民主共和国,抑或是两者兼而有之?可事实是,正如谚语所说,在煮兔子之前,你必须先抓住它。我们的当务之急是阻止这个疯子在明天下午发出动员令。其他一切都必须为这一目标让步。如果他投案自首,我们就把他活捉。如果看起来他可能会逃脱,我想我们除了射杀他别无选择。大家同意吗?"

哈特曼第一个点头:"我同意。"其他人一个接一个地表示同意,包括终于表态的多纳尼。最不情愿的贝克是最后一个表态的。

"很好,"奥斯特叹了口气说,"至少已经解决了这个问题。"

*

为了不引人注意,他们分批次离开了这栋房子。哈特曼是第一个出去的。大家简短握手,交换眼神,听到奥斯特咕哝了一句"祝你好运"——会议就这样结束了。

他们正在考虑的暴力同沉睡中的郊区街道之间的对比是如此的强烈,以至于哈特曼刚走了五十步,就觉得整个晚上像是一场幻觉。他不得不对自己重复这个惊人的事实:到明天这个时候,希特勒可能就已经死了。这看上去既是不可能的,又是完全可行的。投掷炸弹,扣动扳机,用刀刺穿暴君的喉咙。难道很多时候,历史不是这样被创造出来的吗?有那么一会儿,他把自己想象成一个高贵且年轻的元老院议员,在"弑父日"的前夕从布鲁图斯[①]家走出,在同一片多云的欧洲天空下,从帕拉蒂诺山走到古罗马广场。

他看见一个路标指向一条河。一时冲动之下,他朝那个方向走过去了。他焦躁不安,不想回公寓。走到桥中间时,他停下来点了一支烟。桥上空无一人。在他的脚下,灰色的施普雷河发着光,向着柏林市中心的方向消失在黑暗的树木之间。哈特曼沿着河畔小路往前走。他看不见河水,但能听到水流的沙沙声,以及它遇到岩石和灌木丛时发出的轻柔声音。他一定走了好几公里,脑子里满是暴力和殉难的画面,直到最后街灯出现在面前。小路的尽头是一个小公园,公园里有儿童游戏区——滑梯、秋千、跷跷板和沙坑。这平常的景象使他沮丧。它们把他带回了现实。他们是谁?奥斯特、海因茨、多纳尼、舒伦堡、柯尔特和贝克究竟是谁?少数人对上好几百万人!他们竟以为自己能成功,一定是疯了。

在公园的另一边是一条主干道,从施特格利茨过来的最后一辆公共汽车正等着从这里出发进城。哈特曼沿着旋转的楼梯爬到汽车顶层。一对年轻情侣坐在前排座位上:他的手臂搂着她的肩膀,她的头靠在他的脸颊上。哈特曼坐在后面看着他们。在公共汽车内部寒冷、陈腐的空气中,他能闻到那个女孩的香水味。发动机发出呜呜声,公共汽车摇晃起来。当她开始吻她的男友时,哈特曼把目光移开了。旧日的渴望又回来了。十分钟后,当他们到达舍嫩贝格区时,他走下楼梯,站在汽车底层,看到那条他认识的街道出现在视野中。公共汽车稍微驶慢了一点,他侧着身子

[①] 马可斯·尤尼乌斯·布鲁图斯·凯皮欧(Marcus Junius Brutus Caepio,前85~前42年)是罗马共和国晚期的元老院议员。作为一名坚定的共和派,他联合部分议员参与了刺杀恺撒的行动。刺杀发生在3月15日,后来这一天被西方称为"弑父日"。

跳下车往前跑,他的双腿吸收了在十几大步的奔跑中产生的冲击力,直到他能够让自己停下来。

她的公寓楼就在汽车展厅的上方。在平板玻璃后面,在刺眼的霓虹灯下,在闪闪发光的欧宝车和奔驰车之间的天花板下,悬挂着纳粹标志。

门没有锁。他向上爬了三层楼,路过其他公寓沉重而紧闭的门。楼梯平台有干花的味道。她一定有某些渠道来帮她承担这类开销。

他一按门铃,她就开门了。他不知道她是否在等他。

"温特太太。"

"哈特曼先生。"

她把他身后的门锁上了。她穿着和服,系着腰带,脚指甲涂得和丝绸一样鲜红。因为不在办公室,她的黑头发没有扎起来,而是散落下来一直垂到腰际。她的脚、腹部、两胸之间光洁雪白。当他跟着她走进卧室时,他能听到客厅里的收音机被违规调到了外国电台,播放着爵士乐。她脱掉和服,让它摊在地毯上,然后躺上床,看着他脱衣服。他赤身裸体,准备关灯。

"别关了,留着吧。"

她带领着他迅速进入了自己的身体。她从不希望他们慢慢来。这是他喜欢她的地方之一。然后,像往常一样,她走进厨房去拿饮料,他则像往常一样盯着床头柜上她丈夫的遗照。她从未把它拿走,也没有扣在桌上。二十多岁的步兵上尉在摄影工作室里穿着制服,戴着手套的手放在剑柄上,看起来英俊潇洒。哈特曼猜想他当时一定和自己年龄相仿。他们的关系算什么?她在想象是温特上尉的鬼魂在和她做爱吗?

她一丝不挂地回到卧室,嘴里叼着两支香烟,一手拿着一杯威士忌,腋下夹着一个信封。她递给他酒和烟,然后把信封放在他的胸前。他低头看着它,一动不动。

"这是什么?"

"你自己看吧。"

她爬上床时,床吱吱作响。她抱着膝盖,看着他打开信封。他抽出信件,读了起来。

"我的天……"

他突然坐直了身体。

"你想让英国人开战吗?给他们看看吧。"

第二天

1

莱格特过了好一会儿才弄清楚自己在哪里。

狭窄的床垫很硬,而他所在的房间不比金属床架大多少。条纹壁纸是摄政时期的。天花板以接近45度的角度急剧倾斜。墙上没有窗户,取而代之的是头顶上的一扇天窗。透过天窗,他眯着眼睛望向低低的乌云。海鸥在乌云里盘旋,就像垃圾在风中飞舞。这让他想起了海边的寄宿公寓。

他在床头柜上摸索着,打开怀表。差一刻到上午9点。首相一直让他为第二天的演讲准备文件,他一直工作到将近凌晨3点。后来他醒着躺了几个小时。他一定是在黎明前才睡着的。他现在觉得好像有人在他眼睛里放了沙砾似的。

他掀开被单和毯子,双脚晃动着伸向地板。

他穿着一条鸭蛋青色的君皇仕牌睡裤,这是帕梅拉送给他的生日礼物。他的上身套了一件格纹家居服。他手中拿着盥洗袋,打开门,看向走廊。唐宁街10号的阁楼里拥挤地分布了三间卧室,可供员工彻夜待命。据他观察,他现在是唯一的入住者。

工程部的地面上有浅绿色的油漆印,沿着走廊一直漫延到厕所。他拉下厕所的电灯线。还是没有窗户。他不得不把水龙头开了一分多钟才等到水变微温。在等待的时候,他把一只手撑在脸盆的一侧,把脸凑向镜子。如今,他刮完脸后越来越像父亲。一张泛黄的照片上,父亲的脸充满男子气概,十分坚定,带着奇怪的天真。他唯一缺少的便是浓密的黑胡子。他在脸上涂了肥皂。

回到房间后,他穿上一件干净的衬衫,把袖扣扣上。他系上了紫色和深蓝色条纹相间的贝利奥尔学院①领带。瞧瞧三等秘书的辉煌履历!自他翻阅《泰晤士报》的封底,看到1933年外交部招聘考试的入选者名单后已经过去了五年。名字是按分数从高到低的顺序印出来的:莱格特、赖利、克雷斯韦尔、肖克伯、戈尔布斯、格雷、马尔科姆、霍格……他读了好几遍才明白过来,他得了第一名。报纸上的这几行字使他从牛津大学的一等学位毕业生,变成了一个胸怀世界的人,一个真正雄心勃勃的人。他肯定会成为大使,甚至可能成为常务次官。每个人都这么说。两天后,带着兴高采烈的心情,他向帕梅拉求婚。令他吃惊的是,她竟然接受了,而且她的幻想超过了他的幻想。她就是莱格特夫人。她会在圣奥诺雷街的驻巴黎大使馆优雅而轻松地迎接宾客……他们都表现得像孩子。这是疯狂的。现在,他们周围的世界正在变老变丑。

他穿好衣服时,已经到9点了。离希特勒的最后通牒到期只有几个小时了。

他去寻找用早餐的地方。

*

狭窄的楼梯通向首相官邸外的平台,经过平台就能到达张伯伦书房旁边的接待室。他本打算溜出去,前往特拉法尔加广场附近的里昂角屋。他可以在那里待一会儿,在三十分钟内返回;但还没走到主楼梯,他就听见身后的门开了,一个女人的声音喊道:

---

① 贝利奥尔学院是牛津大学最著名、最古老的学院之一,以活跃的政治氛围著称,培养出了多位英国首相和英国政界的其他重要人物。

"莱格特先生！早上好！"

他停下来，转身面对她。"早上好，张伯伦夫人。"

她穿着色调阴沉的深灰色和黑色相间的衣服，配着一条由黑色大玉珠串成的项链。"你有没有去休息一会儿？"

"休息了，谢谢关心。"

"来吃早餐吧。"

"我正要出去吃。"

"别傻了，我们总是为值班的秘书准备早餐。"她用有些近视的眼睛盯着他，"你是休，对吗？"

"是的。但真的不用——"

"别说了。外面已经聚集了这么多人。你在这里吃饭要容易得多。"

她挽起他的胳膊，轻轻地拉着他。他们穿过会客室，辉格党和托利党的各位政治家注视着他们，从厚重的镀金画框里俯视着他们。令他惊讶的是，她仍然紧紧地抓着他，仿佛他们本该是周末一起去乡村别墅共进晚餐的客人。"我很感激你们这些年轻人为我丈夫做的一切。"她的语气很诚恳，"你不知道你为他减轻了多少负担。不要说你只是在做你的工作——我知道干公职的个人成本。"

她打开餐厅的门。这不是正式的大餐厅，而是一间更私密的木板房，里面有一张十二人桌。在远处阅读《泰晤士报》的是首相。他抬头看了眼妻子，笑了："早上好，亲爱的。"他又朝莱格特点了点头："早上好。"然后他继续读报纸。

张伯伦太太指了指旁边的一张桌子，桌上有五六个镀银的盘子，正放在加热板上保温。"请自便。需要咖啡吗？"

"谢谢。"

她递给他一个杯子,走过去坐在首相旁边。莱格特掀开了最近的盘盖。熏肉那油腻的香味让他意识到了自己有多饿。他沿着桌子走过去,把手上的盘子装满——炒鸡蛋、蘑菇、香肠、血肠。当他坐下来的时候,张伯伦夫人看着他早餐的分量笑了。"休,你结婚了吗?"

"是的,张伯伦夫人。"

"有孩子吗?"

"一个男孩和一个女孩。"

"跟我们一模一样。多大了?"

"一个三岁,另一个两岁。"

"噢,太好了!我们的孩子要大得多。多萝西二十七岁了,刚刚结婚。弗兰克二十四岁。你喜欢这种咖啡吗?"

莱格特喝了一口,那味道让他恶心。"非常好,谢谢您。"

"这是我用菊苣做的。"

首相翻着报纸,发出沙沙声,并轻轻哼了一下。张伯伦太太安静下来,给自己倒了点茶。莱格特继续进食。沉默持续了几分钟。

"啊,这真有趣!"首相突然举起报纸,把它叠到他一直在看的那一页上。"你能记下来吗?"莱格特赶紧放下刀叉,拿出笔记本。"我得写封信给——"他把小字凑到眼前,"一位名叫 F. J. 肖利的先生,他住在泰晤士河畔金斯顿的代沙尔特大道 38 号。"

"好的,首相。"莱格特有点困惑。

"他给编辑写了一封信,上面写道:'今年春天,我看到一只乌鸫在陡峭的河岸上筑巢。每天当我走近时,我都会从几英尺远的地方观察卧着的那只乌鸫。一天早上,它熟悉的身影消失了。我朝河岸望去,发现它的巢里有四只被冻得了无生气的雏鸟。黑羽毛构成的细线引着我沿河岸走到一小丛灌木前,在那里我发现了我的老乌鸫残缺不全的尸体。而且，在乌鸫羽毛的痕迹中还夹杂着其他一些羽毛，它们只可能来自一只纵纹腹小鸮的胸部和侧翼……'"首相用手指轻敲那张报纸。"我在契克斯庄园①观察到纵纹腹小鸮有同样的行为。"

张伯伦太太说："噢，内维尔，你是认真的吗！就好像休没有足够多的事要做一样！"

莱格特说："实际上，我相信是我外公把纵纹腹小鸮带到不列颠群岛的。"

"真的吗？"首相第一次带着真正的兴趣看向他。

"是的，他从印度带了几只回来。"

"那是在哪一年？"

"我想应该是1880年。"

"所以在不到五十年的时间里，这种小鸟就遍布英格兰南部了！这是值得庆祝的事情。"

"但显然，如果你是那只乌鸫，就不会庆祝了。"张伯伦太太说，"你有时间散步吗，内维尔？"她又隔着桌子看了看莱格特："我们总是在早餐后一起散步。"

首相放下了报纸。"是的，我需要呼吸点新鲜空气。但今天不适合去公园，人太多了。我们去花园吧。你为什么不和我们一起去呢，休？"

*

张伯伦夫妇手挽手走下大楼梯，莱格特紧随其后。当他们走

---

① 英国首相的官方乡间别墅，位于白金汉郡。

到私人秘书的走廊时，首相转向莱格特："你能不能去看一下昨晚罗马是否回了我的电报？"

"当然，首相。"

他们继续往内阁会议室走，而莱格特钻进了自己的办公室。沃森小姐坐在文件堆成的墙后。

"外交部的信差来过了吗？"

"我没看见。"

他又问了赛耶斯，赛耶斯说："他们通常11点才到。昨晚感觉怎么样？"

"你是说今天早上吧。"

"天啊，你感觉怎么样？"

"糟糕透了。"

"首相呢？"

"容光焕发。"

"真让人生气，不是吗？我不知道他是怎么做到的。"

克莱弗利正在办公室向他的秘书口授一封信。莱格特把头靠在门上。"打扰一下，先生。今天上午有从罗马大使馆发来的电报吗？首相想知道。"

"我什么也没见着。怎么了？他想要什么？"

"他昨晚给珀斯勋爵发电报了。"

"关于什么的电报？"

"指示珀斯勋爵去请墨索里尼干预希特勒。"

克莱弗利很惊讶。"但这在内阁没有得到批准。外交大臣知道吗？"

"我不确定。"

"不确定？你的工作就是去确定这件事！"他伸手去拿电话听

筒。莱格特利用这个机会逃走了。

在内阁会议室里,有扇通往阳台的门是敞开的。张伯伦夫妇已经下了台阶,正在草地上散步。莱格特赶紧追上去。

"罗马方面还没有答复,首相。"

"你确定电报已经发了吗?"

"我确定。我站在译电室里看着电报被发出了。"

"那么我们就得耐心等待了。"

张伯伦夫妇继续散步。莱格特感到尴尬。他知道克莱弗利正站在办公室的窗前,一边讲电话,一边看着他。尽管如此,他还是跟在他们后面。天气仍然温和而阴沉,大树都变成了棕黄色。一堆堆落叶散布在潮湿的草地和花坛上。从高墙之外传来了车辆的声音。首相在一个鸟食亭旁边停了下来。他从口袋里掏出一块早餐时从餐架上拿下来的吐司,把它撕成小块并小心放好,然后后退几步,双臂交叉地站着。他开始沉思。

"这将是怎样的一天啊。"他平静地说,"你知道,只要我能阻止战争,我甚至很乐意站在那堵墙上被枪毙。"

"内维尔,真的,请不要说这种话!"张伯伦夫人看上去好像要哭了。

首相对莱格特说:"你还很年轻,未能参与上次战争,而我太老了。在某种程度上,情况因此变得更糟了。"他抬头看了看天空。"看到这样的苦难,我却如此无能为力,这真是让我痛苦极了。仅在这个国家就有七十五万人死去。想象一下吧!不仅仅是他们受苦,还有他们的父母、他们的妻子和孩子、他们的其他家人、他们的朋友……之后,每当我看到一座战争纪念碑,或者在法国参观埋葬了众多亲朋好友的大型公墓时,我总是发誓,如果我有权阻止这样的灾难再次发生,就一定会为维护和平做任何事情,牺牲任何东西。你能理解吗?"

"当然可以。"

"这誓言对我来说是神圣的。"

"我明白。"

"而这一切都发生在仅仅二十年前!"他目不转睛地盯着莱格特,目光近乎狂热,"问题不仅仅在于这个国家在军事和心理层面没有做好开战准备——这是可以补救的,而我们也正在补救。更确切地说,我真正担心的是,如果我们的人民看不到他们的领导人竭尽全力地阻止大冲突第二次爆发,他们的心灵就会出问题。这是因为有一件事我可以向你保证:如果战争爆发,新的战争将比上一次的更糟糕,他们需要变得极其坚毅才能生存下去。"

突然,他转过身来,开始穿过草地向唐宁街10号走去。张伯伦夫人无可奈何地盯着莱格特看了一会儿,然后跟在张伯伦后面走了:"内维尔!"莱格特想,这位老人的精力不仅是非凡的,而且令人不安。首相快步走上十几级台阶,到达阳台,然后他的背影消失在内阁会议室。他的妻子紧随其后。

莱格特远远地跟在后面。在阳台上,他停了下来。目光穿过敞开的门,他可以看到张伯伦夫妇拥抱在一起。首相抚摸着她的后背,安慰着她。过了一会儿,首相稍微后退了一点,他抓住她的肩膀,目不转睛地盯着她。莱格特看不见她的脸。"坚持下去,安妮。"他温和地说。他朝她笑了笑,从她的脸颊上拂去了什么东西。"我们会没事的。"她点了点头,没有回头地离开了。

首相示意莱格特进屋。他从桌子下面拖出一把椅子。"坐下。"他命令道。

莱格特坐下了。

张伯伦一直站着。他拍了拍上衣内侧的口袋,拿出一个雪茄盒,倒出一支雪茄,用拇指把烟头掐掉。他划了一根火柴,点燃了雪茄,吸着它,直到它充分燃烧。他使劲一摇,把火柴熄灭并扔进烟灰缸。"记下我的话。"

莱格特伸手去拿有抬头的信纸、钢笔和墨水。

"致德国元首阿道夫·希特勒……"

莱格特的笔尖在纸上划来划去。

"看了你的信后,我相信你一定能得到你想要的一切,没有战争,没有延迟。"莱格特等待着。首相在他身后来回踱步。"我已经准备好了,可以立刻前往柏林与你和捷克政府的代表商讨移交事宜……"首相停顿了一下,直到看到莱格特赶上了他口授的进度。"……如果你愿意,我们可以与法国和意大利的代表一起谈。我相信我们能在一周内达成协议。"

在房间的尽头,门开了,霍勒斯·威尔逊溜了进来。他向首相点了点头,在桌子的远角坐了下来。张伯伦继续口述。

"我无法相信,在这个长期存在的问题的解决期间,你会为了几天的延迟就挑起一场可能会终结文明的世界大战。"他停了下来。

莱格特回头看了他一眼。"就这些吗,首相?"

"就这些。在上面签上我的名字,交给在柏林的内维尔·汉德逊爵士保管。"

首相转向威尔逊。"这样做好吗?"

"好极了。"

莱格特站了起来。

张伯伦说:"等一下。还有另一封信,是给墨索里尼先生的。"他又抽了几口雪茄。"我今天向希特勒先生最后一次发出呼吁,要求他放弃使用武力解决苏台德问题。我相信,通过简短的讨论就可以解决苏台德问题,并在移交期间让他获得必要的领土、人口,让苏台德人和捷克人都获得保护。我已表示愿意立刻赶往柏林，与德国和捷克代表讨论相关安排。如果元首愿意，意大利和法国的代表也可以参加。"

隔着桌子，莱格特可以看到威尔逊在慢慢地点头。

首相继续说道："我相信阁下会告知德国元首你愿意出席，并敦促他同意我的建议，这将使我们的人民免于战争。我已经向他保证捷克的承诺会得到履行，我相信一周之内就能达成全面协议。"

威尔逊问："您打算通知内阁吗？"

"不。"

"这合规吗？"

"我不知道。坦率地说，在这个阶段，合不合规又有什么关系呢？如果这样做能起作用，那么每个人都能在事后如释重负而不会吹毛求疵；如果不能，他们就会忙于戴防毒面具而无暇顾及其他。"他又对莱格特说："你能不能把这些信转交给外交部，并确保它们被立即发出？"

"当然，首相。"莱格特把信件收拾在一起。

"无论如何，"张伯伦又对威尔逊说，"我的良心是清白的。全世界都将看到，为了避免战争，我尽了最大的努力。从现在起，责任完全落在了希特勒身上。"

莱格特轻轻地关上了门。

2

哈特曼坐在办公桌后假装工作。在他面前打开的文件中,有一份元首给罗斯福总统的最新电报的副本,电报是在前一天晚上发出的。德国入侵苏台德的理由是,迄今为止,21.4万苏台德日耳曼人被迫离开家园,以逃避捷克人对他们施加的残暴、血腥的暴力恐怖行为。无数人死亡,成千上万人受伤,还有数万人被拘留和囚禁,村庄因此被荒弃……这其中有多少是事实?有一部分是真的还是全是假的?哈特曼思绪全无。真相就像制造战争所必需的任何其他物质:它必须被蹂躏,被扭曲,被切割成人们需要的形状。电报中没有任何妥协的迹象。

这是他第一百次看表了。现在是11点过3分。

窗户边上,冯·诺斯蒂茨和冯·兰曹也坐在他们自己的桌子旁。他们凝望着下面的街道,好像在等待什么事情发生。他们整个上午都没说超过二十个字。在礼宾司工作的诺斯蒂茨是党员;本应在苏台德危机爆发之前以二等秘书的身份前往伦敦大使馆的兰曹不是。哈特曼认为他们不是多么坏的人。哈特曼一生都在与这样的人共事,他们是爱国的、保守的、排外的。对他们来说,希特勒就像一个粗鲁的猎场看守人,用神秘的手段设法接管了他们家族的庄园,且他一安顿下来,就获得了意想不到的成功;而他们愿意容忍他偶尔的不礼貌和暴力,以换取平静的生活。现在,他们发现已无法摆脱希特勒了,看起来他们好像开始后悔了。哈特曼曾考虑向他们吐露心声，但觉得这太冒险了。

哈特曼的电话发出了刺耳的铃声，把三个人都吓了一跳。他拿起听筒。"我是哈特曼。"

"保罗，我是柯尔特。马上到我的办公室来。"

电话断了。哈特曼放下听筒。

兰曹的声音里有无法掩饰的焦虑。"出什么事了吗？"

"我不知道。马路对面有人找我。"

哈特曼合上了元首给罗斯福的电报。它下面是温特太太给他的信封。他之前回公寓换衣服的时候，本应该把它藏在某个地方，但他想不出哪里是安全的。现在他把信封塞进一个空文件夹，打开桌子左下角的抽屉，把它埋在一堆文件下面。他锁上抽屉，站了起来。他突然想到，如果出了差错，他可能就再也见不到同事了。他意外地感到一阵友爱的冲动。同事都还不错……他说："如果我听到了什么，会让你们知道的。"

在表情出卖他之前，他拿起帽子，匆匆走到门外，以免他们会问他更多问题。

虽然里宾特洛甫在2月被任命为外交部部长，但他仍然更喜欢在他位于威廉大街对面的旧总部，即雄伟的普鲁士政府大楼里办公。他的工作人员与副元首鲁道夫·赫斯共用一层楼。在到达柯尔特的办公室之前，哈特曼不得不走过六个身穿棕色制服的纳粹党官员，他们正挤在一起交谈。柯尔特亲自打开门，示意哈特曼进去，然后锁上了门。正常情况下柯尔特有秘书，但此刻她不在。一定是柯尔特把她遣走了。

"奥斯特刚才来见了我，他说行动已经开始了。"这个莱茵兰人的眼睛在厚厚的镜片后面迅速地眨着。他打开抽屉，拿出了两把手枪。"他给了我这个。"

柯尔特小心地把它们放在桌子上。哈特曼拿了一支。这是最新的瓦尔特手枪——只有十五厘米长,十分小巧,容易隐藏。哈特曼用手掂量了一下,把保险栓打开又关上。"装子弹了吗?"

柯尔特点点头。突然,柯尔特像小学生一样咯咯地笑了起来。"我不敢相信这一切真的发生了。我这辈子从没开过枪。你呢?"

"我从小就打猎,"哈特曼瞄准文件柜,他的手指扣紧了扳机,"主要用步枪和猎枪。"

"这不是一回事吗?"

"不完全是,但原理是一样的。到底发生了什么?"

"今天早上,奥斯特把希特勒给张伯伦的回信交给了陆军总司令部的哈尔德将军。"

"哈尔德是谁?"

"贝克的继任者,是总参谋长。据奥斯特说,哈尔德感到震惊。他绝对会支持我们——他甚至比贝克还要反对希特勒。"

"他会命令军队采取行动吗?"

柯尔特摇了摇头。"他没有那种权力。他负责计划,而不是行动。他会与布劳希奇谈谈。作为总司令,布劳希奇有那种权力。你能把那东西放下吗?它让我紧张。"

哈特曼放下枪。"布劳希奇会赞同我们吗?"

"当然。"

"那么现在要做什么?"

"你要去总理府,就像我们昨晚约定的那样。"

"以什么借口?"

"英国大使馆刚刚打来电话。看来张伯伦又给希特勒写了一封信——天知道信上说了些什么——汉德逊希望尽快派人把信交给元首。这个请求必须由里宾特洛甫批准,他现在和元首在一起。

我想你可以过去通知他。"

哈特曼思考了一下,觉得这听起来貌似可行。"好吧。"他试图把枪藏在不同的口袋里,最后发现它最适合放在双排扣夹克的左内袋,紧挨着他的心脏,这样他就可以用右手取出它,且当他扣好扣子时,别人很难看出它在那儿。

柯尔特惊恐地看着他,说:"里宾特洛甫一有回复,你就给我打电话。我会过去和你一起行动。看在上帝的分上,一定要记住你的工作就是让大门保持敞开。不要参与任何射击活动。那是由海因茨和他的人负责的。"

"我明白,"哈特曼把上衣拉直,"我得过去了。"

柯尔特打开门并伸出手。哈特曼握住他的手。哈特曼的这位朋友吓得手心发冷。哈特曼感到这种紧张就像传染病一样扩散到了自己身上。他把手抽开,走到走廊里。"我几分钟后会给你打电话。"哈特曼说得很大声,好让党内的官员们听到。当他走近时,他们移开身体让他过去。他大步走到楼梯边上,迅速下到门厅,来到威廉大街。

新鲜空气使他振作起来。他走过宣传部那野兽派风格的现代门面,等一辆卡车经过,然后穿过街道朝总理府走去。前院被二三十辆公务车挤满了,长长的黑色豪华轿车上插着纳粹万字旗,有些车上了 SS 车牌。似乎纳粹政权中有一大半人过来见证最后通牒过期的历史性时刻。哈特曼把身份证件亮给门口的警察看,说明了自己的来意:他是外交部的官员,要给冯·里宾特洛甫先生捎一个紧急口信。仅仅是重复这句话就给了他信心:毕竟,这句话是真实的。警察打开了大门。他迈着大步,沿院子边上的小路向正门走去。两个党卫军守卫挡住了他的去路,但哈特曼还没解释完他们就走开了。

在拥挤的大厅里,哈特曼又数了一下,有三个拿机关枪的警卫。通往接待室的两扇大门都关了。一个穿着白色礼服外套的高大党卫军副官站在他们面前。副官的脸异常僵硬，棱角分明，看起来像波茨坦广场香烟广告中的男模特，只不过他的头发是金色的。哈特曼走近他，向他敬礼。

"希特勒万岁！"

"希特勒万岁！"

"我有一则紧急信息要给外交部部长冯·里宾特洛甫。"

"很好。把它给我，我保证他能收到。"

"我必须亲自交出去。"

"这是不可能的。外交部部长冯·里宾特洛甫和元首在一起。任何人都不许进入。"

"这是我得到的命令。"

"而这也是我得到的命令。"

哈特曼用他的身高优势和长达三个世纪的容克家世来应对。他走近副官，放低了声音。"仔细听我说，因为这会是你一生中最重要的一次谈话。我的任务事关英国首相给元首的私人信件。你马上带我去见冯·里宾特洛甫先生，否则我可以向你保证，他会和党卫队全国领袖谈话，而你的余生都将在骑兵营里铲屎。"

副官保持目中无人的样子，可一两秒钟后，有什么东西从他清澈的蓝眼睛里闪过，再然后他就屈服了。"行吧，"他僵硬地点了点头，"跟我来。"

副官打开一扇门，里面是拥挤的会客厅。在房屋正中巨大的水晶枝形吊灯下站着十来个人，从中心向外辐射还分布着一些小群体。有很多人穿着棕色、黑色、灰色、蓝色的制服，点缀在穿便服的人群中。哈特曼听到一阵持续不断的、急迫的嗡嗡谈话声。到处都能看到著名的面孔。戈培尔靠在椅背上，双臂交叉，独自沉思。戈林穿着粉蓝色的衣服，像一出意大利歌剧中的将军，在一个聚精会神听他说话的圈子里摆谱。哈特曼在他们中间穿行的时候，意识到有人转过头来看向他。他的目光遇到了渴望的、好奇的表情。他们渴望得到消息。哈特曼意识到他们肯定什么都不知道，他们都在等待，包括德国最有权势的人物。

哈特曼跟着身穿白色外套的副官穿过第二道门——他注意到那扇门一直是开着的——然后进入了另一间巨大的接待室。这里的气氛比较安静。穿长外衣和条纹裤子的外交官们在窃窃私语。他认出了外交部法国司的基希海默尔。左边是一扇关着的门，旁边有一个卫兵。附近的一把扶手椅上坐着绍尔大队长。他一看到哈特曼就跳了起来。"你在这儿干什么？"

"我有话要对外交部部长说。"

"他跟元首和法国大使在一起。这是什么？"

"柯尔特说，张伯伦给元首写了一封信。英国大使希望可以尽快当面交给元首。"

绍尔听明白了，点了点头。"好吧。在这儿等着。"

副官说："我可以把哈特曼先生留在您这里吗，大队长先生？"

"是的，当然。"

副官咔嚓一声并了并鞋跟然后离开了。绍尔轻轻地敲敲门，打开门，消失在门后。哈特曼环顾了一下接待室。他又一次发现自己在计算人头。这里有一个守卫，加上他已经见过的，一共是多少人？六个？但奥斯特肯定没有预料到总理府内会有如此多的党内高层人物。如果他们都带了自己的保镖该怎么办？戈林作为空军司令，肯定会带上几个。

绍尔再次出现："告诉柯尔特，元首将在 12 点 30 分接见汉德逊大使。"

"当然，大队长先生。"

哈特曼返回大厅时看了看手表：刚过11点30分。海因茨和其他人在干什么？如果他们不迅速采取行动，柏林外交部门里就可能有一半人会被卷入交火。

哈特曼打开大厅的一扇门，让它半开着。副官就在附近。哈特曼走到他跟前说："我需要给外交部打个紧急电话。"

"好的，哈特曼先生。"副官就像一匹英俊的野马，现在已经被驯化了，变得十分温顺。他领着哈特曼走到入口对面的大桌子前，指了指电话。"电话会自动接通到接线员那里。"

"谢谢。"哈特曼等到他走了才拿起听筒。

一个男性的声音说："您好，请问需要什么帮助？"

哈特曼给出了柯尔特的号码，等待电话接通。通过敞开的大门，他可以看到一个党卫军卫兵的背影，在卫兵身后的院子里停着几辆豪华轿车。两个身穿党卫军制服的司机靠在其中一辆汽车上抽烟。他猜想他们一定带了武器。

听筒里传来咔嗒一声，铃声只响了不到一半就有人接起电话："我是柯尔特。"

"埃里希吗？我是保罗。从总理府传来的消息称，元首将在12点30分接见汉德逊。"

"知道了。我会通知英国大使馆的。"柯尔特的声音断断续续。

"这里很忙——比我想象的要忙得多。"他希望柯尔特能察觉到他的警告。

"我明白了。待在原地别动。我这就过来。"

柯尔特挂断了电话。哈特曼把听筒贴在耳边，假装还在听。会客厅的门仍然微微开着。他突然想到，当袭击行动开始时，他最好的策略可能是向副官开枪，以防副官把门关上。一想到血从那件洁白无瑕的上衣里渗出来，他就感到一阵欢欣。接线员说："您需要再打一个电话吗？"

"不了，谢谢。"

哈特曼放下了听筒。

突然他感到外面发生了一阵骚动。一个男人站在台阶上大声地要求卫兵放他进去。副官迅速朝入口走去，哈特曼的手立即滑到了上衣布料下的左口袋里。他摸到了枪。副官和那个男人在台阶上交流了一番，然后那个弯着腰、戴着眼镜、红着脸、顶着圆礼帽的男人推开门走进大厅。这人喘得上气不接下气，上了年纪，看起来好像心脏病就要发作了。哈特曼立刻把手缩回来。他认出这个男人来自外交圈，是意大利驻德国大使贝尔纳·阿托利科。阿托利科的目光落在哈特曼身上，眯着眼睛看了看哈特曼，似乎认出了他。

"你是外交部的吧？"阿托利科说德语时的口音很难听。

"是的，阁下。"

"那么请你告诉这个家伙，我需要马上见到元首，好吗？"

"当然。"然后，哈特曼对副官说："把他交给我吧。"他领着阿托利科向会客厅走去。副官没有阻止他。

阿托利科向自己认识的人——戈培尔和戈林——点了点头，但并没有停下脚步，即使人们的谈话在他们经过时停了下来。他们走进了第二间接待室。绍尔惊奇地站起来。哈特曼说："这位阁下需要和元首谈谈。"

阿托利科说："请告诉元首，我有来自领袖的紧急信息。"

"当然，阁下。"

在绍尔消失在另一间屋子里后，阿托利科仍然待在那儿，直直地望着前方。他微微颤抖着。

哈特曼说:"您愿意坐下来吗,阁下?"阿托利科短暂地摇了摇头。

门被打开的声音传来。哈特曼转头看去。绍尔首先出现,随后是外交部翻译保罗·施密特,接着是阿道夫·希特勒。希特勒皱着眉头,双臂交叉在胸前,显然对这突如其来的来访预示着什么,感到既困惑又担心。

3

莱格特在唐宁街10号的花园房间里,在琼打完首相的演讲稿后,他又一次站在了琼的身后。现在刚过下午1点钟,2点时首相将前往下议院。

与前一晚的演讲不同,这次的演讲无比冗长:演讲稿和预算书一样长,有四十二页,八千多词。难怪直到凌晨时分才完成。莱格特估计,即使没有停顿,首相也需要一个半小时才能讲完。

今天我们所面临的形势,自1914年以来从未出现过……

演讲之所以会如此之长,不是出于选择,而是一种必要。在过去的两个月里,议会一直处于休会状态。当下议院进入夏季休会时,没有苏台德危机,没有迫在眉睫的战争,没有防毒面具,也没有狭长的掩壕。家庭都去度假了。英格兰队在第五场板球测试赛中击败了澳大利亚队,在还剩一局未打的情况下以579分获得胜利。当时完全是另外一个世界。首相有责任让国家的民选代表们知晓自7月以来发生的所有事情。前一天晚上,莱格特依据电报和会议记录为英国首相起草了演讲稿,此时它正被英国皇家出版局印成白皮书(《捷克斯洛伐克危机,部长非正式会议纪要》);在首相演讲的同时,白皮书将在上下议院中发布。并不是每一份文件都要公开。外交部和内阁办公室已经剔除了那些敏感的内容,特别是张伯伦与法国总理达拉第之间的协议,也就是即使英法两国在这场战争中取胜,捷克斯洛伐克也将不复存在,仍然是机密。

正如赛耶斯所说，一旦协议被人知晓，就很难让大家相信这种牺牲是值得的。

琼打完最后一页，然后把演讲稿从打字机抽出。一共四份，最上面的那份给首相，其他三份是用薄复写纸复制的，分别给外交部、内阁办公室和唐宁街10号。她把每份文件都用夹子夹起来并交给莱格特。

"谢谢你了，琼。"

"不客气。"

莱格特在琼的桌子旁边逗留片刻，问道："我可以问问你的全名是叫琼什么吗？"

"叫我琼就可以了，谢谢。"

莱格特笑了笑，上楼走进他的办公室。令他惊讶的是，办公室里已经有人在了。克莱弗利坐在他的桌子后。虽然无法完全确定，但莱格特认为这个老家伙翻了自己的抽屉。

"啊莱格特，我正找你呢，首相的演讲稿准备好了吗？"

"是的先生，刚刚打完。"莱格特给克莱弗利看了看手中的文件。

"这样，我还有其他事情需要你来做，不介意的话，请跟我走一趟。"

莱格特跟着克莱弗利沿走廊进入首席私人秘书办公室，想知道接下来会发生什么。克莱弗利指向桌子上的听筒，它被放在电话底座旁的便笺簿上。"我们的电话始终与柏林大使馆保持接通，我们冒不起失去联系的危险。我需要你接听电话，了解电话另一端发生了什么，可以吗？"

"当然没问题，先生。具体需要关注哪些信息呢？"

"希特勒已经同意会见内维尔·汉德逊爵士。他随时可能带着希特勒给首相的回复回到使馆。"

莱格特倒吸了一口凉气。"我的天啊,局势变得紧张了。"

"很可能就是这样了。我会和首相待在一起,"克莱弗利说道,"一旦听到任何消息,请第一时间告诉我们。"

"好的,先生。"

克莱弗利的办公室和威尔逊的办公室一样,有一扇可以通往内阁会议室的内门。他跨过内门,然后关上了它。

莱格特坐在桌旁。他拿起听筒,小心翼翼地放在耳朵旁。当他还是个孩子的时候,父亲给过他一个贝壳并告诉他,如果他听得够仔细,就能听到大海的声音。这就是他现在听到的。哪些是静电在线路上发出的嘶嘶声,哪些是血液在他耳朵里跳动的声音,对此他无法分辨。他清了清嗓子:"你好,有人在吗?"他重复了几次:"你好……? 你好……?"

这项任务本来可以委托给一个初级职员。但也许这就是重点,为的是让他沉下心来。

莱格特瞥了一眼窗外那没有人的花园。一只黑色的小鸟在首相的鸟食架旁跳来跳去地啄食面包屑。他把沉重的胶木听筒放在耳朵和肩膀之间,掏出怀表,把它从链子上解下,打开盖子放在桌子上。他开始通读首相的演讲稿,检查是否有错。

英国政府目前有三条道路可选。一是我们威胁德国,如果他们袭击捷克斯洛伐克,我们就与他们开战;二是我们袖手旁观,静观事态变化;三是最终我们通过调解程序找到和平解决的办法……

过了一会儿,莱格特把演讲稿放在一旁,把怀表贴近自己的脸仔细观察。细长的时针由钻石制成,分针制作得更为精细。如果仔细看,就可以看到它在转动时的无穷小运动。他想象着在最后的几分钟里,德国士兵在军营里等待着行动信号,军用列车向捷克边境驶去，装甲部队在萨克森和巴伐利亚狭窄的乡间小道上行驶。

下午 1 点 42 分，一个男人的声音响起了："你好，伦敦。"

莱格特的心开始狂跳。"你好，伦敦在接听。"

"这里是驻柏林大使馆，只是检查一下线路是否一直接通。"

"是的，我们这边一切正常。你那边什么情况？"

"我们还在等大使返回使馆，请继续等待。"

电话里又响起嘶嘶声。

那只黑色的鸟不见了，花园里又变得空荡荡的，天空下起了雨。莱格特继续检查演讲稿。

在这种情况下，我决定是时候把长存我心的一个计划作为最后手段付诸实施了。

当大本钟敲响下午 2 点的钟声时，门开了，克莱弗利把上半身探了进来。"有什么情况吗？"

"并没有，先生。"

"电话线还接通着吧？"

"我想是的。"

"我们再等五分钟，之后首相就必须离开了。"

门关了。

下午 2 点过 7 分时，莱格特听到了来自柏林的声音。一个鼻音说道："我是内维尔·汉德逊爵士。"

"您好先生，我是首相的私人秘书。"莱格特伸手去拿他的钢笔。

"请告诉首相，希特勒已经收到了由意大利驻德大使转达的墨索里尼的口信。墨索里尼向他保证，如果发生冲突，意大利将站在德国那边，但要求希特勒将动员推迟二十四个小时，以便重新审视局势。请告诉首相希特勒已经同意了。你都听明白了吗？"

"是的先生，我会马上转告首相。"

莱格特挂断了电话。他记完笔记并打开了内阁会议室的大门。首相坐在威尔逊旁边，克莱弗利坐在他们对面。克莱弗利把头转向莱格特，瘦削的脖子上青筋暴出，看上去就像一个即将被绞死的人，站在地狱入口但仍然希望得到缓刑。"怎么了？"

"墨索里尼向希特勒传达了口信：如果开战，意大利将履行对德国的义务；但墨索里尼要求希特勒把动员推迟二十四个小时，希特勒同意了。"

"二十四个小时？"张伯伦失望地垂下头，"就这些了吗？"

威尔逊说："总比什么消息都没有好，首相。这至少表明希特勒需要听取外界的意见，是个好消息。"

"是吗？我觉得自己好像滑到了悬崖边缘，试图抓住每根树枝，以阻止自己落入深渊。二十四个小时！"

克莱弗利说："您至少可以在演讲结尾部分提起这件事。"

首相用食指敲了敲桌子。最后他对莱格特说："你最好跟着我，我们可以在车上修改演讲稿。"

"如果您愿意的话，我可以和您一起去。"克莱弗利说。

"不，你最好在这儿等着，以防柏林那边有新的进展。"

威尔逊说："已经快2点15分了。您需要走了。辩论将在十五分钟后开始。"

张伯伦推着桌子站了起来。莱格特跟着他，感受到来自克莱弗利眼神中的纯粹的厌恶。

在门厅里，张伯伦站在铜灯下，威尔逊帮他穿上大衣。十来个来自唐宁街10号的工作人员聚在一起为首相送行，他环顾四周。"安妮在吗？"

"她先走了，"威尔逊说，"别担心，她会在旁听席上。"他从张伯伦的衣领上掸掉几粒灰尘,把帽子递过去。"我也会在的。"他从伞架上拿起了雨伞,把它塞到首相手里。"请记住:您正在一点一点地占据上风。"

首相点了点头,守卫打开了门。熟悉的耀眼白光勾勒出了他的身形。莱格特想:那是多么瘦小的身躯啊!尽管穿着大衣,可他就像一只黑色的鸟。他脱帽致意,先转向右侧,然后是左侧,再然后走到人行道上。传来几声欢呼和一些掌声。一个女人喊道:"上帝保佑您,张伯伦先生!"听起来好像没有几个人在场,但莱格特在跟他走入耀眼的闪光灯下并调整视线之后,看到唐宁街实际上从头到尾都布满了沉默的、缓慢移动的人群。人群是如此之庞大,以至于需要一个警察骑在巡逻马上护送汽车。首相从身侧的门钻进了奥斯汀轿车,一个便衣警探坐在司机的身边。莱格特不得不挤过人群,走到车的另一侧。车门很难打开,他挤进了首相旁边的座位,车门被拥挤的人群关上了。透过挡风玻璃,他可以看到巡逻马的尾巴。巡逻马缓慢地移动,为他们开出一条道路。

首相喃喃地说:"我这辈子从来没见过这样的事。"

闪光灯照亮了车内,他们花了将近一分钟才到达唐宁街的尽头,然后右转进入白厅街。一大群人挤在前面,有近十人聚集在人行道上摆满鲜花的和平纪念碑周围。两个来自切尔西的退休工人戴着奖章,身穿红色制服,拿着一个罂粟花制成的花圈。他们转过身盯着首相乘坐的汽车驶过。

莱格特拿出钢笔,翻到演讲稿的最后一页。在行驶的汽车内很难书写。墨索里尼已经通知希特勒,尽管意大利将履行对德国的义务,但要求希特勒将动员推迟二十四个小时。希特勒已经同意。

他把这段话拿给首相看,但首相摇了摇头。"不,这还不够。

我必须向墨索里尼致敬。我们得让他站在我们这边。"他闭上眼睛。"把这句话写下来：'无论尊敬的各位议员过去对墨索里尼先生有什么看法，我相信每个人都会欢迎他的这种态度，即愿意为了欧洲的和平而与我们合作。'"当他们进入议会广场时，汽车又一次被迫减速到和步行一样慢，然后停了下来。骑警把他们围住。灰色的天空、人群中阴郁的寂静、红色的花环、马蹄的咔嗒声——莱格特想，这就像一场国葬，或是停战日的两分钟默哀。最后，汽车挣脱了束缚，他们加速穿过铁门，进入新宫院。他瞥见一个警察在行礼。他们的轮胎在鹅卵石上发出砰砰的声音。他们从拱门下穿过，进入议长院，停在一扇哥特式木门旁边。警探跳下车。几秒钟后，张伯伦走过鹅卵石地面，踩上石阶，莱格特跟在他的后面。

他们走到一个铺了绿地毯并镶了木板的走廊，它就在下议院会议厅旁边。六百名议员已经聚集起来，等待会议开始。从紧闭的门后连续不断地传来低沉的谈话声。在首相套房的外厅，女秘书们正立正等候首相的到来。张伯伦大步走过她们，走进会议室，把帽子和伞递给沃森小姐。他耸肩脱掉大衣。两个男人正在长桌旁等待。其中一人是他的议会私人秘书亚历克·邓格拉斯。这个伯爵爵位继承人的不幸，或者也可能是他成功的关键，在于他看起来好像是从 P. G. 伍德豪斯的小说中走出的人物。另一人是党鞭长马杰森上尉。

首相说："很抱歉让你们久等了。人多得令人难以置信。"

马杰森轻快地说："首相，现在差一刻就到3点了，如果您准备好了，我们应该马上进去。"

"走吧。"

他们走出办公室，穿过走廊，朝会议厅的门走去。吵闹的声音越来越大。

首相调整了一下袖口。"议院里的氛围怎么样？"

"全党都强烈支持您的行动，连温斯顿也屈服了。您会在红箱旁边看到一些精巧的装置，您可以无视它们。BBC想广播您的声明，但工党的党鞭拒绝了。他们说，这样做有失公平，给执政党带来了优势。"

邓格拉斯说："我在您的水里放了一点白兰地，首相。这对声音有好处。"

"谢谢你，亚历克。"张伯伦停了下来，伸出手来。莱格特把他的演讲稿递过去。他在手里掂量着，勉强挤出一个微笑。"很显然，我有很多东西要说啊。"

邓格拉斯把门拉开。马杰森先走了进去。他用肩膀在议长席周围拥挤的议员中开路。当首相走到会议厅中央，把一切尽收眼底时，隆隆的喧闹声变成了深沉的男性吼叫声。莱格特几乎发自内心地觉得，这种热烈、色彩和噪声让人就像走进了一个足球场。莱格特向右拐，和沃森小姐一起走到政府官员专用的长椅上。

在首相身后，议长的声音穿透了嘈杂声。"肃静！肃静！下议院请恢复秩序！"

*

首相的演讲在绝对的安静中进行。当他以天为单位，有时是以小时为单位来讲述这场危机时，没有一个议员站起来打断他。唯一的动静来自身穿黑色长袍、戴着仪式用挂链的议会信使，他们不停地送来电报和粉红色的电话记录，上面都是不断涌入威斯敏斯特的信息。

"所以我决定亲自去德国拜访希特勒先生，通过私人谈话了解是否还有任何拯救和平的希望……"

从莱格特的位置看去，温斯顿·丘吉尔正俯身坐在过道下面属于保守党的前排长凳上，聚精会神地听着讲话，把一份又一份电报用一根红色橡皮筋捆在一起。在旁听席，前首相斯坦利·鲍德温把胳膊搁在木栏杆上，低头凝视着会场的情况，就像一个农民在周日穿上最好的衣服去赶集。继续看过去，国王的母亲玛丽王后的画像里那张苍白的脸正面无表情地望着张伯伦。附近坐着哈利法克斯勋爵。

"我很清楚，采取这样一种前所未有的做法会招致批评，说我有损英国首相的尊严；且如果我不能带回一份令人满意的协议，就会招致更多的失望，甚至还有怨恨。但我觉得，在这样一场事关数百万人之生死存亡的危机中，这种顾虑是不算数的……"

莱格特将首相的演讲稿与自己手中的稿件进行对照，标注了张伯伦偶尔偏离的地方。首相的态度是从容的、严肃的、安静的、戏剧性的——他有时把拇指放在夹克的翻领下面，有时戴着一副夹鼻眼镜读文件，有时摘下眼镜盯着天窗，仿佛在寻找灵感。他把两次拜访希特勒的经历描述得好像他是一位维多利亚时代的皇家地理学会探险家，途中遇到了野蛮的军阀。"9月15日，我第一次飞往慕尼黑。在那里，我乘火车去了希特勒先生在贝希特斯加登的山区住宅……22日，我再次去了德国，到了莱茵河上的哥德斯堡，元首为我安排了一个比偏僻的贝希特斯加登更方便的会面地点。在我经过的街道和村庄，我再次受到了非常热烈的欢迎……"

首相站立了一个多小时，开始描述最近两天的事——"作为维护和平的最后努力，我派了霍勒斯·威尔逊爵士前往柏林"。当时莱格特注意到上议院旁听席里有一阵骚乱。卡多根站在门口，一个信使陪着他。他挥着手，想引起哈利法克斯勋爵的注意。最后，鲍德温看到了他，从玛丽王后画像背后转过身来，拍了拍外交大臣的肩膀。鲍德温指向卡多根，卡多根急切地招呼哈利法克斯过去和他会合。哈利法克斯僵硬地站了起来，无用的胳膊在他身边晃来晃去。他向王后画像鞠了一躬，道了声歉，走到旁听席的后面，消失了。

"昨天上午，霍勒斯·威尔逊爵士继续与希特勒先生对话，发现他的观点显然仍没有改变。威尔逊按照我的指示，以精确的措辞反复向他重申，如果法国军队积极参与针对德国的敌对行动，英国政府将有义务支持他们……"

莱格特低声对沃森小姐说："你能不能帮我留意一下首相说的和演讲稿有哪些不同？"不等她回答，他就把演讲稿递给了她。

随着首相的叙述越来越接近当前局势，议会里的紧张气氛在一点一点地加剧。站在行政官员包厢之间的议员们太专注了，根本没注意到莱格特在他们中间挤来挤去。"不好意思……对不起……"

当卡多根和哈利法克斯进门时，莱格特走到了议长席后面的位置。卡多根看到他，挥手叫他过去，平静地说："我们刚刚收到希特勒的直接答复。我们需要在首相讲完之前通知他。"卡多根把一张纸条塞进莱格特的手里。"把这个给亚历克·邓格拉斯。"

那是一张对折的纸，外面写着"给首相——紧急"的字样。

莱格特回到会议厅。他看见邓格拉斯坐在首相座位后面的第二排长凳上。他无法直接联系到邓格拉斯，于是把那张纸条递给坐在长凳末端的议员，并注意到对面和后面有数百名议员正注视着他，他们对发生了什么感到好奇。他低声对那位议员说："能麻烦你把这纸条传给邓格拉斯勋爵吗？"

像一根点燃的保险丝上的火花一样，纸条被一只手接着一只手地传递,直到到达邓格拉斯手中。他打开纸条看了一眼,脸上带着他那副常见的傻乎乎的表情。然后他立即倾身向前,在财政大臣耳边嘀咕了几句,财政大臣把手搭在他的肩上,拿过纸条。

首相刚刚宣读完他给希特勒和墨索里尼的最新电报。

"回复说墨索里尼先生要求希特勒先生花更多的时间,重新审视局势,努力寻求和平解决的办法。希特勒先生已同意把动员推迟二十四个小时。"

议员们第一次在演讲过程中低声表示赞同。

"无论尊敬的各位议员过去对墨索里尼先生有什么看法,我相信每个人都会欢迎他的这种态度,即愿意为了欧洲的和平而与我们合作。"

有更多表示赞同的声音。首相停了下来,突然看了看他旁边的长椅,约翰·西蒙爵士正拽着他夹克的下摆。他皱了皱眉头,弯下腰,拿起纸条读了起来。两人低声交谈。会议厅里悄无声息,大家都看向他们。最后,首相直起身子,把那张纸条放在红箱上。

"这还不是全部。我还有话要对议会说。希特勒先生现在通知我,他邀请我明天上午去慕尼黑与他会面。他还邀请了墨索里尼先生和达拉第先生。墨索里尼先生接受了,达拉第先生也会接受,对此我毫不怀疑。我的回复也显而易见。"

沉默又持续了一会儿,接着爆发了一阵震耳欲聋的解脱的声音。在会议厅周围,议员们——包括工党和自由党议员——都起立鼓掌,挥舞他们的议事日程表。一些保守党议员甚至站在长凳上欢呼。最后,甚至丘吉尔也像个蹒跚学步的孩子一样摇摇晃晃地站了起来。就这样,一分钟又一分钟过去了,首相环顾四周,点头微笑。他想说话,但他们不让。最后,他摆手让他们坐回自己的位子。

"我们都是爱国者,在知道危机再一次被推迟后,下议院各尊敬的议员中不可能有人感觉不到心脏的跃动。这给了我们一个机会,让我们可以做出尝试,弄清用怎样的理由、怀着怎样的善意、通过怎样的讨论,才可以解决一个已经有望解决的问题。议长先生,我不能再多说了。我相信下议院现在已经准备放我去慕尼黑,让我去看看我能从这最后的努力中获得什么。也许下议院会认为,鉴于这一新的事态发展,辩论最好先暂停几天。也许我们可以在更愉快的情况下举行会议。"

接着又是一阵长时间的欢呼。直到这时,莱格特才尴尬地意识到,他已经忘记了自己应该具备的职业性中立,一直在和大家一起欢呼。

4

按照最好的藏身之处就在眼前的原则,那天下午5点,密谋团体的核心成员在普鲁士政府大楼柯尔特的办公室里开会。参会者有内政部的吉塞维乌斯和冯·舒伦堡、司法部的多纳尼、阿勃维尔的奥斯特上校,以及外交部的柯尔特和哈特曼。

六个人!哈特曼发现很难克制自己的轻蔑。六个人要推翻一个控制了生活和社会的方方面面的独裁政权,一个已经人口膨胀到八千万的国家?他感到幼稚和屈辱。整件事就是个笑话。

柯尔特说:"我建议,如果有人问我们这次会面的事,我们应该告诉对方这完全是非正式的,讨论的是为新近解放的苏台德地区建立一个跨部门的规划小组。"

多纳尼点点头,说:"这有一定的官僚主义合理性。"

"当然了,贝克不能出现在我们附近的任何地方,海因茨也不行。"

"'新近解放的苏台德领土',"吉塞维乌斯重复道,"听听这措辞吧。我的天啊,他会比过去更受欢迎了。"

舒伦堡说:"为什么不呢?先是奥地利,现在又是苏台德。元首在不到七个月的时间里为德意志帝国增添了一千万日耳曼人,甚至根本不需要开枪。戈培尔会说他是我们自俾斯麦以来的最伟大政治家,也许他就是。"他环顾了一下房间。"你们考虑过吗,先生们?也许我们错了?"

没有人回应。柯尔特坐在桌子后面。奥斯特靠在桌子上。吉塞维乌斯、舒伦堡和多纳尼坐在三张扶手椅上。哈特曼仰卧在沙发上,双手交叉放在脑后,凝视着天花板,同时把大脚挂在扶手上。最后,哈特曼平静地问:"那么军队该怎么办,奥斯特上校?"

奥斯特把他的背轻靠在书桌上。"一切最终都取决于布劳希奇。不幸的是,在元首下令将行动推迟二十四个小时的时候,他还没能做出决定。"

"如果行动没有被推迟,他会采取行动吗?"

"贝克说哈尔德告诉他布劳希奇完全赞同——"

哈特曼打断了奥斯特的话。"贝克说……哈尔德告诉他……完全赞同!"他把腿甩到地上,坐直了身体。"请原谅我,先生们,但如果你们问我,我想说这只是空中楼阁。如果布劳希奇真的想除掉希特勒的话,他早就采取行动了。"

"你把问题想得太简单了。我们的共识一直是,军队采取行动的唯一条件是,他们确信德国将对法国和英国发动战争。"

"是因为他们认为德国会输?"

"没错。"

"所以,让我们先弄清楚军队所持立场背后的逻辑。他们对希特勒的政权没有道德上的异议;他们反对与否完全取决于国家的军事前景?"

"是的,当然。这很令人震惊吗?他们是军人,不是牧师。"

"好吧,他们这样可真不错!我确信!不需要良知!但你知道这对我们其他人意味着什么吗?"哈特曼依次打量着其他人。"对于军队来说,只要希特勒取得胜利,他就安全了。只有当希特勒开始输掉战争时,他们才会回过头来反对他——到那时就太晚了。"

"小声点,"柯尔特警告说,"赫斯的办公室就在走廊那边。"

奥斯特显然在控制自己的脾气。"我和你一样失望,哈特曼,甚至比你更失望。请不要忘记,我花了几个月的时间才让军队走到这一步。整个夏天我都在给伦敦传递信息,告诉他们只要能坚持下去,剩下的就交给我们了。不幸的是,我没有料到英国人和法国人的怯懦。"

柯尔特说:"从长远来看,他们将为此付出可怕的代价。我们也将如此。"

一阵沉默。在哈特曼看来,希特勒在最后一刻突然放弃了战争,这仍然是难以置信的。他目睹了这一切:历史的创造就在五米之外的地方。阿托利科满脸通红,浑身颤抖,结结巴巴地说话,声音大到让周围的人都听见了,仿佛他是戏台上的传令官:"元首,无论您做出什么决定,法西斯意大利都会站在您身后。但是,领袖认为,接受英国的建议是明智的,并恳求您不要动员。"当施密特把意大利文翻译成德文时,希特勒的脸上既没有流露出愤怒,也没有表现出宽慰,他的脸就像铜像一样一动不动。"告诉总理我接受他的建议。"说完他就回到了办公室。

从走廊里传来一阵刺耳的笑声。党员们正在庆祝。哈特曼勉强躲过了他们的拥抱。其中一人正在传递一瓶杜松子酒。

"那么我们现在该怎么办呢?"吉塞维乌斯问道,"如果没有军队,我们就不能采取行动。如果哈特曼对他们态度的分析是正确的,那么我们只不过是一群无能的平民,注定要眼看着我们的国家被摧毁。"

"在我看来,我们只剩下一次机会了,"哈特曼说,"我们需要努力阻止明天在慕尼黑签署协议。"

"这是极不可能的,"柯尔特说,"协议现在就像已经签好了一样。希特勒会接受英国和法国提供给他的东西,这基本上就是他一开始的要求。因此，会议只是一种仪式。张伯伦和达拉第会飞到会场，站在摄像机前说'给你，亲爱的元首'，然后他们就会飞回家。"

"不一定非得是那样。希特勒推迟了行动，但没有取消。"

"不过，我可以向你保证，事情肯定会这样发展的。"

哈特曼平静地说："我需要见张伯伦。"

"哈！"柯尔特举起双手，"当然！"

"我认真的。"

"你认不认真不是问题的关键。无论如何，我们已经过了那个阶段。就在三周前，我兄弟就坐在哈利法克斯的外交部办公室里，明确地警告他接下来会发生什么。仍然没什么用。"

哈特曼说："哈利法克斯不是张伯伦。"

多纳尼说："但我亲爱的哈特曼，你要对他说些什么才能让情势发生哪怕一丁点儿变化呢？"

"我要给他证据。"

"什么证据？"

"证明希特勒决心要发动一场征服战，这可能是阻止他的最后机会。"

多纳尼试图引起其他人对自己的赞同："这简直太愚蠢了！就好像张伯伦会去注意一个低级别的年轻人，比如哈特曼！"

哈特曼耸耸肩。他没有生气。"尽管如此，这仍然值得一试。有人有别的想法吗？"

舒伦堡说："能不能也让我们看看这个'证据'？"

"我觉得最好不要。"

"为什么？"

"因为我答应了给我消息的人，我只会给英国人看。"

抱怨的低语响起——抗议、怀疑、愤怒。

"我得说,你不信任我们,我觉得受到了冒犯。"

"真的吗,舒伦堡?但恐怕在这件事上我无法给你帮助。"

奥斯特问:"那你打算如何安排你自己与英国首相的私人会面?"

"很明显,第一步,我需要作为德国代表团的一员被授权参加会议。"

柯尔特说:"这怎么可能?就算你能获许加入,也没有机会单独接触张伯伦。"

"我相信这是可以做到的。"

"不可能!怎么做?"

"我认识他的一个私人秘书。"

这件事使他们大吃一惊。停顿了一会儿,奥斯特说:"呃,我想这算是个优势,尽管我不确定它对我们有什么帮助。"

"这意味着我必须找机会和张伯伦取得联系,或者至少有机会把我的情报交给他。"哈特曼俯身向前,恳求着,"也许不会有什么结果,那样我也能接受。我理解你们的怀疑。但这肯定值得最后再试一次吧?奥斯特上校,你在白厅街有熟人吗?"

"有。"

"能不能抽时间给他们捎个信,问问那个人是否可以作为张伯伦的随从飞往慕尼黑?"

"或许可以。他叫什么名字?"

哈特曼犹豫了。说到这里,他发现大声说出那个名字是一件很困难的事情。"休·莱格特。"

奥斯特从胸前的口袋里掏出一个小本子,记了下来。"你说他在唐宁街工作?他会期待你给的消息吗?"

"很有可能。我已经通过匿名信告诉了他一些事,我敢肯定他会猜到是我给的。他知道我在外交部。"

"你是怎么送给他的?"

哈特曼转向柯尔特:"是你哥哥送的。"

柯尔特惊讶地张大了嘴巴。"你背着我利用西奥?"

"我想打开自己的沟通渠道——向他展示一些东西,让他相信我是认真的。"

"那你刚才说的'一些东西'指什么?难道这也是秘密?"

哈特曼沉默了。

舒伦堡厌恶地说:"难怪英国人不把我们当回事。在他们看来,我们肯定是彻彻底底的外行——每个人都在自说自话,没有人在中间协调,没有关于德国失去希特勒后该怎样的计划。我受够了,先生们。"

他把身体从扶手椅上撑了起来。

柯尔特也站了起来。哈特曼伸出双手做出请求的姿态。"舒伦堡,坐下吧!我们经历了一次逆转,我们很失望,但我们不要内讧。"

舒伦堡抓起自己的帽子,指着哈特曼。"你和你那个愚蠢的计划会把我们都送上绞刑架的!"

他随手把门砰的一声关上。

随着舒伦堡离去的声响逐渐消失,多纳尼说:"他说得很对。"

"我同意。"吉塞维乌斯说。

奥斯特说:"我也是。但是我们陷入了僵局。总的来说,我倾向于支持哈特曼的计划——不是说我认为这个计划会奏效,而是因为我们没有可行的替代方案。你说呢,埃里希?"

柯尔特缩回椅子上。他看起来更像个五十多岁而不是三十多岁的人。他摘下眼镜,闭上眼睛,用拇指和食指揉着眼皮。"慕尼黑会议,"他咕哝着说,"是一个不可阻挡的火车头。在我看来,尝试阻拦也没用。"他戴上眼镜，盯着哈特曼。他的眼睛因疲倦而发红。"另一方面，即使我们不能破坏它，与每天都见张伯伦的人进行公开交流对我们的事业显然也很有价值。因为有一件事我们可以肯定：今天并不是这个过程的结束。鉴于我们对希特勒的了解，苏台德地区只是一个开始。还会有其他危机，或许是新的机遇。让我们看看你能做点什么，保罗。但我认为至少你应该告诉我们你打算告诉英国人什么事。这是你欠我们的。"

"不行，我很抱歉。也许当我回来的时候——如果那时我能得到消息来源的同意——我会给你们看证据。但就目前而言，为了你们自己，也为了他们，你们不知道可能会更好。"

又是一阵沉默。最后，奥斯特说："如果我们要努力实现这一目标，就不能再浪费时间了。我要回到提尔皮茨河岸大街①试着和英国人联系。埃里希，你能让哈特曼参加会议吗？"

"我不确定，但可以试一试。"

"你不能和里宾特洛甫谈谈吗？"

"上帝，不！他是我最不愿意接近的人。他会立刻就产生怀疑的。我们最大的希望可能是魏茨泽克。他喜欢两面讨好。我去和他谈谈。"他转向哈特曼。"你最好也来。"

奥斯特说："或许我们应该分头离开。"

"不用，"柯尔特说，"记住，我们只是举行了一次非正式的部门间会议。如果我们一起出去，会更自然。"

在门口，奥斯特把哈特曼拉到一边。"我记得你有武器吧？我应该把它归还给阿勃维尔军械库。"他低声说，这样其他人就听不到了。

---

① 阿勃维尔所在地。

哈特曼凝视着奥斯特。"如果你不介意的话，我想我还是留着吧。"

*

哈特曼和柯尔特一起离开大楼，默默地穿过威廉大街向外交部走去。阳光灿烂，空气里有种明确的轻松感。这一点可以从下班回家的政府工作人员脸上看出。民众甚至在大笑。这是哈特曼自两周前捷克危机爆发以来，第一次在大街上看到这种曾经的常态。

在国务秘书的办公室外间，包括温特太太在内的三个打字员都俯身在各自的机器前。柯尔特不得不提高嗓门，好让大家听到他的声音："我们需要见冯·魏茨泽克男爵。"

温特太太抬起头来。"他和英法大使在一起。"

柯尔特说："但温特太太，这是一件紧急的事情。"

她瞥了哈特曼一眼。她的表情完全是漠然的。他钦佩她的冷静。他仿佛突然看到她赤身裸体地躺在床上等着他——她那洁白的长腿、硕大的乳房，还有坚硬的乳头。

"好的。"

她轻轻敲了敲通往办公室内间的门，然后走了进去。哈特曼听到了玻璃杯碰撞的叮当声、交谈声和笑声。不到一分钟后，内维尔·汉德逊爵士出现了，翻领上插着一朵鲜红的康乃馨，后面跟着安德烈·弗朗索瓦-庞塞。这位法国大使留着黑色的小胡子，它被修剪成沿着嘴唇向上翘着的形状。他看上去很俏皮，也很有趣，就像法式喜剧里的演员。据说他是外交使团中唯一一个希特勒真正喜欢的人。大使们向哈特曼和蔼地点了点头，然后和柯尔特握了握手。

弗朗索瓦－庞塞说:"柯尔特,这是一种解脱。"他继续摇动柯尔特的手。"大大地解脱!元首跟阿托利科说话之前,我和他在一起。当他回到房间后,他跟我说的原话是:'告诉你的政府,为了满足我伟大的意大利盟友的愿望,我已经将行动推迟了二十四个小时。'想象一下,如果那天早上共产党切断了从罗马到柏林的电话线,我们就要进入战争了!而现在情况相反,"他在房间里挥动着自己的手,"我们还有机会。"

柯尔特微微鞠躬。"阁下,这是一次伟大的解脱。"

温特太太出现在门口。"国务秘书正在等你。"

哈特曼从她身边经过时闻到了她的体香。

汉德逊在他们身后喊道:"我们在慕尼黑见。我们还没有完全解决这件事。"

冯·魏茨泽克的桌上放着一瓶德国起泡酒。他并不在意他们致敬希特勒的动作。"先生们,让我们喝了这瓶酒。"他熟练地倒出三杯,一滴也不浪费,然后把两个杯子分别递给柯尔特和哈特曼。他举起酒杯。"就像我对大使们说的那样,我不会提议干杯,因为我不想冒险。让我们尽情享受这一刻吧。"

哈特曼礼貌地抿着酒。这酒太甜,起泡太多,不合他的口味,就像小孩子喝的饮料。

"请坐。"魏茨泽克指着沙发和两把扶手椅。他那件深蓝细条纹的西装裁剪得很合身。纳粹党的万字形领针在斜射进高窗的午后阳光中闪闪发光。这一年他刚加入纳粹。现在他在党卫军中拥有荣誉军衔,是德国的高级外交官。他虽然出卖了自己的灵魂,但至少卖了一个好价钱。"我能为你们做些什么,先生们?"

柯尔特说:"我建议在明天的会议中,哈特曼能获得授权加入我们的代表团。"

"你为什么问我?问问部长吧。你是他部门中的一员。"

"我非常尊敬部长,可在说服他之前他对任何建议的自动反应通常都是'不'。但在现在这种情况下,我们没有时间像平常那样慢慢劝说他了。"

"为什么让哈特曼去慕尼黑会这么重要?"

"除了他的英文无可挑剔——这一点本身就很有用——之外,我们相信他还有机会与张伯伦的手下建立可能很重要的联系。"

"真的吗?"魏茨泽克饶有兴趣地打量着哈特曼,"那个人是谁?"

哈特曼说:"他是一名外交官,目前是张伯伦的私人秘书之一。"

"你怎么认识他的?"

"我和他一同在牛津念书。"

"他是否赞同新德国?"

"恐怕并不。"

"那就是怀有敌意?"

"我想他大概和他那类英国人是一样的态度。"

"这意味着任何情况都有可能。"魏茨泽克重新转向柯尔特。"你们怎么知道他会到慕尼黑?"

"我们不知道。阿勃维尔的奥斯特上校正试图安排此事。"

"啊,奥斯特上校!"魏茨泽克慢慢地点了点头,"现在我明白了。是那种联系。"他给自己倒了最后一杯起泡酒,慢慢地喝下去。哈特曼凝视着他那上下起伏的喉结,那光滑的粉红脸颊,以及那与他崭新的党徽相配的银发。哈特曼感到一种轻蔑的情绪从他的喉咙里涌起,他宁愿让一个断鼻梁的褐衫军[①]取代这个伪君子。国务秘书把空杯放回桌子上。"你要当心奥斯特上校。你甚至

---

① 即希特勒 1921 年创立的武装组织冲锋队,其成员穿黄褐色卡其布军装。

可以告诉他这是我的警告:他的行动并没有被完全忽视。到目前为止,只要不太过分,人们对异见还是有一定程度的宽容的,但我感觉事情正在发生改变。民族社会主义正在进入一个更有活力的新阶段。"

他走到办公桌前,在桌子下面摸索着,按下一个按钮。门开了。

"温特太太,您能把冯·哈特曼先生的名字加到明天的参会名单上吗?把他写成翻译去帮助施密特博士。"

"好的,先生。"

她离开了。哈特曼看向柯尔特,点了点头。两人站了起来。

"谢谢您,国务秘书。"

"是的,"哈特曼说,"谢谢您。"他犹豫了。"我可以问个问题吗,男爵先生?"

"什么?"

"我在想是什么原因使元首改变了主意。您认为他真的打算入侵,还是一直在虚张声势?"

"啊,他想入侵,这毫无疑问。"

"那他为什么又取消行动了呢?"

"谁知道呢?没有人真正知道他在想些什么。我想最后他意识到张伯伦已经让他的开战借口站不住脚了,在这件事上墨索里尼的介入是决定性的。戈培尔在午餐时说得相当好,尽管他个人支持入侵:'一个人不能因为细节问题就发动一场世界大战。'元首的错误是列出了具体的要求。它们中的多数一旦被满足,元首就被困住了。我怀疑他下次不会再犯同样的错误了。"

魏茨泽克和他们握手,关上了门。这句话引起了哈特曼的共鸣。"他下次不会再犯同样的错误了。"

温特太太说:"哈特曼先生,你的名字会出现在安哈尔特火车站的名单上。你只需要在门口出示证件就够了。专列定于今晚8点50分发车。"

"是那辆火车吗?"

"是的,元首的火车。"

哈特曼意识到柯尔特在等他,还有另外两个女人在打字。

柯尔特碰了碰他的胳膊:"我们最好快一点。你还需要打包行李。"

他们走入走廊。哈特曼回头瞥了一眼,但她已经坐在办公桌后打字了。她完全漠不关心的态度使他心烦意乱。他们向前走的时候,哈特曼说:"这比我预想中的要容易。"

"是的,我们新国务秘书的模棱两可令人欣喜,不是吗?他一方面是政权的顶梁柱,另一方面又表达了对反对派的赞同。你是直接回你的公寓吗?"

"暂时先不回。我需要从办公室拿点东西。"

"当然,"柯尔特握了握他的手,"我在这里跟你告别吧。祝你好运。"哈特曼的办公室空无一人。毫无疑问,冯·诺斯蒂茨和冯·兰曹在某处庆祝。他坐在书桌旁,打开抽屉。信封还在原来的地方。他把它塞进公文包。

*

哈特曼的公寓位于帕理泽大街的西端,靠近圣路德维希教堂附近的时尚购物区。上次大战前,在他曾是大使的祖父还活着的时候,他的家族拥有整栋建筑。但他们不得不将其分割开来,一部分一部分地出售,以偿还罗斯托克附近房产的抵押贷款。现在只剩下二楼了。

哈特曼拿着一杯威士忌站在窗前,抽着烟,看着最后一缕阳光消失在路德维希广场的树木后面。天空发出红光。这些树看起来就像原始部落的舞者围火堆嬉戏的影子。在收音机里,贝多芬《科里奥兰序曲》的响起标志着一个特别新闻节目的开始。播音员听起来兴奋得发狂。

"出于将苏台德领土以和平方式收回第三帝国的最后一次努力,元首邀请了意大利政府首脑墨索里尼、英国首相内维尔·张伯伦、法国总理爱德华·达拉第出席一个会议。政治家们接受了邀请。会议将于9月29日上午在慕尼黑举行。"

公报的内容让这一切看起来都是希特勒的主意。哈特曼认为,人们会相信它,因为人们只相信他们想相信的——这就是戈培尔依靠其强大的洞察力所发现的。他们不再需要用难以忽视的真相来烦扰自己。希特勒给了他们一个不去思考的借口。

哈特曼又喝了一些威士忌。

他仍在为冯·魏茨泽克办公室里的遭遇而烦恼。整个事情太简单了。温特太太坚决拒绝和他对视,这也有些奇怪。他一遍又一遍地回想这一幕。

也许她根本没有从冯·魏茨泽克的保险箱里偷过文件。也许只是别人给了她这些东西,让她转交给他。

他一想到这一点,就知道这一定就是真相。

他掐灭香烟,走进卧室。在衣柜的最上面是一个印着他名字首字母的小手提箱,这是他第一次离家求学时得到的。他轻轻弹开锁扣。

里面大部分是他的父母、兄弟姐妹、朋友和女友寄来的信。牛津来的信都捆在一起,还装在信封里。他喜欢英国的邮票,也喜欢看到休用小而整齐的手写体写下他的姓名和地址。有一段时间,休每周给他写一两次信,还会寄一些照片,包括他们在慕尼黑拍摄的最后一张合照,背面写着1932年7月2日。他们穿着徒步服——靴子、运动夹克、开领白衬衫。照片背景中可以看到庭院的一角。蕾娜站在他们中间,双手抓住他们的上臂。她比自己矮得多,看起来很滑稽。三个人都在微笑。哈特曼记得这张照片是在他们启程前,她请旅馆老板拍下的。用曲别针别在照片上的,是他夏天偶然读到的《每日快报》的节选:外交部最耀眼的新星之一,现在协助首相的……从照片看,休几乎没有变化,但他身边那位时髦的女性,也就是他的妻子,那位"帕梅拉",根本不是哈特曼想象中休最终会与之结婚的那种女孩。哈特曼突然想到,如果出了什么事,盖世太保搜查了他的公寓,那么这些纪念品就会成为罪证。

哈特曼把牛津的信拿到壁炉前,一封接一封地烧掉,用打火机点燃每封信的右下角,然后扔进壁炉。他把剪报烧了。他对着照片犹豫了一下,但最后还是把它烧了,看着它烧焦、卷曲,直到和其他灰烬没有区别。

*

哈特曼到达安哈尔特火车站时天已经黑了。在主广场的立柱入口外,警察正带着狗巡逻。哈特曼的手提箱里装着信封,上衣内袋里装着瓦尔特枪。他觉得腿开始发软。

他挺起胸,穿过大门,走进玻璃顶车站的烟雾和黑暗。车站很高,像一座哥特式大教堂。在三四层楼高的位置,纳粹万字旗在每个站台上空飘扬。告示牌上显示了当晚火车会经过的站点:莱比锡、法兰克福、德累斯顿、维也纳……现在是晚上8点37分。

告示牌上没有慕尼黑，也没有专列。帝国铁路公司的一名工作人员穿着深蓝色制服，戴着尖顶帽子，他的牙刷胡无疑是为了向元首表示敬意而留的。他注意到了哈特曼的不安。当哈特曼解释自己的任务时，他坚持亲自护送哈特曼："这是我的荣幸。"

哈特曼在他们到达之前就看到大门了。人们一定已经猜到元首会经过这里，大约有一百人恭敬地聚集在这里，其中大部分是女性。党卫军负责使他们保持距离。在入口，又有两名警犬员和携带机枪的党卫军守卫在对乘客进行检查。一个人正在排队上车时，被命令打开他的手提箱。哈特曼想：如果他们搜身，我就完了。他想转身把枪扔进厕所。但是，帝国铁路的工作人员正领着他往前走，过了一会儿，他发现自己已经和一个哨兵面对面了。

"希特勒万岁！"

"希特勒万岁！"

"名字？"

"哈特曼。"

哨兵用手指划过名单，翻了一页又一页。

"没有哈特曼。"

"在那儿。"哈特曼指向最后一页。不像其他人，他的名字是用墨水加在最后的，看起来很可疑。

"有证件吗？"

他交出了身份证件。

另一个哨兵说："请打开手提箱。"

他把它放在膝盖上。他的手在颤抖。他确信他的罪行是显而易见的。他摸着锁扣，打开盖子。哨兵扛起机关枪，翻遍了里面的东西——两件衬衫、内衣、真皮套子包着的剃须用具。哨兵拿起信封，抖了抖，又放回去。然后他点了点头，用枪管指向火车。

第一个哨兵把身份证件还给哈特曼。"请在后面的车厢就座，冯·哈特曼先生。"

他们开始检查后面的人。哈特曼走到站台上。

火车沿着轨道在右手边大约二十米的地方停了下来。列车很长，他数了数有七节车厢，全都呈闪闪发光、毫无瑕疵的墨绿色，仿佛不久前才为这一特殊事件上了漆。车身上面画着一只纳粹鹰，展开翅膀，抓着金色的万字符。每个车门都把守着一名党卫军哨兵。最前方的黑色火车头慢慢地放出蒸汽，那里也有守卫。哈特曼缓缓地向后面的车厢走去，最后抬头看了一眼屋顶上被泛光灯照得发亮的电线杆、拍打翅膀的鸽子，以及远处漆黑的天空。然后他爬上了列车。

那是一节卧铺车厢，客房在左手边。一个党卫军副官手上拿着笔记板，正沿走廊前行，然后停下来，伸出手臂行礼。哈特曼认出他就是那天上午自己在总理府威胁过的那个穿白上衣的势利小人。哈特曼回礼，希望自己看起来是一个令人信服的狂热分子。

"晚上好，冯·哈特曼先生。请跟我来。"

他们走到车厢的尽头。副官检查了手上的笔记板，打开最后一个隔间的门。"这是你的床铺。我们一离开柏林，餐车就会供应点心。然后，会有人来告知你元首列车的运行情况。"他又行了个礼。

哈特曼走进隔间，随手关上了门。它是用元首喜欢的装饰艺术风格装修的，有上下两张床铺。灯光是暗黄色的。屋里有一股木头上蜡的味道，装潢看起来灰扑扑的，空气有点浑浊。他把手提箱扔到床垫底下，坐在床边。隔间小得能引发幽闭恐惧症，像间牢房。他不知道奥斯特是否同英国取得了联系。如果没有，他将不得不思考退路，但他神经紧张，此刻一个方案也想不到。

过了一会儿，哈特曼听见远处有人喊叫，有人欢呼。透过窗户,他看见一个男人拿着相机,飞快地向后跑。几秒钟后,闪光灯照亮了站台,元首的队伍进入了视野,快速前进。站在中间的是身穿褐色束腰大衣的希特勒,他的两侧站着身穿黑色制服的党卫军。希特勒从离哈特曼不到三米的地方经过,眼睛直直地盯着前方,脸上露出一种极度愤怒的表情,然后走到哈特曼的视线之外。希特勒的随从跟在后面——看起来有几十个人。然后哈特曼听到车厢门开了。他转过身来,看见绍尔大队长和党卫军副官站在门口。有那么一瞬间,他以为他们是来抓他的,但随后绍尔困惑地说:"哈特曼?你在这里干什么?"

他站了起来。"我被派去帮助施密特博士完成翻译工作。"

"只有在慕尼黑才需要翻译。"绍尔又转向副官。"这个人没有必要上元首的火车。谁批准的?"

副官无助地看着他的笔记板。"他的名字被加到名单上了……"

火车突然向前一倾,三个人都必须抓住一些东西才能保持身体平衡。慢慢地,站台开始从窗外滑过,然后是空空如也的行李车、一块写着"柏林—安哈尔特"的牌子、向军官们致敬的队伍……画面的切换逐渐加快,直到火车走出车站的阴影,进入编组站区域,那里宽阔得就像9月无月之夜的钢铁大草原。

5

晚上9点整,克莱弗利在办公室召集初级私人秘书开会。他们——莱格特、赛耶斯、沃森小姐——一起走了进来。他们站成一排,而克莱弗利坐在书桌旁。他们准备听赛耶斯口中的"参谋视察战壕式演讲"。

"感谢大家今天的努力。我知道你们有多忙。即便如此,我还是要求大家在明天早上7点30分前再过来一趟。我想确认我们都在这里,给首相献上一次振奋人心的欢送仪式。他将在7点45分离开唐宁街10号去赫斯顿机场。两架飞机将飞往慕尼黑。"他拿起一捆文件。"据悉,第一架飞机上的乘客为首相、霍勒斯·威尔逊爵士、邓格拉斯勋爵和三名外交部官员。官员们分别是威廉·斯特朗、弗兰克·艾希顿-格瓦金和威廉·马尔金爵士。私人办公室也接到通知需要派人前往。"他转向赛耶斯。"塞西尔,我希望是你。"

赛耶斯的头轻轻往后一摇,有些惊讶。"真的吗,先生?"赛耶斯看了看莱格特,莱格特立即低头盯着自己的鞋子:他感到如释重负。

"我建议你收拾行李,预计你要住上三个晚上,德国方面正在安排酒店房间。第二架飞机上将有两名警探作为首相的安保人员,还有首相的医生和两个花园房间的姑娘。每架飞机都有可供十四名乘客使用的空间,所以如果其中一架飞机出现机械故障,每个人都可以转移到另一架飞机上。"

赛耶斯举起了手。"我很荣幸,先生。但休不是更好的选择吗?他的德语比我好十倍。"

"我已经决定了。莱格特会和沃森小姐会待在这里处理信件。世界上几乎每一位领导人都发来贺电,更不用说成千上万封公众来信了。如果不尽快开始处理,我们就永远做不完了,不是吗?"他看了看秘书队伍。"好。谢谢大家。明天早上见。"

当他们回到走廊时,赛耶斯示意莱格特到他的办公室。"我很抱歉,休。这简直是太荒谬了。"

"真的,别再想了。你比我更有资历。"

"是的,但你是德国方面的专家——看在上帝的分上,你在维也纳的时候,我还在自治领事务部工作呢。"

"说实话,没关系的。"莱格特被触动了,觉得自己应该试着为他减轻这种担忧,"这句话我只和你说,其实去的不是我让我觉得安心。"

"你究竟为什么不想去呢?难道你不想见见希特勒本人吗?难道你不想留点向孙辈炫耀的资本吗?"

"实际上,我已经见过希特勒本人了。事实上,在他上台之前的六个月,我在慕尼黑见过他本人。我可以向你保证,见一次就够了。"

"你以前从没提过。发生了什么事?你去参加纳粹集会了吗?"

"不,我没听过他发言。"突然,莱格特希望他从来没有提起过这个话题,但赛耶斯坚持要多了解一些,所以他无法就此打住。"只有一天,那是在街上——确切地说,是在他的公寓楼外面。我们最后被褐衫军赶走了。"他立刻闭上了眼睛,每次想到这件事时,他总是这样做。"我那时刚离开牛津,所以我想我至少可以把年轻当作借口。如果你有机会去慕尼黑,就尽情享受吧。"

他逃进了走廊。赛耶斯在他身后喊道:"谢谢你,休。我会代你向元首问好的!"

在格莱特自己的办公室,沃森小姐正在穿外套准备回家。没有人知道她住在哪里。莱格特猜想她一定很孤独,但她拒绝了所有的邀约。"噢,你在这儿,"她生气地说,"我正要给你写个便条。亚历山大·卡多根爵士的秘书打电话来找你。他想马上见你。"

*

在探照灯的灯光下,工人们正在外交部门外堆砌沙袋。莱格特觉得这景象令人有点不安。显然没有人费心去告诉工程部,苏台德危机多半化解了。

卡多根的办公室外间空无一人,通往他私人办公室的门半开着。莱格特敲门时,常务次官抽着烟亲自出现。"啊,莱格特。进来吧。"

宽敞的办公室里不只是他一个人。在房间另一头,皮沙发上坐了一个五十岁左右的男人,面色黝黑,举止优雅,留着浓密的小胡子,有一双深陷的、瞪得大大的黑眼睛。

卡多根说:"这是孟席斯上校。"他念出对方的名字时用的是苏格兰的口音。"我让他看了看你昨晚带来的文件。你最好先坐下来。"

莱格特想,一个穿着萨维尔街①定制西装的上校出现在白厅街,这只可能意味着他来自秘密情报机构。

扶手椅和沙发一样,都是棕色,很坚硬,磨损了的地方坐起

---

① 萨维尔街(Savile Row)是以传统的男士定制服装而闻名的伦敦街道。

来非常不舒服。卡多根的手放在扶手上。他伸手打开一盏带流苏的落地灯。它看起来像是从某个苏格兰男爵的城堡里借来的。这盏脏兮兮的赭色的灯照亮了办公室的一角。"上校？"

在孟席斯面前的矮桌上有一个厚厚的马尼拉纸文件袋。他打开文件袋，拿出了那封被塞进莱格特家门上信箱口的信。"根据我们的判断，我首先要说它是真实的。"他用一种友好的、慢吞吞的伊顿公学式腔调说话，立刻引起了莱格特的警惕。他说："这与从今年夏天起我们从德国反对派人士那里听到的一切都有关系。但这是他们第一次拿出真正的书面证据。我从亚历山大那里得知，你不知道它为什么会被送给你。"

"没错。"

"应该说，他们是关系松散的一群人——一些外交官、一两个地主、一个实业家。其中一半人似乎并不知道另一半的存在。似乎唯一一件他们都同意的事就是希望大英帝国开战，从而让德意志皇帝复位，或至少重振皇帝的家族。在不到二十年前，我们失去了一百万人里面的佼佼者，才铲除了那些混蛋，因此说得委婉些，这展现了那些人在政治问题上的幼稚。他们说在军队内部有支持者，但坦率地说，除了少数不满的普鲁士军人，我们并不相信这件事。但你的那个伙计听起来似乎更有趣一些。"

"我的伙计？"

上校查看了看他的文件夹。"我想，保罗·冯·哈特曼这个名字你知道吧？"

就是这样。事情终于发生了。这份文件的传播范围似乎惊人的广泛。莱格特认为逃避是没有意义的。"是的，当然。我们一起在牛津的贝利奥尔学院念书。他是罗德奖学金获得者。所以你认为是他送的文件？"

"是寄的，不是送的，因为他在德国。你最后一次见他是什么时候？"

莱格特假装在思考。"六年前。1932年的夏天。"

"从那以后你们就再没联系过了？"

"没有了。"

"为什么不联系呢？"

"没有具体的原因。我们只是渐行渐远。"

"你最后一次见他是在什么地方？"

"在慕尼黑。"

"慕尼黑，真的吗？突然间，所有的线索似乎都指向了慕尼黑。"上校笑了笑，但眼睛盯着莱格特，"你介意我问一句你们在那儿干什么吗？"

"我当时正在度假——在巴伐利亚徒步旅行。当时期末考试才结束。"

"和冯·哈特曼一起？"

"还有其他人。"

"从那以后，你们就没有联系了吗？连一封信也没有写？"

"没错。"

"好吧，那么——请原谅我——听起来你们好像是因为有了激烈争执才各奔东西的。"

莱格特在回答之前想了想。"的确，我们之间有一些政治分歧。在牛津，这似乎不那么重要。但那是在7月的德国，当时大选正在进行。当时你无法逃避政治，尤其是在慕尼黑。"

"所以你的朋友是纳粹？"

"不，如果他对自己有定义的话，那应该是社会主义者。但他也是德国民族主义者。这就是引发争论的原因。"

卡多根插话道:"那么,他是一个民族主义的社会主义者,而不是民族社会主义工人党吗?你在偷笑吗?我说了滑稽的话吗?"

"原谅我,亚历山大爵士,但那是保罗所说的'典型的英式诡辩'。"

有那么一会儿,莱格特想自己可能扯得太远了,但接着,卡多根的嘴微微地抽搐了一下,这表示他被逗乐了。"是的,有道理,我想他说得有道理。"

上校说:"你知道哈特曼已经进入了德国外交部门吗?"

"我确实曾听到他的名字在外交圈子的牛津共同好友间被提起。我一点也不惊讶,这一直是他的志向。他的祖父是俾斯麦时期的大使。"

"你也知道他加入了纳粹党吗?"

"不知道,但考虑到他对建立'大德意志帝国'的信念,我并不意外。"

"我们很抱歉要问你这么多的问题,但莱格特,事情已经发生了,我们需要确切地了解你和这个德国人的关系。"上校放下文件袋。莱格特突然想到,文件里的大部分内容可能与他无关——他们不过是哄骗他,让他以为他们知道了很多。"看来你以前的朋友哈特曼现在正和反对希特勒的人共事。他在外交部的职位使他能够接触他愿意与我们分享的秘密材料,或者更具体地说,接触他愿意与你分享的秘密材料。你对此有何感想?"

"惊讶。"

"但原则上你愿意把事情做得更深入吗?"

"在哪种层面上?"

卡多根说:"明天愿意去慕尼黑见你的老朋友吗?"

"天啊!"莱格特没有料到会这样,"他会去慕尼黑吗?"

"很显然，是的。"

上校说："我非常重视的一名德国反对派成员今天晚上通过秘密渠道与我们联系，询问我们是否可以安排一下，让你作为首相代表团的一员前往慕尼黑。作为回报，他们将努力确保哈特曼加入德国代表团。看来哈特曼还有另一份文件，比你昨晚收到的那份更重要。他有个疯狂的想法，想亲自把它交给首相，但这显然是不被允许的。不过，他会把它给你。我们很想知道它是什么。因此，我们认为你应该去见见他。"

莱格特盯着他。"这太让我惊讶了。"

"这件事不是没有风险的，"卡多根警告说，"至少就技术层面而言，这意味着在外国开展间谍活动。我们不想在这方面误导你。"

上校说："是的，但从另一方面来说，很难相信德国人会在一次国际会议期间爆出间谍丑闻，以此让英国政府难堪。"

"你确定吗？"卡多根摇摇头，"有了希特勒，一切皆有可能。他明天最不想做的事就是和首相以及达拉第坐下来。我怀疑他完全有能力抓住这样的事件作为终止谈判的借口。"他转向莱格特。"所以你需要仔细考虑，风险很高。还有一点：我们认为，首相最好对此一无所知。"

"你介意我问问为什么吗？"

卡多根说："通常在这些微妙的问题上，政治家最好不要知道全部细节。"

"你怕万一出了什么差错？"

"不，"卡多根说，"更确切地说，这是因为首相已经承受了最大的压力。而作为公务员，我们的责任是尽我们所能不去增加他的压力。"

莱格特徒劳地做了最后一次逃避的尝试。"你知道奥斯卡·克莱弗利已经让塞西尔·赛耶斯去慕尼黑了吧?"

"这不是你需要关心的问题。克莱弗利留给我们处理。"

"当然,"上校说,"我认识奥斯卡。"

两个人都沉默了,看着莱格特。莱格特有一种特殊的感觉,准确来说那不是似曾相识之感,而是一种宿命感。后来他想知道那究竟是什么。他一直都知道慕尼黑和他的故事还没有结束,无论他离它多远,需要花费多少时间抵达那里,他都永远被它的引力笼罩着,并最终被拉回到那里。

"当然,"他说,"我当然愿意见他。"

*

当莱格特回到唐宁街 10 号的时候,赛耶斯已经离开了。克莱弗利还在工作——莱格特能看到从他门缝里漏出的灯光,能听到他打电话的声音。莱格特蹑手蹑脚地走过去,急于避开可能发生的不期而遇。然后他从办公室的角落里拿起他的过夜旅行袋,步行回家去了。

每走一步,莱格特都觉得自己有意压抑了五年之久的各种记忆在尾随他。它们不是关于德国的记忆,而是牛津的记忆。走过教堂时,莱格特再次想起了那个异常高大的身躯在自己身旁沿着牛津的特尔街大步慢跑,穿过潮湿的夜晚("晚上是增进友谊的最佳时间,我亲爱的休");想起灯光下他停下来点燃香烟时的轮廓——美丽的,狂热的,近乎残酷的,以及他在吐出烟雾之后露出的令人震惊的微笑;想起他晚礼服外套波浪状的下摆扫过鹅卵石;想起他那奇怪的混合气质——他很有男子气概,似乎比其他牛津的男孩成熟得多,也经验丰富得多,同时也有一种戏剧化的少年式失败主义情绪("我富有激情的忧郁"),让他有点像个喜剧人物。有一次,他爬上莫德林桥①,威胁说要跳进河里,因为他说他们是让他绝望的疯狂一代,直到莱格特指出,他只会把自己弄湿,可能还会着凉。他曾抱怨说,自己缺乏"英国人的一个伟大特点,那就是距离——不仅是彼此之间的距离,也是所有经验间的距离。我相信这是英国人生活艺术的秘密"。莱格特能记住这番宣言中的每个词。

莱格特走到街道尽头,找到钥匙,进了屋。考虑到眼前的危机似乎已经结束了,他本以为帕梅拉和孩子们会回家。但开灯后,他发现家里没有人,和他离开时一模一样。他把旅行袋放在楼梯底下。他仍然穿着外套,走进客厅,拿起电话听筒,拨通了总机。现在已经过了10点了,这是一个不太合适打电话的时间,尤其是在英格兰,但他认为在目前的情况下,打电话是合理的做法。他的岳父接了电话,卖弄似的背诵了他的号码。帕梅拉总是说,在五十岁退休前,她父亲在伦敦金融城里做着"无比无聊"的事,莱格特相信这一点,尽管他一直很小心,从不直接问那到底是什么事。他尽量避免与岳父母交谈,因为不知怎的,话题总是转向钱的问题和他的囊中羞涩。

"你好,先生。我是休,抱歉这么晚给你们打电话。"

"休!"这一次,这个老男孩听起来真的很高兴接到他的电话,"我得说,我们今天一直想着你。这是一桩多么了不起的事情啊!你有没有参与其中?"

"你知道的,我只是边缘人物。"

"好吧,经历了上次战争的我没办法告诉你能避开新的战争是

---

① 牛津大学莫德林学院附近的一座古桥,每年5月1日从桥上跳下是牛津学生的一项传统。

多么令人宽慰。"他把手放在听筒上,莱格特听到他喊道:"亲爱的,是休打来的!"然后他立刻对话筒说:"你必须把整个过程都告诉我。首相接到这个消息时,你在议院吗?"

莱格特坐在一把扶手椅上,耐心地讲了几分钟当天发生的事情,直到他觉得自己足够礼貌、孝顺。"无论如何,先生,下次我见到你时,我可以把一切都一五一十地告诉你。我现在只想和帕梅拉说句话,可以吗?"

"帕梅拉?"电话另一端的声音突然变得困惑起来,"她没跟你在一起吗?她把孩子们留在我们身边,大约四个小时前就开车回了伦敦。"

"实际上,先生,别担心,我想我现在可以听到她在门口了。"他挂了电话,坐下来,盯着它看了很长时间。偶尔,他的眼睛也会瞥一眼旁边的日记本。那是一本斯迈森牌的轻型日记本,外壳包了红色摩洛哥皮,页边是金色的,就是他每年圣诞节都会给她买的那种。为什么她把它放在这儿?他捡起它,用他笨拙而紧张的手指翻它,看到日期和一串数字(一次,就这一次,这是他唯一一次这么做)。是让他打电话吗?

电话响了很久才有人接。那一头传来一个男人的声音,似乎属于他认识的人,听起来自信而放松:"你好,请讲。"

莱格特使劲把话筒贴在耳朵上,聚精会神地听着。他听到了大海的声音。

"喂?"那声音重复道,"是谁?"

然后在背景音里,他清楚地听到了妻子的声音,他怀疑她是故意的:"不管是谁,让他滚吧。"

第三天

天文篇

1

元首的专列异常沉重,完全由焊接钢制成。它以平均每小时五十五公里的速度向南平稳地行驶了一整夜,没有停止,甚至没有减速。它穿过莱比锡这样的大城市,也穿过更小的城镇和村庄。在它们之间,它还穿过大片的荒野,偶尔路过孤零零的农舍灯火。

哈特曼睡不着觉,穿着内衣躺在上铺,用手指分开百叶窗,这样就可以凝视窗外的黑暗。他有一种乘坐班轮横跨浩瀚海洋的感觉。他从未成功地把这种浩瀚无垠之感传达给他在牛津的朋友们,因为他们的国籍概念被海岸线清楚地定义了。而这片辽阔而艰苦的土地盛产天才,有无限的可能性,需要持续的意志和想象力才能发展成一个现代化的国家。谈论这种感觉时很难不让人觉得神神道道的。就连休也无法理解。对英国人来说,德国人总是给人以民族主义者的印象。但这有什么错呢?让诚实的爱国主义受到腐化,是哈特曼永远不会原谅那位奥地利下士的许多事情之一。

绍尔的呼吸声沉重而富有节奏感,从薄薄的床垫下传来。在他们离开柏林的范围之前,大队长就开始摆架子,坚持要睡在下铺。哈特曼并不反对。这意味着他可以把行李放在头顶的行李架上。网眼宽大的网在他手提箱的重压下鼓了起来。他没有让行李离开视线。

凌晨 5 点刚过不久,哈特曼注意到天空边缘开始变成牡蛎灰的颜色。慢慢地，繁茂的松树林小山一般的深色顶部出现了，锯齿状的凸起挡住了光线的蔓延。而在山谷里，白色的薄雾像冰川一样厚实。在接下来的半个小时里，他看着乡村呈现出各种颜色——绿色和黄色的草地、红色的村庄屋顶、白色的教堂尖顶、塔式城堡的蓝色百叶窗，它们旁边还有一条宽阔而流动缓慢的河流，他认为那一定是多瑙河。他确信还有几分钟就会迎来日出，于是坐起身来，小心翼翼地把行李箱拿下来。

他打开行李箱，开每一个锁扣时都用手捂着，以防传出声响。他把文件取出来塞进背心，然后穿上一件干净的白衬衫，扣上扣子。他从夹克上拿起枪并用裤子包住，然后一手拿着枪，另一只胳膊夹着剃须包，小心翼翼地爬下梯子。当哈特曼光脚触到车厢地板时，绍尔低声咕哝着翻了个身。绍尔的制服正挂在床尾的衣架上；他在睡觉前花了很长时间来打理它并抚平折痕，他的靴子在制服下面摆放得整整齐齐。哈特曼一直等到他的呼吸恢复正常，才慢慢提起门闩，推开门。

走廊里空无一人。哈特曼摇摇晃晃地朝车厢后面的厕所走去。一进去，他就拨下门闩，开了灯。和卧铺车厢一样，厕所的内部装修使用了抛光的浅色木材，以及不锈钢的现代化配件。水龙头上有细小的纳粹党万字符。(哈特曼想，一个人甚至在大便的时候，也无从避开元首的审美。)他对着小脸盆上方的镜子审视自己的脸。真恶心。他脱下衬衫，为下巴涂上肥皂。他刮胡子时不得不把双脚分得很开，以便在火车行进时站稳。刮完后他擦干了脸，然后蹲下来检查水池下面的嵌板。他的手指在嵌板后面摸来摸去，直到找到一个缺口。他拉了一下，轻轻松松就让水管露了出来。他把枪从裤子里抽出来，塞进水管，把嵌板推回原处。五分钟后，他沿着走廊走回去。窗外，一条空荡荡的高速公路和铁轨路平行延伸,在清晨的阳光下闪闪发光。

他拉开隔间的门,发现只穿着内裤的绍尔在下铺弯着腰。绍尔打开了他的手提箱,翻找着里面的东西,他的夹克就放在旁边,看起来好像已经被检查过了。绍尔甚至懒得回头。

"对不起,哈特曼。这不是针对你个人。我相信你是个正派的人。但是,在有人离元首这么近的时候,我不准备冒任何风险。"绍尔站直身体,指着床垫上乱七八糟的东西,"你现在可以把它们都放回去了。"

"你不想对我搜身吗?"哈特曼举起双手。

"没那个必要。"绍尔拍了拍哈特曼的肩膀,"得了吧,伙计,别这么生气!我道歉。你和我都知道,外交部反应迟钝。戈林是怎么说你们外交官的?你们用整个上午削铅笔,整个下午喝茶?"

哈特曼假装生气,然后草率地点了点头。"你做得对。你的警惕性让我钦佩。"

"太好了。等我刮完胡子,我们就一起去吃早饭。"

绍尔拿起制服和靴子,走进走廊。

绍尔离开后,哈特曼从背心里把信封拿了出来。他的手在颤抖。他把它放回手提箱。绍尔肯定不会再翻手提箱了吧?或者他还会翻?哈特曼想象着,或许在此刻,绍尔正跪着检查脸盆后面。哈特曼把衣服重新折好放进箱子,合上锁扣,把箱子举起放在行李架上。他穿好衣服并恢复镇静时,从走廊里传来了一双靴子的声响。门开了,绍尔回来了,又穿上了党卫军的制服,看上去好像刚从阅兵场上离开。绍尔把盥洗袋扔到床上。"我们走吧。"

他们必须穿过另一节卧铺车厢才能到达餐车。火车上的人现在都醒了。在狭窄的走廊里,穿了一半衣服或只穿了短裤的男人挤在一起,在厕所外排队。车厢里有一股汗味和烟味,就像一间更衣室。当火车的颠簸让他们挤在一起时,大家都笑了。绍尔和几个党卫军同袍相互敬礼。他打开车厢间的连接门,哈特曼跟着他,跨过一个金属平台,进入了餐车。这里安静多了:白色的亚麻桌布、咖啡的味道、瓷制餐具的叮当声、推着装满食物的手推车的侍者。在车厢的另一端,一位身穿灰色军服、戴着红领章的将军正在和三名军官谈话。绍尔注意到哈特曼正盯着他。"那是凯特尔将军,"绍尔说,"国防军最高统帅部总参谋长。他正在和元首的副官们一起用早餐。"

"一个将军在和平会议上能做什么?"

"也许这不是一次和平会议。"绍尔眨了眨眼。

他们在附近找了一张双人桌。哈特曼背对发动机坐着。当他们经过火车车站的天篷下方时,车厢变暗了。在站台上,一排等候的乘客挥着手。他猜想广播里一定在宣布,这趟直达列车是希特勒的专列。在弥漫的蒸汽中,热情的面孔从窗口一闪而过。

"就算没有其他事,"绍尔打开餐巾继续说道,"凯特尔将军的出现也会提醒那些来自伦敦和巴黎的老绅士,元首的一句话就足以让军队跨过捷克边境。"

"我以为墨索里尼已经让动员停止了?"

"墨索里尼将在火车抵达慕尼黑前的最后一段旅程中加入我们。谁知道法西斯主义的领袖人物举行会谈时会发生什么呢?也许元首会说服他改变主意。"绍尔示意侍者给他们端来咖啡。转回身来时,他的眼睛闪闪发光。"承认吧,哈特曼,不管发生了什么——在忍受了这么多年的国耻之后——我们终于能让英国人和法国人按照我们定下的调子跳舞了。这难道不会让人产生强烈的满足感吗?"

"这当然是一项了不起的成就。"哈特曼想,这个人醉了,醉倒在一个小个子的复仇梦里。侍者端来一托盘的食物,两人都把自己面前的盘子装满。哈特曼拿起一个面包卷,把它掰成两半。他发现自己没有胃口,尽管他不记得上次进食是什么时候的事。

"绍尔,进入外交部之前你是做什么的?"他并不是真的在意,他只是在找话题。

"我在党卫队全国领袖的办公室工作。"

"再之前呢?"

"你是说民族社会主义工人党上台之前?我在埃森卖汽车。"绍尔正在吃一个煮熟的鸡蛋。一块蛋黄粘在他的下巴上。突然,他的脸变得扭曲,冷笑起来:"噢,我知道你在想什么了,哈特曼。'多么粗俗的人啊!一个汽车销售员!现在他幻想自己是第二个俾斯麦!'但我们做了一件你们这种人从未做过的事。我们让德国再次变得伟大。"

"实际上,"哈特曼温和地说,"我刚才在想你下巴上有一块蛋黄。"

绍尔放下刀叉,用餐巾擦了擦嘴。他的脸变红了。哈特曼想,取笑他是个错误,绍尔永远不会原谅自己。在未来的某个时刻——或许就在当天的晚些时候,或许在下个月,或许在明年——报复将会到来。

他们安静地继续用餐。

"冯·哈特曼先生?"

哈特曼环顾四周。一个穿着双排扣西装的大块头正朝自己走来。他那圆圆的脑袋光秃秃的,又细又黑的头发向后梳,被发油固定在耳后。他正在出汗。

"施密特博士。"哈特曼放下餐巾站了起来。

"请原谅我打扰你们用餐,大队长。"外交部首席翻译向绍尔鞠躬。"我们昨晚收到了很多英文新闻。哈特曼,能否麻烦你处理一下?"

"当然。失陪了,绍尔。"

哈特曼跟着施密特走出餐车,经过凯特尔将军的桌子,进入下一节车厢。这节车厢的左手边有书桌、打字机、文件柜;而在右手边,窗户被涂黑了。国防军的信号员戴着耳机,面对面地坐在堆满短波无线电设备的桌子旁。这与其说是一列火车,不如说是一个移动指挥所。哈特曼突然想到,原来的计划一定是希特勒将乘坐它前往捷克边境。

施密特说:"元首希望他一起床就能看到一份新闻摘要。两页就够了。要重点关注标题和编辑评论。让他们中的一个人来帮你打字。"

施密特把一捆手写的英文新闻稿放在桌上,匆匆离去。哈特曼坐在那里。有事情可做是一种解脱。他扫过几十条引语,挑出里面最有趣的,根据发表后的影响力为它们分类。他找到一支铅笔,开始书写。

《泰晤士报》——赞扬张伯伦"不屈不挠的决心"。
《纽约时报》——"世界各地都有一种如释重负的感觉。"
《曼彻斯特卫报》——"近几周以来我们似乎第一次转向光明。"

无论报纸的政治倾向是什么,语气都是一样的。当张伯伦宣读元首的信件时,所有报纸都描述了下议院的戏剧性场面。(在几分钟甚至几秒钟内,数百万人开始为希望之音欢呼,而他们的生命在片刻之前似乎还悬在即将扣动的扳机上。)英国首相是世界的英雄。

完成翻译工作后,他被一位指挥官带到一个陆军下士那里。哈特曼点了一支烟,站在下士的肩后口授。这是一种特殊的打字机,是专为那些将被直接交给元首的文件准备的,它打出的字几乎有一厘米高。摘要打印出来正好有两页。

当下士把纸从打字机里取出来的时候,一名党卫军副官出现在车厢的另一头。他看起来很疲倦。"外国媒体的摘要在哪里?"

哈特曼挥动着纸张。"我这儿有。"

"感谢上帝!跟我来。"打开门前,副官指着哈特曼的香烟:"从这里开始禁止吸烟。"

他们走进了前厅。一个党卫军哨兵行礼。副官打开一间镶有嵌板的会议室的门,会议室里有一张锃亮的长桌和二十把座椅。他让哈特曼走在他前面。"这是你第一次见元首吗?"

"是的。"

"敬礼。看着他的眼睛。除非他跟你说话,否则别开口。"他们走到车厢的尽头,穿过前厅,进入下一节车厢。有另一个哨兵。副官拍了拍哈特曼的背。"你会没事的。"

他轻轻地敲了敲门,然后打开门。"外国媒体的摘要准备好了,元首。"

哈特曼走进房间,举起手臂。"希特勒万岁。"希特勒俯身在桌后,双手握拳,低头看着一组技术性图纸。他回头看了哈特曼一眼。他戴着一副钢框眼镜。他摘下眼镜,越过哈特曼向副官望去。"叫凯特尔把地图放在这里。"这是人们熟悉的金属般的声音。听到他与人交谈时的声音而不是扩音器里的咆哮,让哈特曼产生了一种古怪的感觉。

"是的,元首。"

希特勒伸手去拿新闻摘要。"你是?"

"我叫哈特曼,元首。"

希特勒拿起那两张纸,开始阅读,前脚掌轻轻上下晃动。哈特曼感受到了一股几乎无法抑制的巨大能量。过了一会儿,元首轻蔑地说:"张伯伦这个,张伯伦那个。张伯伦,张伯伦……"看到第一页的底部,他停下来,歪着头好像脖子在抽筋,然后用强烈的讽刺语气大声朗读:"张伯伦先生关于上次与希特勒先生会面的描述,恰如其分地证明了他的坦率得到了喜爱和尊重。"他把这一页翻来翻去。"这狗屁是谁写的?"

"这是伦敦《泰晤士报》的一篇社论,元首。"

希特勒扬起眉毛,似乎没有别的期待,翻到第二页。哈特曼看了看车厢四周:这是一节豪华车厢,有扶手椅和一张沙发,浅色木板墙上还悬挂着田园风光主题的水彩画。哈特曼突然想到,他们两人已经单独相处一分多钟了。他观察着元首那脆弱的脑袋——元首正漫不经心地低头阅读。如果早知道会这样,他就会带上枪。他想象着从衣袋里摸到它,迅速把它拿出来,把枪口指向对方,也许在扣动扳机之前有片刻的目光接触,然后是血液和组织的飞溅。他会一直被人骂到生命的尽头,但他意识到自己永远也做不出这种事。他对自己弱点的洞察使他胆战心惊。

"所以你会说英语?"希特勒还在看摘要。

"是的,元首。"

"你在英国待过吗?"

"我在牛津待了两年。"

希特勒抬起头望着窗外。他的表情变得恍惚。"牛津大学建于12世纪,是欧洲第二古老的大学。我常常想知道看到它会是怎样的感觉。海德堡大学是在一个世纪后建立的。当然,博洛尼亚大学是最古老的。"

门开了，副官出现了。"凯特尔将军到了，元首。"

凯特尔走了进来，敬了个礼。在他身后，一名军官拿着卷起的地图。"您希望我把地图放在这儿吗，元首？"

"是的，凯特尔。早上好。把它们放在桌子上。我想把它们拿给墨索里尼看。"

元首把新闻摘要扔回桌上，看着地图在他面前展开。一张是捷克斯洛伐克地图，另一张是德国地图。两张地图上，军事单位的位置都用红色标出。他交叉着双臂，低头盯着它们。"派四十个师去消灭捷克人，我们会在一周内完成任务。派十个师守护攻下的土地，把剩下的三十个师转移到西部去守住边界。"他再次上下晃动前脚掌。"这可能会奏效。这应该还是有用的。'喜爱和尊重！'那该死的老混蛋！这列火车开错方向了，凯特尔！"

"是的，元首。"

副官拍了拍哈特曼的胳膊，示意他走到门口。

哈特曼离开车厢时，回头看了一眼。但里面的人的所有注意力都集中在地图上，他发现自己的存在已经被遗忘了。

2

莱格特在俱乐部过夜。

他到达时发现当晚人们正在下西洋双陆棋,大家都喝了很多烈酒。午夜过后很久,从他房间的地板下还飘来低沉的男声和愚蠢的笑声。即便如此,相较于寂静的北街,他更喜欢这里,因为在北街,他只能清醒地躺在床上听帕梅拉把钥匙插在门锁里的声音(假设她还有心思回这个家)。按照之前的习惯,她很可能会在一两天之后偷偷溜回去,提供一些托词,但他们都知道他永远无法忍受对质的羞辱。

时间一分一秒地过去,他盯着天花板上路灯映照出的图案,想着牛津、慕尼黑和他的婚姻,试图理清这三者之间的关系。但是,不管他怎么努力,它们还是纠缠在一起,他本来有条不紊的思绪由于疲劳而变得混乱。到了早晨,他眼下的皮肤肿得像黑绉纱,疲倦中他把脸刮得太重了,弄伤了脸颊和下巴,留下了细小的血点,让他感到隐隐的刺痛。

还没到吃早餐的时间,桌子还在布置中。外面天气闷热,突然开始下起毛毛雨。空气在他脸上形成湿冷的薄雾。交通开始从圣詹姆斯街开始变得拥堵。莱格特戴上汉堡帽,穿上克龙比大衣,提着手提箱,迈着沉重的步子沿潮湿的斜坡向唐宁街走去。天空呈现出战舰的灰色,让银色小鱼般的阻塞气球很难被看清。

唐宁街上有一小群满身污泥的工人,他们已经堆好了外交部入口处的沙袋墙。六辆黑色汽车从唐宁街10号停到11号，车头指向白厅街的方向，准备把首相的代表团送往赫斯顿机场。

警察敬礼。

三名外交部高级官员站在大厅里，把行李箱放在脚边，像是等着从酒店退房的客人。他一眼就认出了他们：威廉·斯特朗，一个身材高大、干瘪的人，站得像扫把杆一样挺立，从威格拉姆手中接过了外交部中央司司长的职位，并曾两次随首相拜访希特勒；威廉·马尔金爵士，外交部高级法律顾问，也见过希特勒，看起来像个可靠的家庭律师；身材魁梧、肩膀倾斜的弗兰克·艾希顿－格瓦金是经济参事，整个夏天都在捷克斯洛伐克听日耳曼人的抱怨，人们背着他叫他海象，因为他的胡子耷拉着，显得很凄惨。莱格特认为派这个三人组与纳粹周旋十分奇怪。他们会怎么想我们？

斯特朗说："我不知道你也要去慕尼黑，莱格特。"

"我也一样，先生，我直到昨天深夜才知道。"斯特朗听出了莱格特语气中的尊重，感到一阵自卑——年轻的三等秘书，前途光明，雄心勃勃，总是小心翼翼，从不妄自尊大。

"我希望你提前服用了晕机药。我现在常常服药，根据我的经验，飞越英吉利海峡和横渡它一样困难。"

"天啊，我还没吃。我可以稍微走开一下吗？"

莱格特快步走到大楼的后部，发现赛耶斯正在办公室里看《泰晤士报》。赛耶斯的手提箱放在书桌旁，他用沉闷的声音说："你好，休。"

莱格特说："我真的非常抱歉，赛耶斯。这不是我自己要求的。老实说，我更愿意留在伦敦。"

赛耶斯竭力表现出一副无所谓的样子："我亲爱的朋友，别再想了。我总是说应该是你而不是我。伊冯也会松一口气的。"

"好吧,你真是太善良了。你什么时候听说的?"

"十分钟前克莱弗利就告诉我了。"

"他说了什么?"

"他只是说他改变了主意。还有其他什么原因吗?"

"我不知道。"谎话说起来很容易。

赛耶斯向前走近了一步,关切地盯着他:"你还好吧?我希望你不会介意被我这样问。你看起来有点疲惫。"

"我昨晚没怎么睡。"

"对飞行感到紧张?"

"并不是。"

"你以前坐过飞机吗?"

"没有。"

"好吧,就像我今天早上对伊冯说的那样,和首相同乘一架飞机肯定是最安全的了。希望这能给你安慰。"

"我也一直这样告诉自己。"从走廊里传来了说话声。莱格特微笑着和赛耶斯握手。"等我回来再见。"

首相从他的公寓走下来,和他的夫人、霍勒斯·威尔逊、邓格拉斯勋爵和奥斯卡一起走向门厅。两名警探跟在后面,他们拎着首相的行李,包括装着官方文件的红箱。在他们身后跟着两位花园房间的秘书——其中一人是莱格特不认识的中年妇女,另一人是琼。克莱弗利看到了莱格特,等着莱格特赶上来一起走。克莱弗利紧闭着嘴,声音低沉而饱含愤怒。"我不知道发生了什么事,我得说我对此持有相当大的保留意见。但我同意了孟席斯上校的请求,允许你与首相一同前往。你要负责他的红箱,以及处理其他可能出现的问题。"克莱弗利给了莱格特红箱的钥匙。"一到慕尼黑就和办公室联系。"

"好的,先生。"

"绝对不要做任何可能阻碍此次会议取得成功的事情,我相信我没有必要再强调了吧。"

"当然不会,先生。"

"当这一切结束后,你和我需要谈谈以后的事情。"

"我明白。"

他们已经到了门厅。首相正在拥抱他的妻子。唐宁街的工作人员小心翼翼地为他鼓掌。首相脱开身,害羞地笑了笑,向他们举帽示意。他面色红润,眼睛明亮,脸上没有一丝疲倦,看上去好像刚捞到一条上好的三文鱼,正准备离开河边回家吃早餐。门房为他打开门,他大步走进雨中,然后停了下来让人拍照。接着,他穿过人行道,上了第一辆车,霍勒斯·威尔逊已经在那里等他了。他的随行人员鱼贯而出。不知不觉中,他们按照资历给自己排了序。莱格特是最后一个离开的,他带着两个红箱和自己的手提箱。他把箱子交给司机,然后爬上第四辆车,挨着亚历克·邓格拉斯坐下。车门砰的一声关上了。车队驶出唐宁街,驶进白厅街,绕过议会广场,沿着河岸向南驶去。

*

包括莱格特在内的所有人都不清楚为什么邓格拉斯会加入保守党,只知道他是友善的面孔,在苏格兰有一栋乡间别墅,在特威德河[①]上有广泛的捕鱼权,有助于提升首相的士气。沃森小姐坚持说,邓格拉斯尽管从表面上看态度谨慎谦虚,却是她见过的最

---

① 流经苏格兰东南部和英格兰东北部的河流。

聪明的政客之一:"他总有一天会成为首相的,莱格特先生,请记住我的话,你要记得我是第一个这么说的人。"但是,由于邓格拉斯将在适当的时候继承他父亲的头衔,成为英国的第十四代霍姆伯爵,而且在这个时代,一个来自上议院的首相是不可思议的事情,因此她的预言在私人秘书的办公区里被嘲笑为一种"疯狂的爱慕"。邓格拉斯有着浅浅的微笑、整齐的牙齿,他说话时很奇怪地紧闭嘴唇,就像在练习口技似的。他们断断续续地聊了几句雨天和慕尼黑的天气,随后陷入沉默。然后,当他们经过哈默史密斯街区的时候,邓格拉斯突然问:"你知道昨天演讲结束时温斯顿对首相说了什么吗?"

"不知道。说了什么?"

"当大家还在欢呼的时候,他走到红箱前对首相说:'祝贺你,你运气真好。你非常幸运。'"邓格拉斯摇了摇头,"我的意思是,这是真的!我们可以对内维尔提出很多指控,我们可以说他的政策是完全错误的;但我们不能说在慕尼黑的这次会议只是一种运气:他为达成这个目标已经拼了命。"他斜眼看了一下莱格特道:"我注意到你也加入了鼓掌者的行列。"

"我不应该那样做。我应该保持中立。但一个人很容易被这种情绪冲昏头脑。我想全英国十个人中有九个都松了一口气。"

那浅浅的微笑又出现了。"是的,就连社会党人也站起来了。现在看来,我们都是绥靖主义者。"

他们离开了伦敦市中心,被汽车带到了郊区。这里的双车道宽阔而现代化,两边是鹅卵石铺成的小道,小道边上有小花园和女贞树篱,偶尔还能看到轻工业工厂。在倾盆大雨中,家喻户晓的品牌名闪烁着,给阴郁的天气增添了些许欢乐的气息,它们是吉列、美占冲剂、泛世通轮胎。莱格特认为,张伯伦在担任住房大臣和财政大臣期间,肯定为这些品牌的发展做过很大贡献。这个国家经历了大萧条,又恢复了繁荣。当他们开车穿过奥斯特利公园时,莱格特注意到有人开始挥手——起初只有几个人,主要是送孩子上学的母亲,但渐渐的,挥手的人越来越多。到车队放慢速度向右转入赫斯顿时,他看到司机们纷纷在西大道两侧停下车,站在车的旁边。

"都是送内维尔的人。"邓格拉斯喃喃地说,甚至连嘴唇都没动。

在机场入口,他们停了下来。围观者挡住了路。越过铁丝网和白色建筑物,莱格特可以看到两架大型飞机停在混凝土停机坪边缘的草地上,被新闻短片摄制组的灯光照亮,被拥挤的人群包围。现场有好几百人,都撑着伞,从远处看他们就像球状的黑木耳。车队继续向前驶去,经过敬礼的警察,穿过大门,绕过航站楼的后侧和飞机库,最后到达了停机坪。一名警察打开领头汽车的后车门,首相现身了,人们欢呼起来。

邓格拉斯叹了口气:"我就知道是这样。"

他和莱格特从车里出来。他们拿好自己的行李箱和红箱——莱格特带着一只,邓格拉斯坚持要帮忙拎另一只——向飞机走去。雨停了,人们正收起雨伞。当他们走近时,莱格特认出了哈利法克斯勋爵戴着圆顶礼帽的高大身影。然后,令莱格特吃惊的是,约翰·西蒙爵士、塞缪尔·霍尔和其他内阁成员陆续出现。莱格特对邓格拉斯说:"这也是行程的一部分吗?"

"不,这是个惊喜,是财政大臣的主意。我发誓要保守秘密。突然之间,他们似乎都想出出风头,甚至包括达夫。"

首相四处走动,和同事们握手。记者、身穿蓝棕色工装裤的机场工作人员、当地人、小学生、怀里抱婴儿的母亲挤在一起,一直挤到警察队伍面前,想要看得更清楚。新闻摄影师也跟紧张伯伦。首相咧嘴大笑,挥舞着帽子,高兴得像个孩子。最后,他站在麦克风前面。

"当我还是个小男孩的时候,"他开始演讲,然后停顿了一下,等那些还在交谈的人在嘘声中安静下来,"我一直都反复告诉自己,'如果一开始你没有成功,那就去尝试,尝试,再试一次'。这就是我正在做的事情。"他手里拿着一张纸条,迅速地看了一眼,那是提前准备的文稿。从上面得到提示后,他再次抬头。"当我回来的时候,我希望我能如《亨利四世》中的霍茨波那样,说出:'危险如同荆棘,我们循迹深处,将那芳名"安全"的花儿采摘。'"他用力地点了点头。人群欢呼。他又笑了笑,再次挥舞他的帽子,不放过任何一点对自己的赞誉,然后转身走向飞机。

莱格特跟着邓格拉斯。他们把旅行箱交给机组人员,后者正在往机腹装行李。莱格特一直拿着红箱。首相和哈利法克斯握手,然后上了三级金属台阶,走进飞机的后部,消失在围观人群的视野中,然后又在最后一轮欢呼中重新露面。威尔逊急促地跑在后面,紧随其后的是斯特朗、马尔金和艾希顿-格瓦金。莱格特侧身让邓格拉斯走在自己前面。机舱关闭,飞机比从远处看更小,也更脆弱,大概只有四十英尺长。莱格特不得不佩服首相的胆识:当首相第一次飞去见希特勒时,在登机前他才通知对方,这样那位独裁者就无法拒绝会面了。莱格特站在最下面的台阶上,望着一张张热情的脸,突然觉得自己也有了勇气,是一个先行者。

他弯下腰走入舱门。

机舱内有十四个座位,左右两边各七个,中间是一条过道,驾驶舱那头有一扇门。机头比机尾高五六英尺,形成一个明显的斜坡。飞机里面给人一种狭小而奇特的亲密感。首相已经坐在了左侧靠前的位置,威尔逊在他的右边。莱格特把红箱搬到行李架上，脱下外套和帽子并放在身旁。他坐在右侧靠后的座位上，这样他就能看到首相，以便随时待命。

最后登机的是一个身穿飞行员制服的男人。他随手把舱门锁上，走到飞机的前部。

"首相、先生们，欢迎登机。我是机长罗宾逊，负责本次飞行。这是洛克希德公司生产的伊勒克屈拉式飞机，由英国航空公司运营。我们将在七千英尺的高空，以每小时二百五十英里的最快速度飞行。我们飞往慕尼黑的时间大约是三个小时。请各位系好安全带。路上可能会有点颠簸，所以我建议各位途中不要解开它们，除非需要在机舱内走动。"

他走进驾驶舱，坐在副驾驶旁边。莱格特向敞开的驾驶舱门望去，看到他的手伸过仪表盘，拨动了开关。其中一个引擎开始工作，然后是另一个。噪声变大，机舱开始摇晃。噪声似乎从低音升到了高音，最后变成了震耳欲聋的钢锯声，紧接着飞机突然驶向草地跑道。他们在高低不平的路面上颠了一两分钟，雨水从舷窗上滑落。然后飞机开始转向并停了下来。

莱格特系好了安全带。他向对面的航站楼望去。远处是白色的工厂烟囱。浓烟几乎在垂直上升，证明风不大。这一定是好事，他感到很平静。我将在云海之上，与命运之神相会……也许叶芝比莎士比亚更适合作为首相引用的诗人。

引擎的声音越来越大，飞机突然开始加速穿越草地。当飞机快速冲过航站楼时，莱格特抓住了座椅扶手。然而，他们仍然在地面上。然后，就在他以为他们一定会撞到机场边缘的栅栏上时，他感到胃似乎要坠下去了，机舱急剧地向上倾斜，失重感把他压在了座位上。螺旋桨抓住空气，把他们拖向天空。他们慢慢地倾斜转向，风景从舷窗外划过——绿色的田野、红色的屋顶、光滑的灰色街道。他低头看向下面几百英尺外的西大道,看向那些半独立式的房子。汽车仍然停着,司机站在旁边,几乎每个花园里都有人抬头看向天空。有数百人挥手致意,他们把两只胳膊交叉在头顶,疯狂地挥舞着。然后飞机摇摇晃晃地飞上低云的底部,这画面消失在他的视线之外。

*

他们在灰蒙蒙的浓雾中陡然上升了几分钟后,突然进入了一片阳光和蔚蓝,它比莱格特所能想象到的任何事物都要美丽。云雾雕成的山峰、峡谷和瀑布看上去晶莹剔透,一直延伸到远方。这景象让他想起了巴伐利亚的阿尔卑斯山,但它比阿尔卑斯山更纯净,没有被人类玷污。飞机开始平稳飞行。他解开安全带,跟跟跄跄地向前走去。

"不好意思,首相。我只是想让您知道,无论您何时需要红箱,我都可以拿给您。"

张伯伦正盯着窗外。他转向莱格特,先前的好心情似乎已经消失了。莱格特想,或许他们刚才只是在为观众和摄像机表演。"谢谢,"张伯伦说,"我想我们最好现在就开始。"

威尔逊问:"您为什么不先吃点早餐呢,首相?休,你能问问飞行员吗?"

莱格特把头伸进驾驶舱。"不好意思打扰了。哪里能找到吃的呢?"

"后面有个储物柜,先生。"

莱格特逗留了一会儿,又一次被挡风玻璃外的云朵迷住了,但他很快转身回到机舱。斯特朗、马尔金、艾希顿-格瓦金,甚至还有邓格拉斯,现在他们都显得若有所思。在飞机后部,莱格特找到了储物柜。两个印着"甘蓝酒店"的柳条篮子里塞满了包装整齐、贴着标签的食品包:松鸡和熏鲑鱼三明治,馅饼和鱼子酱,几瓶红葡萄酒、啤酒和苹果酒,保温瓶里的茶和咖啡。这似乎是一场不合时宜的盛宴,就像比赛过程中的野餐。他把篮子搬到飞机中部的空座上。邓格拉斯站了起来,帮他分发食物。首相喝了一杯茶,拒绝了其他东西。他坐得笔直,左手端着茶托,抿着嘴,小手指微微弯曲。莱格特回到座位上,喝着咖啡,吃着熏鲑鱼三明治。

过了一会儿,斯特朗从莱格特身边走过,进入厕所隔间,然后在返回座位的途中停了下来,系上裤子前面的扣子。

"一切都好吗?"中央司司长是另一位经历过战争的官员,他一直保持着和下属谈话的习惯,就好像在检查战壕一样。

"是的。谢谢关心,先生。"

"死刑犯的最后一顿丰盛早餐吗?"斯特朗把他那高大的身躯挤进莱格特旁边的座位。他四十多岁,但看上去有六十了。他的西装散发出一股烟丝的味道。"你知道你是这架飞机上唯一一会说德语的人吗?"

"我没想过这个,先生。"

斯特朗凝视着窗外。"希望这次着陆比上次平稳。上一次,慕尼黑下起了暴雨,飞行员什么也看不见。我们在机舱里被甩得晕头转向,唯一看起来不受影响的人是首相。"

"他是个很冷静的乘客。"

"可不是吗,别人永远也猜不透他在想什么。"斯特朗斜靠在过道上,用更轻的声音说,"我只是想给你一个温和的警告,休。你以前没经历过这种事。这整件事有可能变成一次惨败。我们没有提前商定议程，没有做任何前期工作，没有官方文件。如果失败，让希特勒抓住了入侵捷克斯洛伐克的机会，英国和法国的领导人就会因为战争的爆发而被困在德国。"

"这不太可能发生吧？"

"我陪首相去了那糟透了的哥德斯堡。当时我们以为已经达成了协议，但希特勒突然提出了一堆新的要求。这和与一般的政府首脑打交道不同。他更像是一个日耳曼传说中的野蛮酋长，像厄尔曼纳里克①，像西奥多里克②，身边围着他的侍卫。当希特勒进来的时候，他们一跃而起，他盯着他们看，宣示他的权威，然后他在一张长桌旁坐下，和他们一起吃饭，边大笑边吹牛。谁会愿意站在首相的立场上，试着与这样的生物谈判？"

飞行员出现在驾驶舱门口。"先生们，只是想让大家知道，我们已经横渡了英吉利海峡。"

首相瞥了一眼窗外，向莱格特打了个手势。"我想我们最好现在就开始处理红箱。"

---

① 哥特族格鲁森尼人的国王，以好战著称。
② 东哥特王国的国王。

3

元首乘坐的火车正在减速。超过十二个小时的不懈前进,火车轻轻刹下来。哈特曼能够察觉到轻微但明显的前后摆动。

他们在慕尼黑以南的丘陵地带,距慕尼黑只有一小时车程,离他1932年夏天和休以及蕾娜一起散步的地方不远。窗外的树林开始变稀疏,一条银光闪闪的河从林中穿过,河对岸出现了一座古镇。那里的房子漆得很华丽——有淡蓝色的、淡黄色的、灰绿色的,都正面临水。在它们背后,一座灰色的中世纪石头城堡横卧在树木繁茂的山丘上。远处耸立着阿尔卑斯山。在窗框中,它看起来和帝国铁路公司展示的度假海报一模一样,六年前他们就是被这海报吸引来的。即便是他们即将进入的半木架车站,也像画里的一样。火车放缓到步行速度,然后伴随着轻微的震动和金属的吱吱声停了下来。它喷出一股似乎马上就要耗尽的蒸汽。

等候室旁边的站牌上写着库夫施泰因。

哈特曼想,这里就是奥地利了,或者更确切地说,在元首重新描画地图之前,那个曾经叫作奥地利的地方。

这是个没有人的站台。哈特曼看了看表。这是一块好表,一块劳力士,是母亲在他二十一岁生日时送的。他们以极佳的效率于上午9点30分到达了此地。他想知道英国代表团是否已经出发了。

他从通信车厢的桌子旁边站起来,走向门口。

在乘火车的整个过程中,人们会下车去伸伸腿。车站里空无一人，显得阴森森的。哈特曼猜测它一定是被安全部门封锁了。但随后，哈特曼的目光被吸引了：一个脸色苍白的男人透过一扇肮脏的窗户向外凝视，他戴着一顶帝国铁路的帽子。他意识到有人发现了自己，于是躲了起来。

哈特曼跳上站台，径直朝那人走去。他推开门，走进了一间似乎是站长办公室的屋子，里面弥漫着煤烟的焦味。一位工作人员坐在办公桌后。他头发稀疏，四十来岁，假装在看报纸。当哈特曼走近时，他站了起来。

哈特曼说："希特勒万岁！"

那人行了个礼。"希特勒万岁！"

"我和元首一起出行。我要用一下您的电话。"

"当然可以，先生。荣幸之至。"他把电话朝哈特曼推去，但哈特曼专横地摆摆手。

"帮我接通接线员。"

"是的，先生。"

当那人把话筒给他时，哈特曼对接线员说："我要打个电话到柏林去。我和元首在一起。这是件极为紧急的事情。"

"柏林的电话号码是多少，先生？"

哈特曼给了她柯尔特的直线电话号码。她又重复了一遍。"我接通后就给您打电话，可以吗？"

"越快越好。"

哈特曼挂了电话，点了一支烟。透过窗户，他可以看到站台更远处的活动。火车头正被解下车钩，又冒出了蒸汽。一群党卫军士兵聚集在其中一节车厢的门口，背对火车，把机关枪放在胸前。一名副官打开门，希特勒出现了。站在哈特曼旁边的铁路官员喘了一口气。元首走下台阶来到站台上。他戴着尖顶帽，穿着棕色的束腰制服和擦得锃亮的长筒靴。在他身后的是党卫队全国领袖海因里希·希姆莱。元首站了一会儿,耸了耸肩,盯着库夫施泰因城堡,然后在希姆莱和党卫军保镖的陪同下,向哈特曼的方向走去。他一边走,一边前后摆动胳膊,大概是为了刺激血液循环。这动作有些令人不安,像某种灵长类动物。

电话响了。哈特曼接了起来。

"您的电话已经接通,先生。"

他听到电话那头的嘟嘟声,然后是一位女士的回应:"这里是柯尔特的办公室。"

他转过身背对窗户。信号很差,很难听清那头的声音。他不得不把一根手指伸进另一只耳朵,大声说话以盖过火车的噪声。"我是哈特曼。柯尔特博士在吗?"

"他不在,哈特曼先生。我能帮到您吗?"

"或许可以。我们是否收到了来自伦敦的通知,告知谁将成为张伯伦首相代表团的成员?"

"请稍等,我查一下。"

元首转过身,朝火车的方向踱着步。他正在和希姆莱谈话。在远处,哈特曼能听到另一列火车从南方开来的汽笛声。

"哈特曼先生,我找到了来自伦敦的名单。"

"等一下。"哈特曼不耐烦地用手指了一下车站工作人员,示意对方自己要写字。那人把目光从窗口移开,从耳后拿起一支粗短的铅笔递了过去。哈特曼坐在桌子旁,找到了一张纸。他一边写下每个人的名字,一边重复给电话那头听,以确认自己没听错。"威尔逊、斯特朗、马尔金、艾希顿-格瓦金、邓格拉斯、莱格特。"莱格特。他咧嘴一笑。"太好了。谢谢!再见。"他挂断了电话,兴高采烈地把铅笔扔给工作人员,后者笨拙地接住了它。"元首办公室感谢您的帮助。"

他把名单塞进口袋，走入外面的新鲜山间空气。第二列火车正缓缓驶进车站。一大群人聚集在一起，以希特勒为中心。迎面而来的火车驾驶室装饰着代表意大利的绿、白、红三色，在差点要撞到元首专列的时候停了下来。一名党卫军卫兵敏捷地向前迈步，打开车门。

半分钟后，身穿浅灰色制服、头戴尖顶帽的墨索里尼出现在台阶上。他伸出手臂敬礼。希特勒也做了同样的动作。领袖下到了站台。两个独裁者握了握手——不是常规的外交礼节，而是热情的握手。哈特曼想，他们笑着互相凝视对方眼睛的样子看上去就像一对老相好。摄影师的闪光灯照亮了这次会面，突然每个人都喜气洋洋的：希特勒、墨索里尼、希姆莱、凯特尔，还有意大利外交部部长、墨索里尼的女婿加莱阿佐·齐亚诺。齐亚诺穿着制服，从火车上和其他代表团成员一起走了出来。希特勒示意意大利人跟着自己。哈特曼意识到他最好别挡道。

哈特曼半转身，正好看见绍尔大队长走进站台工作人员的办公室。

哈特曼立即回到原来的位置，一动不动地站在那里，不知道该怎么办。这不可能是巧合。这意味着绍尔一定一直在观察他。现在绍尔大概要去询问那位工作人员了。哈特曼试着回忆他是否说过什么有罪的话。幸好柯尔特不在办公室，否则他很可能会说出轻率之言。

就在三十米开外的地方，希特勒坚持让墨索里尼在自己前面登上火车。墨索里尼说了一句话，但哈特曼离得太远了，听不到他说的是什么。有笑声传来。意大利领袖把他那身发达的肌肉甩进车厢。哈特曼看到口译员施密特站在人群的边缘。墨索里尼认为他的德语说得很好,不需要翻译的帮助。通常每次举行会议,施密特都处于中心位置,而这一次他似乎有点不知所措。哈特曼朝他走去,用平静的声音说:"施密特博士?"

施密特转头看是谁。"怎么了,哈特曼先生?"

"我想你也许想知道,我设法弄到了陪同张伯伦的英国代表团名单。"哈特曼递给他那张有潦草铅笔字迹的纸,"我想这可能会对你有用。"

施密特似乎很惊讶。有那么一会儿,哈特曼想也许施密特会想知道,自己究竟为什么要对这种事情感兴趣。但他接过那张纸,扫视了一遍,对它越来越感兴趣。"是啊,是啊。威尔逊我当然认识。斯特朗和马尔金都到了哥德斯堡——他们都不会说德语。对其他名字我就不熟了。"

施密特越过哈特曼的肩膀看了一眼。哈特曼也转了身。绍尔向他们走近,带着胜利的神情。还没走到他们跟前,绍尔就大声喊道:"施密特博士,对不起。你授权哈特曼先生给柏林打电话了吗?"

"没有。"施密特看向哈特曼。"怎么回事?"

哈特曼说:"对不起,绍尔,我不知道需要得到授权才能给外交部打一个简单的电话。"

"你当然需要授权!元首列车上的所有对外通信都必须提前报备!"绍尔又转向施密特说:"我可以看看那张纸吗?"他拿着纸,用手指着上面的名字,皱起眉头,翻到反面。最后,他把纸递回去。"我一次又一次地发现哈特曼先生的可疑行为。"

施密特温和地说:"我真的不认为这里面有什么值得怀疑的地方,绍尔大队长。知道谁从伦敦来肯定是有用的吧?说德语的英国官员越少,需要翻译的地方就越多。"

绍尔低声说:"即便如此,这也是对安保工作的破坏。"

从站台的另一端传来金属相互碰撞的声音。带着他们从柏林出发的车头已经在编组站掉头,准备重新接到火车的另一端。

哈特曼说:"我们该上车了,不然就会被落下。"

施密特拍了拍绍尔的胳膊。"那就当我先前已经给哈特曼授权了。这样总可以了吧?"

绍尔看向哈特曼,草草地点头。"只能这样了。"绍尔转身大步走开了。

施密特说:"真是个易怒的家伙。我想他不是你的朋友吧?"

"噢,他没那么坏。"

他们朝火车走去。

绍尔是只猎犬,哈特曼想,而我是只老鼠。这个党卫军军官永远不会放弃。有三次绍尔差点儿抓住他——在威廉大街,在火车上,然后又在这儿。不会有第四次逃脱的机会了。

*

火车车厢的排列顺序现在颠倒了:元首的豪华车厢在后面,他的随从乘坐的卧铺车厢在前面,中间是通信车和餐车。哈特曼和施密特坐在餐车上,火车向北驶往慕尼黑。这个柏林人制作了一种大烟斗,为了吸上它弄出了很大动静——用他那盒火柴把烟丝向下压实,吸一口,又点一次烟,让它喷出惊人的火焰。施密特显然很紧张。每当元首的一个副官经过时,他都满怀期待地抬头看他们是否需要他。但是希特勒和墨索里尼似乎不需要他的翻译也可以相互理解。他似乎生气了。"墨索里尼的德语不错,但没有他自己认为的那么好。希望他们不要因意外而发动战争!"施密特认为这是一个很好的笑话，每当有副官离开餐车时，他就会低声说："还没有打仗，是吧，哈特曼？"

车厢中央的桌子周围坐了很多党卫军军官，希姆莱吸引了大家的注意。绍尔也在这群人中。他们在喝矿泉水。哈特曼从自己的位置上只能看到党卫队全国领袖剃得光光的后颈和他那引人注目且相当精致的粉红色小耳朵。很明显，他精神很好。他的独白不时被笑声打断。绍尔机械地和其他人一起笑，但总是把目光转向哈特曼。

施密特抽着烟斗。"我必须说，墨索里尼的话很容易翻译。他用的词一点也不抽象，是一个务实的政客。张伯伦也是如此。"

"我想元首应该有所不同吧？"

施密特犹豫了一下，然后从桌子对面倾过身体。"二十分钟的独白并不少见，有时甚至长达一个小时。然后我要用另一种语言把它全部翻译出来。如果他在慕尼黑也有这样做的心情，那我们就得在那里待上好几天。"

"也许其他人会受不了。"

"张伯伦当然会不耐烦。他是我见过的唯一一个打断元首讲话的人。那是他们在贝希特斯加登第一次会面时的事。张伯伦说：'如果你这么坚决地要对付捷克斯洛伐克，那么为什么要让我来德国？'想象一下！元首当时说不出话来。我告诉你，那个场面充满了憎恶。"

在施密特身后，党卫军士兵们哄堂大笑。施密特畏缩了一下，回头看了一眼，然后坐回自己的座位。他用更大的声音说："有你在我身边真是一种解脱，哈特曼。显然，我将为元首和其他领导人翻译，但如果你能帮忙处理剩下的翻译工作，就将大大减轻我的负担。除了英语，你还会什么语言？"

"法语、意大利语，还会一点俄语。"

"俄语!你不需要会俄语!"

"也不需要会捷克语。"

施密特挑起眉毛。"当然。"

副官回到车厢,这次在他们桌旁停了下来。"施密特博士,凯特尔将军要给墨索里尼做一些技术性解释,元首要求您在场。"

"当然。"施密特很快就把烟斗里的烟灰倒进了烟灰缸。他在焦虑中不小心把烟灰弄到了桌子上。"对不起,哈特曼。"他站起来,扣上上衣的双排扣,把衣服拽过他的大肚子,把烟斗塞进口袋。"我身上能闻出烟味吗?"他问副官。然后他对哈特曼说:"如果元首闻到烟味,就会把你赶出房间。"他拿出一罐薄荷糖,往嘴里塞了几颗。"待会儿见。"

施密特离开之后,哈特曼突然觉得自己很脆弱,就像一个因为和老师亲近而逃过一劫的男孩。他站起来,朝车厢的前部走去。当他走过党卫军的桌子时,绍尔喊道:"哈特曼!你不打算向党卫队全国领袖敬礼吗?"

哈特曼突然感到周围安静下来。他停下脚步,转过身,咔嚓一声并了一下脚跟,举起胳膊:"希特勒万岁!"

希姆莱从无框眼镜的后面抬起水汪汪的眼睛,盯着哈特曼。他的上半边脸非常光滑,脸色苍白,在嘴唇和脆弱的下巴周围已经有了新长的胡茬。他慢慢地举起手臂,笑了。"别担心,我亲爱的朋友。"然后轻蔑地弹了弹手指,放低了胳膊。

当哈特曼走到餐车的尽头时,听到身后又传来一阵笑声。他猜想自己一定是某个玩笑的对象。他羞得脸都烧起来了。他太讨厌他们了!他猛地把门拉开,大步穿过卧铺车厢。在到达车厢前部后,他试了试厕所门的把手。

门锁着。他侧耳倾听,但什么也听不见。他把附近的窗子放下来,探出身子想透透气。这里的景色平淡而单调,庄稼收割后,田野变成了褐色,看上去光秃秃的。他把头转向迎面而来的空气,寒风使他镇定下来。在远处,他可以看到工厂的烟囱。他猜想他们一定快到慕尼黑了。厕所门开了。一名国防军的通信兵走出来。他们互相点了点头。哈特曼走了进去,拉下门闩。隔间里有人类排泄物的臭味。地板上撒满了湿透的黄纸。那股气味似乎涌进了他的喉咙深处。他俯身在抽水马桶上干呕。凝视镜子时,他看到了苍白的脸和无神的双眼。他把水泼到脸上,然后蹲下身子,把脸盆下面的嵌板拉开。他的手指摸索着管道、墙壁和水槽的底部。有人试着打开厕所门。他找不到枪,感到惊慌失措。他伸到更里面,摸了摸,终于把它拉了出来。此时,门把手被粗暴地拧着。

"行了,"他喊道,"我快好了。"

他把瓦尔特手枪放进衣服的内袋。为了盖住把嵌板推回原位时的声音,他又冲了一次马桶。

他差点以为绍尔会在走廊里等着逮捕他,但看到的是一名身穿浅灰色法西斯制服的意大利代表。哈特曼对他回了礼,踉踉跄跄地走向过道。他走进自己的隔间,关上门,拿下手提箱。他坐在下铺的边缘,把手提箱放在膝盖上,打开它。文件还在里面。他如释重负地低下头。他感到身体向两侧摇摆。他的脚下传来轻微的颤动,那是金属刮擦造成的。他抬起头来。阳光把房屋和公寓楼的背面照得闪闪发光。一些窗户上挂着纳粹的万字旗。

他们要到慕尼黑了。

*

此时正值慕尼黑啤酒节,一个一年一度的游乐嘉年华和民间节日。人们在官方口号"自豪的城市,快乐的国家"中欢庆民族团结。瞧!现在还有另一个快乐的理由。几个小时前,民族社会主义工人党号召大家欢迎元首和他的外国贵宾。

慕尼黑的市民,请到街上去!10点30分开始!

学校已经关闭,工人们也放假了。在车站,海报上写着代表团将要入住的多个酒店的名字,还写了领导人的行经路线:火车站—拜尔大街—卡尔广场—(伦巴赫广场—摄政宫饭店和大陆酒店)—诺伊豪泽尔大街—考芬格尔大街—玛利亚广场—蒂那街……

一下火车,哈特曼就听到车站外面的人群和乐队的声音。戈林穿着精心制作的黑色制服等在站台上。它大概是他自己设计的,裤腿上有宽大的白色绳边,翻领是菱形的。哈特曼内心对这种粗俗感到厌恶。他等到独裁者们及其随从下了火车,从他身边经过(墨索里尼宽大的脸上闪过微笑,就像小孩子画的太阳一样),跟着他们穿过车站大厅。

当他们走进鹅卵石铺成的火车站广场时,欢呼声震耳欲聋。这是一个炎热的日子,空气又湿又黏。人们在人行道上排队,把邻近邮局大楼的窗户挤满。数百个儿童挥舞着纳粹党旗。一名戴白手套和黑色煤斗盔的党卫军仪仗队士兵扛着步枪。一支军乐队奏起了意大利国歌。然而,最吸引哈特曼注意的是希特勒冷酷的表情。国歌演奏的全程他都站着检视军队,仿佛这虚伪的恭维是他最不愿意见到的。只有当两个穿白裙的小女孩获许穿过警察队伍,向他和墨索里尼献上鲜花时,他才勉强露出笑容。但把花束交给助手,爬上敞篷奔驰车后,他的表情又变得阴沉起来。墨索里尼还在咧嘴笑,在他旁边坐了下来,戈林、希姆莱、凯特尔、齐亚诺和其他大人物都挤进了后面的车。车队驶进了拜尔大街。街上传来更多的欢呼声。

人群开始散开。哈特曼环顾四周。

在车站的柱廊下,一名疲倦的外交部官员正在向那些落在后面的人解释当天的安排。他照着一张纸上的内容宣布:希特勒和墨索里尼,他们马上就要到意大利人入住的卡尔亲王宫去了。英国人和法国人将在一小时内抵达:英国人会住在摄政宫饭店,法国人要住进四季酒店。墨索里尼在酒店休整的同时,希特勒将乘车回到元首行馆为会议做准备。德国代表团的其他成员下车后应该立即前往那里。如果需要交通工具,汽车就在外面;如果不需要,稍稍步行即可抵达。有人问他,他们要在哪里过夜。这位官员抬起头,耸了耸肩:他还不知道。也许拜耶里切酒店在啤酒节期间很难订到房间。整个安排似乎有点混乱。

哈特曼选择了步行。

过去几年里,他一直小心翼翼地避开慕尼黑的这一带。从车站步行到元首行馆仅需十分钟。沿一条绿树成荫的街道前行,经过古老的植物园、一所女子学校和一些学校大楼,就到了国王广场的巨大露天空地。在他的脑海里,他还保留着那个夏天的记忆:铺在树下的一条红灰格子的毛毯、蕾娜的白裙下露出的晒黑的脚踝、野餐、读书的休、刚割下的青草被阳光晒干的味道……

都不见了!

视野中的空旷使他停住了脚步。他震惊地放下手提箱。这比他预料的还要糟,甚至比新闻短片里的样子还要糟。公园已经被夷为平地,为第三帝国提供了一个巨大的阅兵场。成千上万块花岗岩石板取代了草地。树木变成了金属旗杆,两个悬挂的纳粹党徽高达四十多米。在他的两侧各有一座荣誉圣殿,由黄色石灰岩柱支撑,内部各有八个青铜石棺,埋葬着啤酒馆政变的烈士。在炽热的阳光下,永恒的火焰闪动着。两个党卫军士兵站在那里不声不响地守卫着它们,他们脸上的汗水闪闪发光。在哈特曼左边的圣殿后面,是纳粹党行政大楼那丑陋的野兽派外观;在他右边的圣殿后面,是和行政大楼几乎一模一样的元首行馆。所有建筑都呈功能性的黑白灰三色,线条笔直,棱角突出。甚至圣殿的新古典主义柱子也是方形的。

在元首行馆的外面,哈特曼可以看到各种移动中的事物:排队的汽车、警卫、闪光灯、拥挤的人群。哈特曼按照规定向死者致敬(违抗规定是危险的,因为你不知道谁会在一旁看着),然后拿起手提箱朝会场走去。

4

整段航程中,首相一直在工作,现在工作已经结束了。他读完了一份人口普查报告,列出了捷克的每一个城镇及其讲德语人口的确切比例,并放进红箱。他把自来水笔的笔帽拧好,放回上衣内袋。然后把红箱从膝盖上拿起来,递给在过道上等着的莱格特。

"谢谢,休。"

"不客气,首相。"

莱格特把红箱搬到飞机后部,上锁并放到行李架上,然后系上安全带。根据耳朵里的压力,莱格特猜想他们一定正在降落。机舱里的一切谈话都停止了。每个人都凝视着窗外,独自思考着。这架飞机开始在云层中颠簸和颤抖。

有很长一段时间,他们就像在波涛汹涌的海域中潜行。乘客很容易想象这样的颠簸会撕裂引擎或机翼。但是最终,他们离开了云层底部,颠簸停止了,在他们脚下出现了一片单调的橄榄绿。在针叶林之间,一条笔直如罗马道路的高速公路穿过丘陵平原,画出一道清晰的白线。莱格特把脸贴在玻璃上。这是他六年来第一次看到德国。在外交部的入职考试中,他被要求把威廉·豪夫[①]翻译成英语,把约翰·穆勒[②]翻译成德语。这两项任务

---

① 德国19世纪的著名小说家、诗人。
② 英国19世纪的著名哲学家、经济学家、心理学家。

他都完成了，并且时间还有剩。然而，这个国家对他来说仍然是个谜。

他们下降得很快。莱格特不得不捏着鼻子使劲咽口水。飞机开始倾斜。莱格特看到了远处工厂的烟囱和教堂的尖顶，他猜想那里一定就是慕尼黑。他们把身体坐直，飞机向前飞了一两分钟，低空滑过一片点缀着棕色牛群的田野，经过一处树篱，冲过一片草地，然后一次，两次，三次沿着地面颠簸。飞机减速得太急了，以至于他觉得自己被推到了前面的座位。洛克希德飞机飞速滑过跑道，经过了看起来比赫斯顿机场还大的航站楼。它有两三层楼高，露台和屋顶上挤满了人。低矮的护墙上悬挂着纳粹的万字旗，旗杆上飘扬着英国国旗和法国三色旗。莱格特想起了威格拉姆，很庆幸威格拉姆没有活着看到这一切。

11点35分，首相乘坐的飞机停在了奥伯维森菲尔德机场。引擎发出呜呜声，然后熄火。在机舱里经过三个小时的飞行后，安静本身成了一种噪声。罗宾逊机长走出驾驶舱，弯下腰与首相和威尔逊交谈，然后经过莱格特身边走到飞机后部，打开舱门，放下台阶。莱格特感到一阵暖风，听到了说德语的声音。威尔逊从座位上站了起来。"先生们，我们应该让首相先下飞机。"威尔逊帮张伯伦穿上大衣，把帽子递给他。首相抓住座椅靠背，好让自己站稳。他直勾勾地盯着前方，下巴前伸，一动不动，好像要咬下什么东西似的。当首相走下飞机时，威尔逊跟在他后面，站在莱格特旁边等待着。威尔逊弯腰向窗外张望。"我的密探告诉我，昨晚你去见了亚历山大·卡多根爵士。"他平静地说，没有回头。"噢，上帝，"他很快补充道，"里宾特洛甫来了。"

威尔逊跟在张伯伦后面，低头穿过舱门。在他身后，斯特朗、马尔金、艾希顿－格瓦金和邓格拉斯正排队准备下飞机。莱格特一直等到他们都下飞机了才起身。威尔逊的话使他心烦意乱。是什么意思？他不确定。也许克莱弗利对威尔逊说了些什么。莱格特站起来，穿上外套，戴上帽子，伸手从架子上取下首相的红箱。当他走出飞机时，军乐队开始演奏《天佑吾王》，他不得不尴尬地在台阶上立正。当他们听完演奏，就在莱格特刚要走动的时候，乐队又奏起了《德意志高于一切》。莱格特的目光穿过拥挤的机场，穿过新闻摄影师、官方招待人员、党卫军仪仗队、十几辆并排停靠的插纳粹旗的豪华奔驰轿车，想要找到哈特曼，但没找着。莱格特想知道对方是否变了很多。演奏在航站楼里人群的热烈掌声中结束了。一声声"张——伯——伦！张——伯——伦！"响彻航站楼。里宾特洛甫向首相打了个手势，两个人穿过停机坪去检阅列队的士兵。

在台阶最下面，一个拿着笔记板的党卫军军官问莱格特叫什么名字。军官浏览了一下名单。"啊，是的，您已经取代了赛耶斯先生。"他在莱格特的名字旁边打了个小勾。"您被分配到第四辆车，"他用德语说，"和艾希顿-格瓦金先生一起。您的行李将被送到酒店。请。"他试着去拎那两只红箱。

"不用了，谢谢你，但我得自己拿它们。"

他们有一些简短的争执，最后德国人放弃了。

奔驰车是敞篷式的。艾希顿-格瓦金已经坐在后座上了，他穿着一件厚大衣，领子是俄国羊羔皮做成的，当地温度让他汗流浃背。"真是一头野兽。"党卫军走开时，他低声说，把他的肿泡眼转向莱格特。莱格特以前只听说过他的大名——他是当年牛津最杰出的古典学者，尽管没有拿到学位；是一个日本通；是一个芭蕾舞演员的丈夫，无子女；还是一个诗人、一个小说家，他耸人听闻的畅销书《和服》在东京引起巨大的愤慨，以至于他不得不把书召回。而现在,他又是苏台德地区的经济专家!

莱格特说:"首相一定恨透了每一分钟。"

张伯伦匆匆忙忙地检阅了党卫军的队伍。他几乎懒得看那些穿黑制服的年轻人。他也不理睬他所憎恶的里宾特洛甫。当他意识到自己被要求和德国外交部部长共乘一辆领头车时,他无助地四处寻找威尔逊的身影,但是没有办法逃脱。两个人坐进敞篷奔驰车里,车队缓慢地沿着机场的航站楼向前走,以便人群能向张伯伦欢呼。张伯伦礼貌地举起帽子表示感谢。在机场出口,他们向南驶向慕尼黑市区。

*

哈特曼在1932年的春季学期订好了票。他们之前才去了科茨沃尔德①看望莱格特的母亲,她住在山地斯托镇的一栋小屋里。原则上她恨所有的匈人,但她喜欢哈特曼。那个星期天晚上,在他们回到贝利奥尔后,哈特曼说:"我亲爱的休,期末考试一结束,我想带你去看看真正的乡村,换换口味——那可不仅仅是'漂亮'。"哈特曼有个女朋友住在巴伐利亚,他们可以去见见她。

他们俩谁也没有想到,虽然牛津的生活还是老样子,但兴登堡竟能解散国会,引发大选。希特勒在慕尼黑城外的一个大型集会上发表演说的同一天,他们也到达了慕尼黑。不管他们多么努力地无视政治,继续推进他们的假期行程,他们还是逃不掉,甚至在最小的城镇中也不行。莱格特隐约回忆起了游行和反游行活动,冲锋队与"铁阵线"的对抗,建筑物外的示威和咖啡馆里的

---

① 英国西南部的乡村地区,以风景优美著称。

争论，还有纳粹的海报。"希特勒超越德国！""德国醒了！"——这些海报白天由褐衫军贴出来，一夜之间又被左翼分子撕毁，而左翼分子在一个公园举行的会议又以遭到骑警突袭而告终。蕾娜坚持要他们到希特勒的公寓外面去站着，当希特勒出现时，她大声辱骂，但他们很幸运没有遭到殴打。这些离威廉·豪夫和约翰·穆勒太远了。

翻译成德语："股份有限公司的管理，基本上是由雇工负责的。"

莱格特凝视着车外。在莱尔兴瑙大街和施莱斯海姆大街，慕尼黑市民夹道欢迎。车队在献给首相的礼炮般的掌声中行进，周围是如河流一般汹涌的红、白、黑三色旗帜。当他们转弯时，莱格特偶尔可以瞥见首相坐在前面的车里，微微探出身子，帽子永远攥在手里，朝人群的方向挥舞。数百只手臂朝他做出法西斯的敬礼动作。

离开机场十分钟后，车队从布来涅大街进入马克西米利安广场，然后绕过广场停在摄政宫饭店外面。酒店门廊上方悬挂着一个巨大的纳粹党徽。下面站着英国大使汉德逊和驻柏林大使馆办公室负责人伊冯·柯克帕特里克。艾希顿－格瓦金舒了一口气。"我想我还是努力习惯这些吧。你也来试试看？"

首相笨拙地从奔驰车里出来。里宾特洛甫已经离开了。在酒店对面的公园里，有八到十人被一排褐衫军拦住了。他们欢呼着。首相挥了挥手。有更多闪光灯爆开。汉德逊把他领进去。莱格特两手各拿一只红箱，快步跟在他们后面。

宽敞的、有长廊的大厅看起来和德意志帝国时期没什么区别——彩色玻璃天花板、铺着波斯地毯的拼花地板、大量盆栽植物和扶手椅。几十个客人——大多上了年纪——直瞪瞪地看着张伯伦。张伯伦站在前台附近，和汉德逊、柯克帕特里克以及威尔逊挤在一起。莱格特停了下来,在附近等着,不确定是否应靠近他们。突然,四个人都转过身来看着他。他感觉自己是他们的谈论对象。过了一会儿,威尔逊穿过大堂朝他走来。

5

元首行馆是希特勒最喜爱的建筑师、已故的特鲁斯特教授的作品,才刚刚建成一年。它看上去很新,白色的石头在晨光中闪闪发光。两扇大门的两边都挂着巨大的旗子。德国和意大利的国旗悬挂在南侧入口,英国和法国的国旗悬挂在北侧入口。门上有青铜雕刻的鹰,展翅欲飞,爪上抓着纳粹党徽。红地毯从两扇门的内侧铺出来,下了台阶,穿过人行道,一直铺到石砌路缘。只有北侧入口是开着的。这里站着一支十八人的仪仗队,每个人都拿着步枪。他们两侧分别站着一个鼓手和一个号手。哈特曼毫无阻碍地从他们身边走过,爬上台阶,走进建筑。

元首行馆的功能并不完全明确。它既不是政府大楼,也不是党总部。它其实类似帝王的宫廷,用来教化和招待帝王的客人。室内完全被大理石覆盖了——地板和两个大楼梯采用了深紫色大理石,墙壁和柱子采用了灰白色,而高处的灯光让石头发出金色的光芒。门厅里挤满了身着深色西装和制服的人。一阵充满期待的嗡嗡声在空气中回荡,仿佛一场盛大的演出即将开始。哈特曼认出了几张曾在报纸上看到的脸,那是几张高卢人的脸;还看到了元首的副手鲁道夫·赫斯的脸,上面带着惯有的朦胧梦幻的表情。哈特曼把自己的名字告诉党卫军,他们点头示意他通过。

正前方是北侧楼梯。在他的右边,大厅通向一间长长的半圆形衣帽间,里面的人排成两队。他发现了一间男厕所,便改道前往。他把自己锁在一个小隔间里,打开手提箱,拿出文件,解开衬衫扣子,塞进背心。然后,他系好扣子,坐在马桶上,检查自己的手。它们看起来很陌生,冷得微微发抖。他用力摩擦双手,对它们呵了一口气,然后冲了冲厕所,又回到衣帽间。他把帽子、外套和手提箱放在柜台上办理登记手续。

他从底楼爬上北侧楼梯,来到一楼的走廊,开始了解这座建筑物的布局。在一楼走廊的上面是二楼走廊,再上面是不透明的白色玻璃天花板,它使整个空间充满了自然光。事实上这座建筑拥有完美的对称和建造逻辑,令人印象深刻。侍者端着盛有食物和啤酒的托盘从他身边走过。因为想要更好地了解大楼,他决定跟着他们。通过距离最近的三扇开着的门,他看到一间大会客厅里,自助午餐摆放在白色桌布上。沿着一条宽阔的走廊再往前走,他看到大楼前侧有一个摆了扶手椅和矮桌的长廊。在桌椅之后,一个党卫军哨兵在走廊里站岗。哨兵拒绝任何人靠近。哈特曼想希特勒一定就在这房间里等候。

"哈特曼!"

他转过身去,看见冯·魏茨泽克在提供自助午餐的那个房间里。魏茨泽克正站在窗边和施密特谈话。他示意哈特曼加入他们。房间用深色的木板装饰,上面有各种无聊的乡村活动的浮雕。几个副官站在周围窃窃私语。每当有人进来,他们就站得僵直,在看到不是希特勒的时候,又放松了身体。

"施密特刚才告诉我,你在元首的列车上遇到了绍尔大队长。"

"是的,他似乎已经打从心底认为我是一个靠不住的人。"

"在绍尔看来,我们都靠不住!"国务秘书笑了,然后突然停了下来,"说真的,哈特曼,别再惹他生气了。他可是受部长看重的人,能制造各种麻烦。"

"我会尽力的。"

"可是你会吗？我担心的是你能尽多大力。当这一切结束的时候，我想谨慎的做法也许是把你派到海外的某个地方去。可能是华盛顿。"

施密特问："澳大利亚怎么样？"

魏茨泽克又笑了起来："一个很好的建议！就算是绍尔同志也不能跨过太平洋去找你！"从窗户下面传来了欢呼声。三个人朝下看了看街道。一辆敞篷奔驰车刚刚驶过。在后排挺直坐着的人是英国首相。在他旁边有一个哈特曼认不出的瘦弱的、鬼鬼祟祟的身影。

"就这样开始了。"魏茨泽克说，"跟张伯伦在一起的是谁？"

"霍勒斯·威尔逊爵士。元首同样受不了他。"

有很多汽车跟在首相的后面。哈特曼试图沿着街道看得更远些，但视线被挡住了。"元首不打算出去见他吗？"

"我对此表示怀疑。元首唯一想见他的地方是那位老先生的坟墓。"

张伯伦下了车，后面跟着威尔逊。当张伯伦踏上红地毯时，锣鼓和号角响起了。他碰了碰帽檐表示感谢，然后就离开了公众的视野。奔驰车开走了。人群立刻又开始欢呼起来。另一辆敞篷轿车停了下来，坐在后排的是戈林和法国总理达拉第。即使在远处，人们也能感受到达拉第的不安。他弯下腰坐着，好像这样就能假装自己不在车里。与之相反，戈林却显得很高兴。他不知是怎么办到的，在离开火车站后设法换了一套新制服。这一套是雪白色的。戈林的肥肉把衣服撑得鼓起来紧绷着。哈特曼听到身边的魏茨泽克抑制了一声嘲笑，说："他现在到底穿的是什么衣服？"

哈特曼说："也许他是想把自己打扮成米其林轮胎人，好让达拉第先生感到自在些?"

魏茨泽克朝他摇了摇手指。"这正是我警告过你的那种不能说的话。"

"国务秘书。"施密特叫道。他朝张伯伦出现的门口点头示意。

"阁下!"魏茨泽克伸出双手,平稳地走在地板上。

英国首相的身材比哈特曼预想中的要小,长着圆肩膀、小脑袋、浓密的灰色眉毛和小胡子、略微外凸的牙齿。他穿着一件炭色细条纹西装,马甲上有一条表链。他后面的代表团同样不讨人喜欢。哈特曼仔细端详每一张脸——这张愁眉苦脸,那张慈祥和善,另一张严肃冷峻,还有一张脸下巴短小,给人以畏畏缩缩的感觉。然而,他没有看到莱格特。无法完成任务的绝望使他暂时有点不知所措。

这里的人越来越多了。戈林带着达拉第和他的随从从中间的门走了进来。哈特曼曾在书中读到,法国总理因其发达的肌肉而被巴黎人称为"沃克吕兹的公牛"。现在,当被领到自助餐台时,他耷拉着大脑袋,警惕地向左右眨着眼睛。张伯伦走过去用他学生时代的法语打招呼说:"您好,总理先生。我希望你们旅途中一切顺利……"戈林正在给自己的盘子里装满冷肉、奶酪、腌菜和香肠。当所有的目光都集中在两位国家首脑身上时,哈特曼趁机溜走了。

他穿过走廊,目光越过石栏杆盯着楼梯和下面拥挤的门厅。他下到底楼,看了一眼衣帽间和洗手间,然后走出去,经过鼓手和号手,走过红地毯,来到了人行道。他甚至把手放在臀部打量着人群。但这是没有用的。莱格特仍不见踪影。观众又开始鼓掌。他沿街望去,看见一辆奔驰车开过来。车上坐着墨索里尼和齐亚诺,他们的轮廓就像罗马皇帝一样傲慢。一个卫兵为他们开了车门,他们优雅地走到人行道上,向下拉了拉他们浅灰色的制服外套。一阵风吹动了旗帜。军乐队吹响了他们的号角。意大利人昂首阔步地走进大楼。还有两辆车跟在后面,车上坐着他们穿制服的随从。

哈特曼等了大约半分钟,然后跟着他们回到楼里。他们站在大厅,里宾特洛甫迎了上去。在他们身后,正从红色大理石楼梯上走下来的是希特勒。在哈特曼看来,这个没戴帽子的孤独身影甚至有些羞怯。他上身穿着一件皱巴巴的棕色双排扣夹克制服,戴着万字臂章,下身穿着一条黑裤子和一双磨破了的黑鞋。他站在楼梯中间的平台上,双手谦虚地握在胸前,等待着墨索里尼注意到他。里宾特洛甫最终向墨索里尼示意元首到了,墨索里尼高兴地举起双手,迅速走上台阶,抓住希特勒的手。两个独裁者转身向楼上走去,随从跟在后面。

哈特曼混入了后面跟随的队伍。

*

在接下来的几分钟里,哈特曼成了凯特尔将军和英国外交官斯特朗的翻译,他们生硬地闲聊着最近的飞行经历。在这段时间里,他一直盯着那个房间及其入口。他看到了正快速发生的许多事情。张伯伦和达拉第赶过来迎接法西斯领导人。只要墨索里尼走动,希特勒就跟着走,仿佛害怕在这么一大群陌生人中被孤立。里宾特洛甫和齐亚诺这两只傲慢而英俊的孔雀在一起商量着什么。在里宾特洛甫背后,哈特曼看见了大队长绍尔并迅速和他对视。凯特尔讲完了话,正等着他翻译。他努力回忆刚才他们说的内容。"凯特尔将军正回忆上次在哥德斯堡跟您会晤之后,他飞回柏林时的天气。当时是晚上,他的飞机不得不绕开闪电风暴。他说,那是位于三千米高空的无与伦比的奇观。"

"我很意外他竟然会这么说,"斯特朗回应,"告诉他我们也有一段难熬的经历……"

从入口处传来一阵骚动。希特勒正准备离开,他的厌倦和不安逐渐明显。

*

元首一走出房间,所有德国人就都迅速地跟了上去。哈特曼和凯特尔一起走。他们走进走廊并向右拐。他不知道自己该做什么。他意识到绍尔和里宾特洛甫就在他前面的一群人里。他们经过长廊,当希特勒走过时,许多闲下来的党卫军军官立刻站起来敬礼。希特勒在书房门口停了下来。那画面很有趣,就像发生了交通堵塞一样。希特勒表现出一副急不可耐的样子。

"我们就在这儿谈谈。"元首用严厉的声音对里宾特洛甫说,"这里只需要领导人和一名顾问。"他那双呆滞的蓝眼睛扫视着他身后跟随的人。哈特曼站得离他很近,觉得自己短暂地受到了注视。元首把目光移开,停了一下,又移回哈特曼身上。"我需要一块表。请把你的借给我。"元首伸出手来。

哈特曼盯着他,一时惊呆了。

希特勒转向其他人:"他以为他拿不回来了!"接着是一阵哄堂大笑。

"好的,元首。"哈特曼笨手笨脚地解开手表递给他。希特勒朝他点了点头。

"好。让我们开始吧。"

元首走进书房。里宾特洛甫跟在他后面。施密特在门口转过身来:"哈特曼,去告诉其他人我们准备开始了,好吗?"

哈特曼朝接待室走去。他擦了擦左手腕上苍白的皮肤,在过去八年里,他不分日夜地戴着手表。没有它让他感到很怪。现在,那个人拥有了它。他危险地感觉到自己与正在发生的事情脱节了,仿佛在梦中游荡。在自助餐桌旁,张伯伦又在和墨索里尼交谈。走近时,哈特曼听到了他们的对话:"好好地钓了一天鱼……"墨索里尼礼貌地点了点头,觉得无聊。

哈特曼用英语说:"请原谅我打断一下,阁下们。元首想邀请各位在他书房开始会谈。他只邀请各位领导人和一位顾问。"

墨索里尼四处寻找齐亚诺,在看见他时打了个响指。齐亚诺立刻站了起来。张伯伦对威尔逊喊道:"霍勒斯,我们要进去了。"

达拉第在不远处望着哈特曼,目光十分忧郁。"开始了吗?"他和一群法国官员站在一起。哈特曼认出了弗朗索瓦-庞塞大使。达拉第向四周看了看,皱了皱眉头。"阿列克西在哪里?"似乎没有人知道。弗朗索瓦-庞塞自告奋勇要去找他。"也许在楼下。"法国大使匆匆走出房间。达拉第看着哈特曼,耸了耸肩。有时有人会找不到他的外交部秘书长。这时他该怎么办呢?

张伯伦说:"我认为我们不应该让希特勒先生久等。"他朝门口走去。法国和意大利代表团经过短暂的犹豫后跟了上去。他走到走廊时停了下来。"走哪边?"他问哈特曼。

"请跟我来,阁下。"

哈特曼领着他们穿过有德国人看守的走廊。英国人和法国人穿着的公务装在长途跋涉后显得皱巴巴的,在党卫军制服和意大利法西斯制服的对比下显得单调乏味、没男子气概、十分寒酸。

在元首书房的门口,哈特曼侧开身子让他们进去:首先是张伯伦,然后是墨索里尼和达拉第,再之后是齐亚诺和威尔逊。法国外交部秘书长莱热仍下落不明。哈特曼进门前犹豫了一下。他感受到了书房的巨大空间，里面有深色的木头家具。书房里充满了阳刚之气：有一个巨大的地球仪，书架顶到了天花板，一张书桌摆在房间的一头；中间有一张很重的桌子；在房间另一头，有一个砌石壁炉，一组藤编扶手椅和一张沙发围成半圆形，壁炉架上挂着俾斯麦的画像。

希特勒已经坐在了最左边的扶手椅上，施密特坐在他旁边。他挥手示意他的客人可以随便就座。这个手势有一种随意的感觉，好像对他来说谁坐在哪里都是一样的。张伯伦认领了离元首最近的那张扶手椅。威尔逊坐在他的右边。意大利人坐在壁炉前的沙发上。里宾特洛甫和达拉第坐上了扶手椅，给莱热留了一个空位。

哈特曼在弯下腰悄悄地和里宾特洛甫说话时，注意到自己的手表在希特勒面前的矮桌上放着。

"很抱歉，部长先生，莱热先生还没有准备好。"

希特勒坐在椅子上不耐烦地挪动着身子，一定听到了哈特曼的话。他做了一个轻蔑的手势。"不管怎么样，让我们开始吧。他可以稍后再加入我们。"

达拉第说："没有他，我不可能开始。莱热知道所有的细节。我什么都不知道。"

张伯伦叹了口气，交叉着双臂。施密特把他的话译成了德语。突然，希特勒身体前倾，拿起哈特曼的手表。他夸张地研究了几秒钟。"凯特尔！"等在门边的将军急忙走到他身边。希特勒在他耳边低语。凯特尔点点头，离开了房间。其他人盯着希特勒，不知道发生了什么事。

里宾特洛甫对哈特曼说："你去看看能不能找到他。"

哈特曼走入走廊，正好看见莱热匆匆地走进来。他是个身材矮小的男人，穿着黑色西装，留着乌黑的小胡子，长了美人尖。全力的奔跑让他的脸变红了。他看起来就像婚礼蛋糕上的糖人。

"不好意思，借过一下……"

他冲进元首的书房。

哈特曼在党卫军守卫把门关上之前，最后看了一眼四名领导人和他们的顾问。施密特和他们坐在一起，一动不动，就像照片上的人一样。

6

摄政宫饭店是一座巨大的、具有纪念意义的灰色石砌建筑，建于 1908 年，内有凡尔赛宫风格的接待室，地下有一间土耳其浴室。它的三百间客房分布在七层楼上，英国代表团分到了其中二十间，它们在三楼，从房间里沿着酒店前侧看出去，穿过马克西米利安广场的树木，可以看到远处圣母教堂的两个哥特式尖顶。

在首相和代表团动身前去开会后，莱格特在酒店副经理的陪同下，在灯光昏暗、铺着地毯的走廊里来回走了十分钟。他发现很难掩饰自己的沮丧。我还不如当个该死的酒店老板呢，他想。霍勒斯·威尔逊交给他的第一个任务是让每位英国代表分到一间房，然后确保搬运工把行李送到正确的房间。

威尔逊说："很抱歉，我知道这很讨厌，但我恐怕得要求你在会议期间待在酒店。"

"整个会议期间？"

"是的。他们给了我们一整个走廊的房间作为临时总部。需要有人组建并运营办公室，开通能接通伦敦的电话线路，还得确保一直有人值班。毫无疑问那个人就是你。"莱格特的脸上一定满是沮丧，因为威尔逊继续平静地说道："我知道不能出席会议会让你非常失望，就像可怜的老赛耶斯必须留在伦敦，尽管在报纸上他的名字在首相代表团的名单里。但实在没办法了。抱歉。"

莱格特曾一度考虑向威尔逊透露自己来到慕尼黑的原因，但直觉告诉他,这可能只会让威尔逊更加坚决地不让他接近德国代表团。的确,威尔逊的态度中有某种东西——油滑的表面下隐藏着某种模糊而坚硬的内核。在莱格特看来,首相的首席顾问已经敏锐地察觉到自己来慕尼黑是要干什么的了。

所以莱格特只是说:"当然可以,先生。我马上开始准备。"

为首相安排的套房由一间有四柱床的卧室和一间路易十六风格的客厅组成,客厅里有镀金的椅子和落地窗,窗外有一个阳台。"这是酒店里最好的房间。"副经理向他保证。莱格特把酒店第二好的那批客房分给威尔逊、斯特朗、马尔金、艾希顿-格瓦金,以及柏林大使馆的两名外交官汉德逊和柯克帕特里克。出于自我牺牲的精神,莱格特给自己和邓格拉斯安排了较小的房间,房间在走廊的对面,从屋里可以看到内部庭院。其他人的房间和他们俩的一样,包括两位警探、首相的医生约瑟夫·霍纳爵士(他一到酒店就立刻去了酒吧),以及两个花园房间的秘书安德森小姐和萨克维尔小姐(莱格特想,这就是她的名字,琼·萨克维尔)。

位于东南角的那个大房间被留作代表团的办公室。午餐是一盘三明治和几瓶矿泉水。就是在这里,两位秘书放好了打字机(两台帝国牌打字机和一台雷明顿便携式打字机),布置好了文具。莱格特把首相的红箱放在桌子上。老式电话机是唯一的通信工具。他让酒店接线员给唐宁街10号总机打国际电话,然后放下听筒,在房间里踱来踱去。过了一会儿,琼建议他坐下来。

"抱歉,我有点紧张。"他坐下来给自己倒了一杯矿泉水。它是温的,尝起来有一点硫黄味。电话几乎立刻就响了。他马上接起来:"什么事?"酒店接线员告诉他已经和伦敦接通,唐宁街接线员一再询问他需要接什么分机,从对方的声音里他能听出恼怒,他得很大声说话才能让对方听到。又过了一分钟,首席私人秘书打来电话。

"我是克莱弗利。"

"先生,我是莱格特。我们在慕尼黑。"

"是的,我知道。新闻播了。"克莱弗利的声音很虚弱,很空洞。电话里传来一连串微弱的咔嗒声。莱格特想,那一定是德国人在监听。克莱弗利说:"听起来好像你——"电话那头的声音消失在静电的噼啪声中。

"不好意思,先生。您能重复一遍吗?"

"我说,听起来你们好像受到了热烈欢迎!"

"当然,先生。"

"首相在哪里?"

"他刚离开酒店去开会。我在酒店里。"

"好。我希望你待在那儿,确保电话线路一直畅通。"

"恕我直言,先生,我想如果我和首相在一起,可以发挥更大的作用。"

"不,绝对不是。你听见了吗?我想要——"

又是一阵静电,听起来像是枪声。电话断了。"喂?喂?"莱格特用手指按了几下座机上的操纵杆。"喂?该死的!"他挂上电话,憎恨地看着那台机器。

*

在接下来的两个小时里,莱格特多次试图接通一条能联系伦敦的线路,但这被证明是不可能的。甚至他拿到的元首行馆的电话号码也经常占线。他开始怀疑要么德国人故意孤立他们,要么德国政府不像它看上去的那样高效。在整个过程中,酒店对面花园里的人群规模不断壮大。那里有一种节日气氛。男人们穿着皮短裤,女人们穿着花裙子。人们喝了很多啤酒。一个铜管乐队过来了,开始演奏最新的英国流行歌曲。

  无论何时只要你在朗伯斯,
  不管是晚上还是白天,
  你都会发现我们在跳朗伯斯舞。

每次合唱结束时,观众们都用巴伐利亚口音呼喊着刺耳的、略显醉意的"哟!"。

过了一会儿,莱格特捂住了耳朵。"这让人感觉不真实。"

琼说:"噢,我不知道。我觉得他们想让我们产生宾至如归的感觉,真是太贴心了。"

他在书桌的抽屉里找到了一本城市游览指南。这家酒店似乎离元首行馆只有半英里左右——沿着马克斯-约瑟夫大街一直走到卡洛林广场,在环形交叉路口……假设他能很快找到保罗,他半小时内就能到达那儿并赶回来。

"你结婚了吗,莱格特先生?"

"是的。"

"有小孩吗?"

"有两个。你呢?"

她点了一支香烟,带着一种愉快的表情透过烟雾看向他。"不。没有人会娶我。"

"我觉得这很难让人信服。"

"没有我愿意在一起的人和我在一起,你知道我的意思吧。"她开始跟着乐队一起唱:

> 一切都自由自在，
> 你可以随心所欲。
> 你为什么不去那儿，
> 去那儿，待在那儿……

安德森小姐也开始一起唱。她们的声音很好听。莱格特知道，她们会因为他不加入她们而认为他是个自命不凡的人——帕梅拉总是这样说他。不过，在最重要的时刻唱歌跳舞和他的性格背道而驰，他从来都不觉得这是一个轻浮的场合。

尽管隔着关闭的窗户，窗外还是传来一声响亮的日耳曼"哟！"。

*

在元首行馆，他们等待着。

每个代表团都分到了特定区域。德国人和意大利人共用元首书房旁边那个长长的开放式走廊；英国人和法国人占据了对面走廊尽头的两个接待室。哈特曼坐在走廊里两根立柱间的一把扶手椅上。越过宽阔的空间，他可以清楚地看到那两个结盟国家的官员们安静地坐着，一边看书，一边抽烟。双方都敞开了大门，以备不时之需。他能看见他们不时地走动，满怀希望而又焦急地朝角落的大书房望去。元首书房的房门还紧紧地关着。

莱格特仍然没有来。

一个小时过去了，又一个小时过去了。有时，纳粹的领袖人物——戈林、希姆莱、赫斯——和他们的随从走过，偶尔停下来和德国这边的人交谈几句。党卫军副官的靴子在大理石地板上发出了响声。人们低声交换信息。这里的气氛和安静的大机构——比如图书馆或博物馆———样安静。每个人都看着其他人。

哈特曼不时把手伸进夹克里，摸一摸因体温而发热的枪的金属部件，然后把手滑到衬衫边上，摸一摸信封的轮廓。无论如何，他必须把它交到英国代表团手中，而且越早越好——在达成协议之后再转交就没有意义了。莱格特似乎没有参与计划。这是为什么？哈特曼不知道。但如果不是莱格特，又有谁呢？他唯一说过话的英国人是斯特朗。斯特朗看上去还算体面，尽管像一位拉丁语老教师一样呆板。他该如何与斯特朗取得联系而不被绍尔发现？每次他环顾四周，似乎都有党卫军看着他。他怀疑自己可能也引起了一些同伴的注意。

他不到半分钟就能走进英国代表团的房间。不幸的是，他只能在众目睽睽之下这样做。他能想出什么借口呢？由于两晚睡眠不足，他疲惫不堪，脑子里没完没了地想着这个问题，却找不到解决办法。尽管如此，他还是决定要试一试。

下午3点钟时，他站起来伸了伸腿。他转过角落，经过元首的书房，来到离英国代表团房间最近的栏杆。他把手放在冰冷的大理石栏杆上，漫不经心地靠在上面，低头望着大厅。有一群人一起站在第二个楼梯脚下，正轻声地交谈着。他猜他们是司机。他大着胆子偷偷瞥了英国人一眼。

突然，从他身后传来一阵响声。希特勒书房的门打开，张伯伦出现了。他的脸色比几个小时之前要严峻得多。接着出来的是威尔逊，再接着是达拉第和莱热。达拉第拍拍口袋，掏出一个烟盒。英法两国的代表团成员立即从各自的房间蜂拥而出迎接他们。当他们从他身边匆匆走过时，他听见张伯伦喊道："来吧，先生们，我们要走了。"一分钟后，希特勒和墨索里尼出现在同一个方向，齐亚诺跟在后面。希特勒的表情仍然很恼怒。希特勒对着墨索里尼打手势,愤怒地咕哝着,右手做出横扫一切的动作,仿佛要把整件事忘掉似的。哈特曼想到了一种极有可能发生的情况,那就是也许整件事都完蛋了。

*

莱格特坐在摄政宫饭店办公室的办公桌后,整理着红箱内的东西,把首相批注过的需要采取紧急行动的文件放在一边。这时,他听到人群又开始欢呼。他站起来,低头望着马克西米利安广场。一辆敞篷奔驰车停在酒店外面。张伯伦在威尔逊的陪同下从车上走了出来。其他汽车跟在后面。英国代表团出现在人行道上。

琼也走到窗口。"你有想过他们这么早就能回来吗?"

"没有。也没有就此做任何安排。"

莱格特锁上红箱,走入走廊。在远处,电梯开门声轻轻地响了起来。门开了,首相带着威尔逊和一个苏格兰场警探走了出来。

"下午好,首相。"

"你好,休。"他的声音很疲惫。在微弱的电灯下,他看上去几乎像个幽灵。"我们现在去哪里?"

"您的套间在这边,先生。"

一跨进门槛,首相就消失在洗手间里。威尔逊走到窗前,低头看着人群。他看起来也很疲惫。

"会议怎么样,先生?"

"非常糟。请你通知其他人到这儿来,好吗?每个人都需要了解情况。"

莱格特站在走廊上,把到达的代表引入房间。两分钟之内房间就满了：斯特朗、马尔金、艾希顿－格瓦金和邓格拉斯，还有常驻柏林的汉德逊和柯克帕特里克都到了。莱格特最后进去。就在首相走出卧室时，莱格特随手关上了门。首相换了衬衫，洗了脸，耳后的头发还是湿的，看起来精神多了。"先生们，请坐。"他选择坐在面向房间的大扶手椅上，等着大家都找到座位。"霍勒斯，你为什么不给大家说说发生了什么呢？"

"谢谢您，首相。就像大家可能已经听说的，整个会议有点像疯帽子[①]的茶话会。"威尔逊从口袋里掏出一个小笔记本，平放在膝盖上。"我们从希特勒的讲话开始说，要点有：（1）捷克斯洛伐克现在对欧洲的和平局势是个威胁；（2）在过去的几天里有二十五万难民从苏台德逃到德国；（3）整体形势很严峻，必须在周六之前摆平事态——英国、法国和意大利必须保证捷克人从那天开始撤离争议领土，否则他就会进军拿下那里。希特勒不停地看表，仿佛在看暂停动员二十四个小时的命令何时失效。我必须说，总的来说，我的印象是，他不是在虚张声势，我们要么在今天解决问题，要么就要迎来战争。"

威尔逊把笔记翻了一页。

"然后墨索里尼拿出了一份意大利文的协议草案，德国人已经翻译过了。"他伸手在另一个上衣内袋里翻来翻去，掏出几页打印的纸。"这是译成德语的版本。就我们所能搜集到的信息而言，这应该是提前准备好的。"他把文件扔到咖啡桌上。

斯特朗说："希特勒会接受由一个国际委员会来决定哪些地区将成为德国领土吗？"

"不，他说没有时间了。他认为应该举行全民公投，每个地区

[①] 《爱丽丝梦游仙境》中的虚构人物，特点是说话颠三倒四，爱开茶会。

可以根据简单多数的原则做出决定。"

"剩下的少数人该怎么办？"

"他们必须在10月10日前撤离。他还希望我们保证捷克人在离开之前不会摧毁任何设施。"

首相说："我不喜欢'保证'这个词。除非我们知道捷克人会同意，否则我们能保证什么呢？"

"那他们一定也要出席会议吧？"

"这正是我当时提出的。不幸的是，我的建议引发了针对捷克人的粗俗言辞抨击。他说了很多这样的话——"首相不断用拳头击打另一只手摊开的手掌。

威尔逊翻了翻笔记。"确切地说，希特勒说他已经同意推迟军事行动，'但如果那些敦促他这么做的人不准备为捷克斯洛伐克承担责任，那么他将不得不重新考虑'。"

"上帝啊！"

张伯伦说："不过，我还是坚持我的立场。除非捷克人自己同意，否则我们无法保证捷克会遵守协议。"

汉德逊说："法国对让捷克人参加谈判持什么立场？"

"一开始达拉第支持我，但大约半小时后他就改变了主意。他究竟说了什么，霍勒斯？"

威尔逊继续读笔记本上的内容。"'如果让布拉格代表加入会议会造成麻烦，他准备放弃这一主张，因为重要的是应该迅速解决问题。'"

"对此，我反驳说，我并不是坚持要让捷克人真的参与谈判，但至少他们应该待在隔壁房间，这样他们才能给我们必要的保证。"

威尔逊说："您非常坚决，首相。"

"嗯，是的，我是这样的。我必须这样！达拉第完全没用。他给人的印象是，他讨厌待在慕尼黑的每一分钟，只想签署一项协议，然后尽快回到巴黎。我发现我们可能无法达成协议——事实上，整个谈判都有可能在激烈的争吵中破裂——于是提议休会一小时，以便我们可以就墨索里尼的草案与各自的代表团进行磋商。"

"那捷克人呢？"

"我们等着瞧吧。到最后，希特勒满脸怒气。他把墨索里尼和希姆莱带回他的公寓吃午饭——我没法说我羡慕墨索里尼能参加那种特别的社交活动！"他停下了，厌恶地皱起了脸。"那究竟是什么？"

从紧闭的窗户外传来乐队在酒店外面的演奏声。

莱格特说："首相，那是《朗伯斯舞步》。"

*

在元首行馆，德国和意大利的官员已经回到了摆了自助午餐的房间。这两拨人并没有混在一起。德国人觉得自己比意大利人优越，而意大利人认为德国人很粗俗。窗边，一些人围成了一个圈，魏茨泽克和施密特在中间。哈特曼取了一盘食物，加入了他们。魏茨泽克正在给大家看一份用德语打的文件。他似乎对自己很满意。哈特曼过了一会儿才明白这是墨索里尼在领导人会议上提出的某个协议草案。所以谈判最终没有破裂。哈特曼感到先前的好心情消失了。他脸上一定露出了沮丧的神色，因为绍尔说："哈特曼，没必要表现得那么痛苦！至少我们有达成协议的基础。"

"我并不难过，大队长先生，只是施密特博士能这么快就把它翻译出来，真是让我吃惊。"

施密特笑了，为哈特曼的天真眨了眨眼睛。"亲爱的哈特曼，我什么都不用翻译！这是昨晚在柏林起草的。墨索里尼假装是他写的。"

魏茨泽克说："你真的认为我们会把如此重要的东西留给意大利人吗？"

其他人也笑了起来。房间对面，几个意大利人转过身来看着他们。魏茨泽克变得严肃起来。他把手指放在嘴唇上。"我觉得我们应该小声一点。"

*

莱格特在办公室里坐了一个小时，把意大利的协议草案从德文翻译成英文。它不长，不到一千词。他每翻译完一页就交给琼打出来。有一阵，英国代表团的成员成群结队地走进办公室，在他身后阅读。

1. 撤离将于10月1日开始。
2. 英国、法国和意大利保证撤离领土的工作将在10月10日前完成……

这样的内容一共有八段。

英国外交部的法律顾问马尔金坐在角落里的扶手椅上通读文件，同时抽着烟斗。他建议用"同意"取代"保证"。这是一个精明的改动，看似微不足道，却彻底改变了草案的基调。威尔逊穿过走廊把改动后的版本拿给首相看，首相正在自己的房间里休息。张伯伦同意了。马尔金还指出，该文件的整个内容都在暗示三个大国,即英国、法国和意大利,正在向第四个大国德国做出让步,他称这一主旨造成了一种"不幸的印象"。因此,他用他的高级钢笔和工整的字体为协议写下序言:

> 德国、英国、法国和意大利考虑到原则上已经达成的协定,即将苏台德地区割让给德国,商定了关于割让的下列条款和条件,以及就此应采取的措施。根据这份协议,各方都认为自己有责任采取必要的步骤来确保它的实现。

首相也表示同意。他还要求在他的红箱里放一个文件夹,在里面装上1930年的捷克人口普查结果。琼把文件从头重打了一遍。下午4点刚过,代表团就开始下楼走向他们的汽车。张伯伦从卧室里出来,走进客厅,神色紧张,用拇指和食指抚平小胡子。莱格特把文件夹递给他。威尔逊低声说:"也许在赫斯顿机场更应该引用的莎士比亚名言是:'让我们再次共赴战场,亲爱的朋友。'"首相的嘴角微微向下垂了一下。

张伯伦的警探说:"先生,您准备好出发了吗?"

张伯伦点点头,走出房间。当威尔逊转身跟在他后面时,莱格特决定最后做一次申诉。"我真的认为我在会议中能发挥更大的作用,先生,而不应在这里闲荡。肯定还有更多的翻译工作要做。"

"噢,不,不——大使和柯克帕特里克能处理会议的事。你负责这里的大本营。真的,你干得很出色。"威尔逊拍了拍莱格特的胳膊,"你得马上联系唐宁街10号,把我们修改后的草案念给他们听。请他们确保把这个草案送到外交部。好了,你去吧。"

威尔逊急忙跟在首相后面。莱格特回到办公室,拿起电话,又预约了一个拨往伦敦的电话。这一次,出乎他的意料,电话接通了。

*

对哈特曼来说,协议草案的存在改变了一切。那些聪明的头脑现在正努力消除分歧。钢铁一般的原则也会受到动摇,然后神奇地消失。各方完全不可能达成协议的最具争议性的问题将被彻底搁置,留给小组委员会以后处理。他知道这种事情是如何运作的。

他悄悄离开了这群人,把盘子放回自助餐桌,溜出了房间。他估计他最多只有一两个小时的时间。他需要找个僻静的地方。在他的左边是几扇关着的门,然后他看到一个缺口。他朝它走去,那是一个疏散楼梯的平台。他回头看了看,似乎没有人注意到他的离去。他迅速踏出一步,开始顺着楼梯往下走。他经过一位穿白色厨师服的厨师,那人正捧着一盘盖了盖子的菜上楼。厨师无视了他。他继续往下走,经过底楼,一直走到地下。

这里的走廊很宽,墙壁很白,石板地面很光滑,就像一座城堡的地下室,且似乎贯穿了整座大楼。他能闻到从附近飘来的做饭的味道,能听到厨房里发出的金属撞击声。他坚定地向前走着,心想他有权去想去的任何地方。前面传来一阵含混的大声交谈声,盘子和餐具也叮当作响。他走入一间大自助餐厅,几十名党卫军警卫正在那里吃午饭。空气中弥漫着浓重的香烟、咖啡和啤酒的味道。有几张脸转过来看向他。他点了点头。自助餐厅另一头又是通道。他经过一处楼梯、一间警卫室,打开一扇大铁门,走进下午的炎热。

门外是大楼后面的停车场。十多辆黑色奔驰排成一行。有几个司机在抽烟。他隐约听到远处有人欢呼大叫:"胜利万岁!"

他迅速转过身,又回到大楼里。一个党卫军士兵从警卫室里走出:"你在干什么?"

"快点,伙计!你没听见元首回来了吗?"

哈特曼推开士兵,开始爬楼梯。他快步走上台阶。他心脏的跳动震荡了整个胸腔。他正在出汗。他经过底楼,向上爬了两层,回到了第一次会议刚结束时他所在的地方。周围的人都开始有了动作。随从们急急忙忙地走回自己的位置,拉直了上衣,捋平了头发,顺着走廊望去。希特勒和墨索里尼出现在他们眼前,肩并肩走着。希姆莱和齐亚诺跟在两位领袖人物的后面。很明显,午餐时间并没有改善希特勒的情绪。墨索里尼停下来和阿托利科谈话,但希特勒不顾一切地踏步向前,后面跟着德国代表团。

在书房的入口处,希特勒停下脚步,转身凝视。哈特曼从离他不到十步远的地方,看到了他脸上的愤怒。他的脚掌开始上下晃动——哈特曼在火车上也看到过这种奇怪的无意识动作。外面传来一阵更响的掌声,不久张伯伦就出现在远处的楼梯平台上,后面跟着达拉第。他们站在一根柱子旁边交谈起来。希特勒对着两位民主式领导者注视了大概一分钟。突然,希特勒转过身,找到了里宾特洛甫,愤怒地向他做手势,要里宾特洛甫去接张伯伦和达拉第。希特勒消失在书房里,哈特曼感到一阵新的乐观情绪涌上心头。职业外交官们可能会开始想象这个协议达成后的场景,但在希特勒愿意之前什么也敲定不了,而且希特勒看起来仍然只是想让所有人都打包走人。

7

莱格特在向唐宁街的速记员口述最后一段时,一定已经过了下午5点了。

"捷克斯洛伐克政府将在自本协议生效之日起的四周内,尊重苏台德日耳曼人的意愿,解除其在军队和警察队伍中的职务,并且捷克斯洛伐克政府将在同期释放受到终身监禁的苏台德日耳曼政治犯。"

"这些你都打下来了吗?"

"是的,先生。"

他把听筒夹在下巴底下,开始整理草案的纸张。他听到远处传来不断放大的声音。门半开着。走廊里发生了某种争执。"英国人!"一个男人带着很重的口音喊道,"我要求和英国人对话!"

莱格特困惑地和两位秘书交换了一下眼色。他示意琼接过电话并捂住听筒。他对她说:"叫他们别挂断。"她点了点头,悄悄地坐到他的位子上。莱格特走入走廊。在走廊尽头靠近酒店后部的地方,有一个人影激动地打着手势,试图从四个西装革履的人旁边挤过去。他们不停地移动身体以堵住他的路。"来个英国人!我要求和英国人对话!"

莱格特朝他们走来。"我是英国人!要帮忙吗?"

那人喊道:"感谢上帝!我是休伯特·马萨里克博士,捷克斯洛伐克外交部首席顾问!这些人是盖世太保,他们把我和我的同事,捷克驻柏林公使沃伊捷赫·马斯特尼博士关在了这个房间里!"

那人大约四十岁,相貌出众,穿着一件浅灰色的西装,胸前口袋里放着一块手帕。他那又长又尖的脑袋涨得通红,脸上的玳瑁圆眼镜不知在什么时候被撞歪了。

莱格特问:"请问这里由谁负责?"

一个盖世太保转过身来。他的脸很宽,嘴唇紧抿,两颊上有很多麻子,就好像年轻时患过天花似的。他看上去一副准备要打架的样子。"你哪位?"

"我叫休·莱格特,是张伯伦首相的私人秘书。"

盖世太保的态度立刻改变了。"监禁是没有的事,莱格特先生。我们只是请这些先生在会议期间等在他们的房间里,为的是确保他们的安全。"

"但我们应该是这次会议的观察员!"马萨里克调整了一下眼镜,"我呼吁英国政府代表允许我们执行我们应该完成的任务。"

"可以让我过去吗?"莱格特示意那个盖世太保允许自己通过。另外三个盖世太保望着那军官。他点了点头,他们让开了身体。莱格特和马萨里克握了手。"对此我非常抱歉。你的同事呢?"

莱格特跟着马萨里克进了卧室。一位六十多岁的教授一样的人物坐在床边,仍然穿着大衣,两膝间夹着帽子。莱格特进来时他站了起来。他看上去十分沮丧。"我是马斯特尼。"他伸出手来。

马萨里克说:"我们不到一个小时前从布拉格飞抵这里,在机场遇到了这些人。我们以为会被直接带到会议室;但相反,我们竟被关在了这里。这是一种暴行!"

盖世太保们站在门口听见了他的话。"正如我解释过的,他们是不许参加会议的。我得到的命令是让他们在酒店房间里等候,直到收到进一步的指示。"

"所以我们被逮捕了!"

"当然不是。你们可以回到机场,想什么时候回布拉格就什么时候回。"

莱格特问:"请问是谁下的命令?"

盖世太保军官挺起胸膛。"我想是元首亲自下达的。"

"这是暴行!"

马斯特尼把手放在年轻同事的胳膊上。"休伯特,冷静。我比你更习惯德国的生活。大喊大叫是没有意义的。"他转向莱格特。"你是张伯伦先生的私人秘书吗?也许你可以代我们同首相谈谈,看看这一不幸的局面能否得到改变?"

莱格特看了看两个捷克人,又看了看那个抱着胳膊的盖世太保。"我会去看看能做些什么。"

*

酒店对面的公园里人仍然很多。他们对从面前走过的莱格特毫无兴趣:又一个穿西装的官员,一个无名之辈。莱格特低头快步行走。

马克斯-约瑟夫大街很安静,街边种着樱桃树,还修有漂亮的红白相间的公寓楼。空气中弥漫着很浓的烟味。在半下午温暖的阳光下走过秋天的落叶,让莱格特想起了牛津大学。两个穿着考究的老妇人在遛狗。一个穿工作服的保姆推着婴儿车。他朝国王广场地铁站走了大约五分钟,路过了环形交叉路口中间的方尖碑。这时,他感受到在某种程度上,自己于不经意之间跨越了一条看不见的边界,抵达了更加黑暗和更不为人熟知的世界。他记忆中的公园已经变成了阅兵场。在一座异教风格的圣殿里，一个身穿黑衣的士兵看守着一团永不熄灭的火焰。

莱格特能越过前面花岗岩广场上的人群认出元首行馆。这栋建筑本身是古典风格的、没有人情味的，由白色石头砌成。除底楼外，它有三层楼高，一楼中间有一个阳台。他可以想象希特勒出现在那里，创造出那些充斥了报纸版面的宏大准宗教场面。莱格特走过悬挂的旗帜和青铜雕像，走到第二块红地毯的边缘。他向哨兵说明了正式身份，然后获准通过。大厅里一个身穿党卫军制服的军官在名单上找到了他的名字。

"英国代表团在哪儿？"

"在一楼，莱格特先生，在远角的接待室里。"军官的靴子发出咔嚓一声。

莱格特爬上宽大的大理石楼梯，然后向右转。他经过一排低矮的桌子和扶手椅，突然哈特曼出现在他的面前。莱格特花了几秒钟才确定那人是哈特曼。哈特曼手里拿着一个杯子和一个杯托，正站立着和一个穿深蓝色西装的银发男人说话。还在牛津读书时，哈特曼的发际线就一直往后退，现在他几乎全秃了。他竖着脑袋听他的同伴说话。他看上去低声下气、紧张不安、疲惫不堪。尽管如此，隔着距离，莱格特仍然感到有某种古老的光环笼罩着他。哈特曼越过另一个人的肩膀上认出了莱格特，对着莱格特瞪大了紫罗兰色的眼睛，然后十分隐蔽地摇了摇头。莱格特继续往前走。

透过敞开的门，莱格特可以看到斯特朗和邓格拉斯。当他走进去时，英国代表们抬起头来。他们在那个大房间里四处走动。汉德逊正在看一份德国报纸。柯克帕特里克伸开双腿，闭着眼睛。马尔金腿上放着几张纸。艾希顿-格瓦金似乎在读一本日本诗集。斯特朗厉声问:"休?你到这儿来干什么?我想你应该待在酒店吧?"

"是的,先生,但出了一些状况。捷克代表团已经抵达摄政宫饭店,但他们被禁止离开房间。"

"谁阻止的?"

"盖世太保。他们希望首相能代他们说情。"

叹息声布满了房间。

"盖世太保!"

艾希顿-格瓦金喃喃低语:"一群野兽……"

汉德逊说:"我不明白他们为什么认为首相能帮他们。"

"但如果没有他们,就很难达成协议。"斯特朗吸了吸他那个没有完全燃烧的烟斗,直到它开始噼啪作响。"我想你最好过去安慰安慰他们,弗兰克。你比我们更了解他们。"

艾希顿-格瓦金叹了口气,合上书。莱格特注意到邓格拉斯正伸长脖子朝走廊张望,那样子就像一只他喜欢射杀的长相奇怪的小鸟。

柯克帕特里克也看到了。"怎么了,亚历克?发生什么事了吗?"

"是的。"邓格拉斯说。像往常一样,他几乎不动嘴唇地拉长调子说话。"希特勒房间的大门打开了。"

*

哈特曼认为这六年的时间几乎没有改变莱格特。他看起来似乎才穿过了贝利奥尔的中庭。很奇特的,莱格特看起来既年轻又老成:他的前额上长着很孩子气的浓密黑发,但表情苍白严肃;他动作轻盈(他在牛津大学曾是跑步运动员),却把自己裹在僵硬的老式衣服里。哈特曼一看见莱格特，就暂时顾不上冯·魏茨泽克在说什么了。他没有注意到施密特正匆匆向他们走来。

"冯·魏茨泽克先生和阿托利科先生——"施密特向国务秘书点点头，向意大利大使招手，"打扰了。先生们，元首希望你们参加会谈。"

离他们最近的人无意中听到了施密特的话，纷纷转头。魏茨泽克点点头，好像他早就料到会是这样。"还有别人吗？"

"还有英国和法国大使。"

"我去接他们。"哈特曼自告奋勇。他不等批准就走向了两个代表团。他先进了法国代表的房间。"弗朗索瓦-庞塞先生在吗？"这位花花公子转过头来，他留着过时的小胡子，并在胡子上打了蜡。"打扰了，阁下，首脑们希望大使也参会。"弗朗索瓦-庞塞还没站起来，哈特曼就大步走进隔壁。"内维尔爵士，元首的书房发来请求，希望您赏光到政府首脑们那里去。"

斯特朗问："只有内维尔爵士吗？"

"只有内维尔爵士。"

"终于到我了！"汉德逊把报纸折起来放在桌上。他站在镜子前检查他上衣的扣子是否对齐。

柯克帕特里克说："祝你好运。"

"谢谢。"汉德逊信步走出房间。

"这是否意味着取得了突破？"

"很抱歉，我只是来通知参会的，斯特朗先生。"哈特曼微笑着微微鞠了一躬。他环视了一下。"各位在这儿感觉还好吗？还需要什么吗？"

"我们很好，谢谢您——"斯特朗顿了顿。

"我叫哈特曼。"

"对,是哈特曼先生,抱歉。"哈特曼焦急地等待着,斯特朗发现自己有必要介绍一下同事。"这是邓格拉斯勋爵,首相的议会私人秘书。这是外交部的威廉·马尔金爵士。这位是弗兰克·艾希顿-格瓦金,也是外交部的。还有柏林大使馆的伊冯·柯克帕特里克,我想你认识他……"

"没错,柯克帕特里克先生,很高兴再次见到您。"哈特曼在房间里走来走去,和大家握手。

"这是休·莱格特,首相的私人秘书之一。"

"你好,莱格特先生。"

"你好,哈特曼先生。"

哈特曼握住莱格特的手,时间比其他人更长,然后轻轻摇晃它。"那么,如果我能帮上忙的话,请告诉我。"

莱格特说:"我得回酒店了。"

"如果我能找到一部能用的电话,"艾希顿-格瓦金疲倦地说,"我想我应该和可怜的捷克老伙计谈谈。"

哈特曼、莱格特、艾希顿-格瓦金进入走廊,向希特勒书房的方向走去。门又关上了。哈特曼说:"希望已经取得了一些进展。"他停下脚步。"我晚点再和各位见面。失陪了,先生们。"他优雅地低下头,向左拐,走下楼梯。

莱格特和艾希顿-格瓦金继续往前走了几步,然后莱格特停了下来。"对不起,我刚想起有件事要告诉斯特朗。"这花招太明显了,让他自己都感到难堪,但艾希顿-格瓦金只是在告别时举起手来:"一会儿见,亲爱的孩子。"然后他继续前行。莱格特往回走,没有回头看一眼,跟着哈特曼下了楼。

莱格特看不见哈特曼,但能听见他的皮革鞋底在台阶上发出声响。莱格特希望在底楼止步;然而,皮革在石阶上的碰撞声又响了两次。莱格特发现自己来到了地下室的通道,正好赶在关门的声音响起前走了过去。

莱格特宁愿不去想自己现在的处境有多荒谬——穿着深色西装、戴着怀表的白厅街公务员,在元首私人府邸的地下疏散走廊里匆匆穿行。如果克莱弗利看到现在的他,一定会心脏病发作。克莱弗利说过:"绝对不要做任何可能阻碍此次会议取得成功的事,我相信我没有必要再强调了吧……"莱格特走过一间警卫室,里面空无一人,这让他松了一口气。然后,他推开那扇沉重的铁门,走出去,来到了日光下的一个院子,院子里停满了黑色奔驰车。在远处,哈特曼正在等他。莱格特挥了挥手,匆匆向哈特曼走去,但哈特曼马上又出发了,向右消失在他的视野中。

从那以后,哈特曼始终与莱格特保持着大约一百码的距离。他领着莱格特走过两座荣誉圣殿,那里火光摇曳,警卫一动不动;又经过另一处纪念性的白色石砌纳粹建筑,它与元首行馆的外观完全一样;然后他离开国王广场,来到一条宽阔的街道,街道两边的办公大楼上装饰着纳粹的万字标志。莱格特经过办公大楼时看到了铭牌——"副元首办公处,执行四年计划的帝国中央办公室"。哈特曼回头瞥了一眼。似乎没有人跟踪他们。前面是一座丑陋的现代建筑,看起来像火车站的入口,但广告牌上写着"公园酒馆"。哈特曼走了进去。一分钟后,莱格特也走了进去。

在这个时间,人们刚结束一天的工作。酒馆里挤满了人,根据外表判断,他们大多是附近政府部门的工作人员。很多人身着纳粹制服。莱格特透过香烟烟雾四处张望,寻找哈特曼的身影,在角落里看见了他那光秃秃的脑袋。哈特曼背对门口坐在一张桌子旁,正面是一面镜子,这让他能看到正在发生的事情。莱格特悄悄地坐到他对面的座位上。哈特曼张开大嘴,露出熟悉的狡猾笑容。"好了，"他说，"我们又见面了，我的朋友。"莱格特想起，无论在怎样的情况下——即便是现在这种时候——保罗总是能找到乐子。然后，哈特曼更严肃地补充道："你被跟踪了吗？"

"我不知道，但我认为没有。我不太习惯这种事。"

"欢迎来到新德国，我亲爱的休！你会发现你必须适应它。"

邻桌的那个人穿着纳粹军服。他正在读《先锋报》。一幅给犹太人画了章鱼触角的丑化漫画占据了报纸的头版。莱格特希望酒馆里的噪声够大，能让别人听不见他们的谈话。

莱格特平静地问："这里安全吗？"

"不一定，但比待在原地更安全。我们可以要两杯啤酒，付钱，然后端到花园去。我们将继续完全用德语交流。我们是老朋友，久别重逢，有许多事情要谈——这都是真的。最好的谎言的多数内容应是真实的。"哈特曼向侍者做了个手势。"请给我们两杯啤酒。"

"你变化不大。"

"啊！"哈特曼笑了，"你要是知道我经历了什么就不会这么说了！"他拿出打火机和一包香烟，递出一支，先弯下腰为莱格特点烟，然后为自己点上。他们坐着，默默地抽了一会儿烟。哈特曼不时看向莱格特，摇摇头，一副不能相信的样子。

莱格特说："他们不会想知道你去哪儿了吗？"

"肯定会有一两个人在找我。"哈特曼耸耸肩，"没办法。"

莱格特继续环顾酒吧。这支陌生的香烟味道很浓，灼痛了他的喉咙。他感到自己暴露了，这让他恐惧。"希望他们在我们赶回去之前不要结束谈判。"

"我想应该不会，你觉得呢？即便达成了协议，他们肯定也还需要一段时间，来解决所有的细节问题。如果没有达成协议，就会迎来战争……"哈特曼挥动着香烟,"到那时,你、我和我们这次的小小会面就完全无关紧要了。"他透过烟雾打量着莱格特。他大眼睛上的双眼皮比莱格特记忆里的要宽得多。"我听说你结婚了。"

"是的。你呢?"

"没有。"

"蕾娜现在怎么样了?"莱格特曾经向自己保证不会问起这事。哈特曼的目光移开了。他的情绪发生了变化。

"我们没有联系了。"

服务员端着他们的啤酒来了。他放下盘子,然后去招呼另一位顾客。莱格特意识到自己没带德国货币。哈特曼把一把硬币放在桌上。"我来吧——就像我们过去常说的,'轮到我了'。"哈特曼短暂地闭上眼睛。"公鸡和骆驼酒吧、王冠和蓟酒店、圣吉尔斯路的野鸡酒吧……它们都还在吗?每个人都还好吗?以赛亚过得怎么样?"

"都还在。牛津还是那样。"

"唉,对我来说一切都变了。"哈特曼看上去很伤感,"好吧,我想我们应该说正事了。"

邻桌的党卫军士兵结完账,站起身来要走,把报纸留在了桌上。哈特曼说:"不好意思,同志,如果你看完了这份报纸,可以把它给我看看吗?"

"别客气。"那人把报纸递过来,亲切地点了点头,然后离开了。

"看见了吗?"哈特曼说,"你才认识他们时,会觉得他们很迷人。拿上你的啤酒。我们去外面。"他踩灭了香烟。

光秃秃的大树下,几张金属桌子立在碎石地上。太阳已经落山了。天很快就要黑了。啤酒花园和酒馆里一样热闹。男人们穿着皮短裤，女人们穿着紧身连衣裙。哈特曼把莱格特领到一张小桌旁，旁边是薰衣草花坛，在它后面是一个植物公园。整洁的小径、花坛和树木的种类都让人觉得似曾相识。莱格特说："我们以前没来过这里吗？"

"来过，我们坐在那儿吵了一架。你指责我本质上是个纳粹。"

"是吗？我很抱歉。有时，对一个局外人来说，德国民族主义听起来与纳粹主义并没有太大区别。"

哈特曼轻轻摆了摆手。"咱们别谈这些。没有时间了。"他拉出一把椅子。椅子的钢腿在碎石上摩擦着。他们坐下来，莱格特婉拒了另一支烟。哈特曼为自己点了一支。"所以，让我直入主题吧。我想请你安排我与张伯伦见一面。"

莱格特叹了口气。"他们在伦敦就告诉我你会这样要求。对不起，保罗，这是不可能的。"

"可你是他的秘书，而秘书负责会面安排。"

"我是他资历最浅的秘书。我就是打杂的。他不会听我的，就像他不会听那边那个服务员的话一样。再说，现在再见他难道不会太晚了吗？"

哈特曼摇摇头。"现在，在这一刻，还为时不晚。一旦你的首相签署了协议，那就真的太晚了。"

莱格特双手捧起啤酒杯，低下了头。他记得这种荒谬的固执，这种拒绝放弃自己的逻辑的态度，即便这种逻辑显然以一个错误的前提为出发点。他们可能在鹰与小孩酒吧里有过类似的争论。"保罗，我向你保证，不管你要告诉他的是什么，他肯定都考虑过了。如果你要警告他希特勒是个坏人，那就省省吧。他知道。"

"那他为什么要跟希特勒做这笔交易呢？"

"原因就是你所能想到的那些。因为在这个问题上，德国有充分的理由,而提出者是希特勒这个事实并不会削弱它们。"莱格特现在记起了自己为什么要指控哈特曼是纳粹:哈特曼对希特勒的反对主要是基于希特勒是一个粗俗的奥地利下士——这似乎是出于一种势利眼而不是意识形态。"我必须说你的立场变了!你不是一直抱怨《凡尔赛条约》不够公正吗?绥靖不过是为了纠正这样的错误。"

"是的,并且我对我说过的每一个字负责!"哈特曼倚着桌子,继续急切地低声说,"看到你们和法国人终于不得不用投降的姿态纠正错误,我心中有一个部分——是的,我亲爱的休,我承认——感到很高兴。但问题是,已经太迟了!推翻《凡尔赛条约》对希特勒来说已经不再重要了。这只是即将发生的事件的前奏。"

"这就是你要告诉首相的吗?"

"是的。我不仅要告诉他,还想给他出示证据。我手里就有证据。"他拍拍胸膛,"你是觉得我很可笑吗?"

"不,不是可笑——我只是觉得你太天真了。事情要是有那么简单就好了!"

"事情很简单。如果张伯伦今晚拒绝在胁迫下继续谈判,希特勒明天就会入侵捷克斯洛伐克。一旦他发布命令,一切就都会改变,我们这些反对派,无论是军队里的还是其他地方的,就会采取行动对付希特勒。"

莱格特抱起双臂,摇了摇头。"如果情况是这样的,你会失去我的支持。你想让我的国家为了阻止三百万日耳曼人加入德国而开战,就因为你和你的朋友有那么一丁点儿希望除掉希特勒?我不得不说,根据我今天看到的情况,他是相当难搞的。"

莱格特不让自己说下去,尽管他还有很多话要说。他本可以问哈特曼,他和他的朋友们是否真的像他们的密使今年夏天在伦敦所说的那样,打算在希特勒下台后继续保留奥地利和苏台德区,以及他们的目标是不是重兴德意志帝国。如果答案是肯定的,那下次他去弗兰德斯战争公墓,看望躺在白色石制十字架海洋中的父亲时,该对父亲耳语些什么呢?他感到一阵愤怒。我们就签下这个该死的协议,回到飞机上,离开这里,让他们继续吧。

电灯亮了起来,一串串漂亮的黄色中式灯笼挂在华丽的锻铁路灯杆中间。它们在渐浓的暮色中发出夺目的光芒。

哈特曼说:"这么说你不打算帮我了?"

"如果你要求我安排你与首相私下会面,那么我不得不说不行,这是不可能的。但如果你有关于希特勒野心的证据,且这种野心是我们应该知道的,那么你可以现在就把它交给我,我保证会让他看到。"

"在张伯伦于慕尼黑签署任何协议之前?"

莱格特犹豫了。"只要我有机会。"

"请答应我,你一定会尽全力,好吗?"

"好。"

哈特曼盯着莱格特看了几秒钟。最后,他从桌子上抓起了《先锋报》。报纸不厚,用一只手很容易拿。他用它掩护自己。他的另一只手开始解开衬衫的扣子。莱格特在坚硬的金属椅子上扭来扭去,环视着啤酒花园。每个人似乎都沉浸在自己的快乐中。但在周围的灌木丛里,可能有好几双眼睛在看着他们。哈特曼把那张报纸折起来,从桌子上推给莱格特。

哈特曼说:"我该走了。你留在这儿喝完你的啤酒。从现在起,我们最好装作不认识对方。"

"我明白。"

哈特曼站起来。莱格特突然觉得事情不能就这样结束。他也站了起来。"我确实理解——我们都理解——你和你的同事正在冒险。如果事态变得危急,你应该离开德国。我可以向你保证,你会得到很好的招待。"

"我不是叛徒。我永远不会离开德国。"

"我知道。但我的承诺许下了。"

他们握了握手。

"喝完你的酒,休。"

哈特曼转过身,穿过碎石地朝酒馆走去,他高大的身影笨拙地在桌椅间移动。他打开门时,亮光短暂地从室内射出。然后门关上,他离开了。

8

莱格特一动不动地坐着,看着飞蛾在灯光下的花园里翩翩起舞。薰衣草在温暖的夜色中发出浓郁的味道。过了一会儿,他用拇指和食指小心翼翼地打开了报纸。里面,在雅利安少女被犹太人强奸的故事旁边,放着一个普通的马尼拉纸信封。根据它的重量判断,里面有二十多张纸。他把《先锋报》重新折好,又等了五分钟,然后站起来。

莱格特在啤酒客的酒桌之间穿梭,穿过烟雾缭绕的酒吧,从对面的门走到街上。微光从副元首和四年计划的大办公楼的窗户里射出。他感到有什么事正在发生,那是一种有目的的紧急准备。他向国王广场进发。当他走近纳粹党行政大楼时,一群穿制服的官员走到人行道上。他绕过他们,听到一个人说:"一定是英国人!"大家都笑了。在花岗岩阅兵场上,两面六层楼高的纳粹万字旗被聚光灯照亮。他可以直接看见前面的元首行馆。他不知道是否应该回去参会。考虑到他携带的东西,回会场太冒险了。他在两座荣誉圣殿中间向右拐。几分钟后,他推开旋转门,走进了摄政宫饭店。大堂里,一个弦乐四重奏乐团正在演奏《维也纳森林的故事》。

在一楼的走廊上,他遇到了艾希顿-格瓦金。艾希顿-格瓦金在一个昏暗的大烛台下停下脚步。"你好,休。你刚才在忙些什么?"

"都是一些琐碎的事情。"

"我知道！这难道不是很糟吗？没有什么在正常运转。电话算是没戏了。""海象"沉重的表情看起来比平时更加悲哀。"我刚才和捷克人在一起。"

"他们怎么想的？"

"正如大家所预料的那样，他们认为整件事糟透了。如果站在他们的立场上，我相信我们也会这么想。但是，我们能做些什么呢？德国人仍然不让他们离开房间，情况并没有好转。"

"你要回会场吗？"

"很显然，我必须回去。楼下有辆车。"艾希顿-格瓦金继续往前走，停下，转过身来。"顺便问一句，我们早些时候见过的那个哈特曼，他是不是罗德奖学金获得者？我们学院的？"

莱格特认为没有必要否认这一点。"没错，是的。"

"我觉得这个名字很眼熟。上次战争结束后，他们是从哪一年开始重新把德国人纳入颁发范围的？1928年吗？"

"1929年。"

"那么他一定是在和你差不多的时候去的牛津。你肯定认识他吧？"

"我认识他。"

"可是你假装不认识？"

"很明显，他不想让人知道，所以我认为最好还是别表现出来。"

"海象"点了点头。"就该这样。到处都是盖世太保。"

莱格特继续以庄严的姿态向前走去。他走进走廊拐角处的办公室。琼和安德森小姐坐在桌旁打牌。莱格特问："伦敦打来电话了吗？"

琼出了一张牌。"实际上打来了好几个。"

"你跟他们说了什么？"

"你要离开办公室去见捷克人。"

"你就是天使。"

"我就知道。你到底在看什么?"

"抱歉,"他把报纸换到另一只手,"这上面有一些可怕的反犹言论。我正想找个地方扔掉它。"

"把它给我。让我帮你处理。"

"不用了,谢谢。"

"别傻了。让我来吧。"她伸出手来。

"实际上,我不想让你看到它们。"

他感到自己的脸红了。作为情报工作者,他真是无可救药!她看着他,认为他很奇怪。

莱格特回到走廊。在走廊的尽头,两个盖世太保找到了两把椅子,正坐在捷克代表的房间外面。他向左拐,在口袋里找钥匙,然后打开了自己房间的门。屋里很黑。他可以从大窗户看到从内部庭院对面的房间射来灯光。那里面有几个人在走动,似乎准备出去吃晚饭。在其中一个房间里,一个男人似乎正直直地盯着他。他拉上窗帘,打开床头灯。他的手提箱由一个搬运工提了上来,被放在小桌上。他把报纸扔到床上,走进浴室,打开冰冷的水龙头,泼了自己一脸水。他觉得有点站不住了。他无法把哈特曼的样子从脑海中抹去,尤其是哈特曼最后的表情。哈特曼的眼睛似乎是从一个巨大海湾的另一头瞪向他,他们谈得越久,这个海湾就变得越宽。莱格特擦干脸,回到卧室,锁上门,脱下夹克,把它搭在椅背上,拿起报纸,坐在书桌前,打开绿色灯罩的阅读灯。最后,他打开信封,抽出了文件。

这份文件的字体和他在伦敦收到的那份一样大。它使用的德语中混合了希特勒风格的用词和官僚主义表述,不太容易翻译。但过了一段时间,莱格特就熟悉了这种风格。

最高机密

备忘录

柏林，1937年11月10日

1937年11月5日下午4时15分至8时30分在柏林帝国总理府举行会议的记录

出席人员：

元首和总理

陆军元帅冯·勃洛姆堡，国防部部长

陆军总司令冯·弗立契上将，陆军上将

海军总司令埃里希·雷德尔博士

空军总司令戈林上将

外交部部长冯·诺伊拉特男爵

元首的军事副官霍斯巴赫上将

元首首先指出，本次会议的主题非常重要，在其他国家，其讨论肯定会成为内阁全体会议的议题。但正是出于此事的重要性，他本人拒绝将其作为更广泛的帝国内阁会议议题讨论。他接下来的论述经过了深思熟虑，是四年半执政经验的结晶，他希望向各位先生解释关于德国外交地位之发展的基本观点和要求，并且为了德国的长期政策，他要求在他去世后，将他的论述视作遗愿和遗嘱。

元首接着说：

德国政策的目标是保留、保护和扩大种族社会。因此，这是一个空间问题。日耳曼人的种族社会由超过 8500 万人组成。他们的数量和欧洲可居住空间的狭窄程度，造就了一个拥挤的种族中心，这是任何其他国家都不存在的情况，暗示日耳曼民族有权获得比其他民族更大的生存空间——

莱格特停了下来，环顾四周。在他身后的床头柜上，电话响了。

*

在元首行馆，事情终于发生了变化。希特勒书房的大门现在一直敞开着。哈特曼看见艾希顿-格瓦金走了出来，后面跟着马尔金。弗朗索瓦-庞塞和阿托利科进去接替他们。在走廊里，在矮桌子周围，在落地灯产生的光圈里，扶手椅被拉在一起，而官员们正埋头于文件。哈特曼在一群人中间看见了埃里希·柯尔特，他一定是下午从柏林赶来的。正在工作的人群中没有达拉第的身影。他似乎完全退出了行动，正独自坐在一个角落里抽烟，他面前的桌子上有一瓶啤酒和一个玻璃杯。哈特曼唯一没有找到的人是绍尔。绍尔在什么地方？哈特曼对绍尔的缺席有种不祥的预感。

哈特曼在一楼转悠，想找到绍尔。在法国代表团工作区旁边的一个大房间里，扶手椅和沙发靠在墙上，打字机和电话已经装好，一个临时办公室已经设立。旁边是宴会厅。通过开着的门，哈特曼看见一张铺着白布的长桌，桌旁摆着可以坐下六十个人的椅子。侍者拿着盘子和瓶子匆匆进出；一位花匠正在为餐桌中央布置一束精致的插花。显然，盛宴即将举办。这可能是庆祝活动，意味着他们一定快要达成协议了。哈特曼也快没时间了。现在他把所有的希望都寄托在莱格特身上了。但从现实的角度出发，真的有希望吗？没有，他痛苦地想。

当他转了一圈回到走廊时，柯尔特向他喊道："哈特曼，晚上好！"柯尔特站了起来，手里拿着一叠文件。"我需要你为我翻译一下。你介意吗？"柯尔特指向一个安静的角落，那里有一张空桌。他们坐下的时候，柯尔特低声问："说说吧，发生了什么事？你和你的朋友联系上了吗？"

"是的。"

"然后呢？"

"他答应了会跟张伯伦汇报。"

"好吧，他最好动作快一点。我们快达成协议了。"

哈特曼很震惊。"怎么会？我以为会议至少还能再开一天。"

"本来是。但我要说，元首终于棋逢敌手，碰到了内维尔·张伯伦这个比他更顽固的谈判者。那位老先生把他诱入了一个琐碎细节的泥潭，希特勒实在是无法忍受了。因此，所有未解决的问题都将在会议结束后由四个大国组成的国际委员会解决。这样做让双方都可以宣称胜利。"

哈特曼咒骂一声，低下了头。柯尔特拍拍他的膝盖。"振作起来，我亲爱的朋友。对此我和你一样感到恶心。但我们会重新部署，总有一天我们会再试一次。与此同时，我建议你不要表现得这么垂头丧气。元首的天才体现在他将不费一枪一弹，把三百万同胞带入第三帝国。你的闷闷不乐不合时宜，也不会被忽视。"

"现在，"哈特曼提高了嗓门，变得很有条理，"我需要把一些文件从英语译成德语。"他翻了翻那叠文件，从中抽出几页。他用讽刺的口吻读出了标题：《关于少数群体和国际委员会之组成的附件和补充声明》。"我们的英国朋友似乎是唯一一个比我们更热衷于文书工作的民族。"

*

莱格特小心翼翼地拿起电话。"喂?"

"是休吗?"

"您是?"

"我是亚历克·邓格拉斯。"

"亚历克!"莱格特松了一口气,"发生了什么?"

"看起来我们谈妥了。"

"天啊,可真快。"

"希特勒邀请我们所有人在签署协议前的文书准备期间参加可怕的日耳曼宴会,但首相认为这样做会给人留下错误的印象。你能在酒店为我们安排晚餐吗?我们应该会在9点以前离开这里。"

"当然可以。"

"非常感谢。"邓格拉斯挂断了电话。

达成协议了?莱格特原以为谈判会持续到周末。他拿出怀表,现在刚过8点20分。他回到书桌前,双手托头,又读起了文件,且读得更快了。他一领会某一页上的要点,就会把它翻过去。元首的提议引发了激烈的争论。元首从分析德国日益增长的粮食需求开始,承认德国经济在目前军备重整的速度下是不可持续的,并警告说第三帝国容易受到国际贸易制裁和供应中断的影响。

唯一的补救办法,也是在我们看来可能不切实际的办法,就是获得更大的生活空间……

只有在欧洲才能获得必要的空间……

这不是获取人口的问题,而是获得农业利用空间的问题……

德国的问题只能通过武力解决……

只要元首还活着,他就不会改变决心,即最迟要在1943~1945年解决德国的空间问题……

莱格特翻回第一页。1937年11月5日,那是不到十一个月前。

从政治和军事角度看,将奥地利和捷克斯洛伐克并入德国会提供相当大的优势,因为这意味着更短和更好的边境线,意味着可以将兵力用于达成其他目的,意味着新组建十二个师的可能性……

备忘录的第二部分记录了随后的讨论。只要仔细阅读就很容易发现,两位高级军事指挥官——勃洛姆堡和弗立契——以及外交部部长诺伊拉特,都对希特勒战略的可行性发出了警告:法国军队太强,捷克边境的防御工事太坚固,德国的机动部门太弱……

莱格特意识到,这三个人后来都被撤换了,取而代之的是凯特尔、布劳希奇和里宾特洛甫。

莱格特把椅子往后推。哈特曼是对的。首相在签署任何协议之前绝对应该先了解这件事。

他把备忘录塞回信封。

在走廊拐角处的那间办公室里,他对琼说:"你能帮我一个忙吗?首相和其他人将在半小时后返回。你能不能问问酒店可不可以给每个人弄点晚饭吃?"

"好吧,我去看看该怎么做。还有别的事吗?"

"是的。你能给外交部的亚历山大·卡多根爵士捎个口信吗?告诉他我拿到了。"

"拿到什么了?"

"这样说就够了,他会明白的。"

"你现在要去哪儿?"

莱格特正在打开红箱中的一只。"我一会儿要回会场。我认为首相应该看一份文件。"

他沿着走廊半走半跑。他没有等电梯,而是小跑下楼,并大步穿过大堂,一头扎进慕尼黑的夜色中。

*

哈特曼正在将补充声明从英文翻译成德文:所有可能因领土转移而产生的问题应被视为属于国际委员会的职权范围。这时,他抬起头,看见莱格特目的性很强地大步走向英国代表团的房间,提着一个红色的小箱子。

*

除了邓格拉斯,房间里空无一人。邓格拉斯惊讶地盯着莱格特。"我想我告诉过你我们要回酒店了吧?"

"出了点事。我想跟首相简单说两句。"

"好吧,你可以试一试,但他还和其他政府首脑在一起。"

"他在哪儿?"

邓格拉斯微微扬起眉毛(这是他最能表达强烈感情的方式),指向走廊尽头的门。它看起来像一个蜂巢的入口——人们在它周围盘旋,进进出出。

"谢谢。"

莱格特走了过去。没有人试图阻止他。

*

在场的四位政府首脑同意,今天签署的协议中所规定的国际委员会,由德国外交部的国务秘书,英国、法国和意大利大使,以及捷克斯洛伐克政府提名的一名代表组成。

即便是笔在纸上移动的时候,哈特曼的眼睛也盯着进入希特勒书房的莱格特。

*

房间很大,大概有五十英尺长,里面拥挤而闷热。高处的窗户都关上了。空气里有一股淡淡的男性汗液的酸味。首相坐在壁炉前的沙发上,正在与墨索里尼谈话。莱格特可以看见威尔逊和内维尔·汉德逊爵士坐在窗边的角落里。在远处一个巨大的地球仪旁边,他可以看到希特勒交叉着双臂,靠在桌子的边缘,听着里宾特洛甫的发言,脸上带着一种极度厌倦的表情。在他们的第一次会面后,张伯伦对内阁成员说希特勒就是"你们所见过的最普通的小狗"。内阁秘书在会议记录中把这句话加工了一下,改为"他的相貌没有什么非同寻常之处"。莱格特当时认为这评价很势利眼,但现在他明白首相的意思了。令人叹服的是希特勒表现得如此不露声色,甚至比六年前莱格特在街上瞥见他时还要厉害。希特勒看上去像一个总是独来独往的房客,又像一个一到早晨换班时间就不见踪影的守夜人。莱格特发现很难把视线移开,当他做到时,他意识到会议要结束了。人们向门口走去。张伯伦已经站起来了。

莱格特急忙拦住他。"打扰了,首相。"

"什么事?"首相转过身来。

"能不能耽误您几分钟?"

张伯伦看了他一眼,然后又看了看那只红箱。"不行,"他烦躁地说,"现在不行。"

首相走出房间。莱格特几乎立刻就感到有人从自己身后走了过来,抓住自己的胳膊肘。威尔逊的声音在他耳边像是一阵温暖的呼吸。

"休,你到这儿来究竟要干什么?"

其他代表陆续离开,绕过他们走向门口。

"对不起,先生。邓格拉斯勋爵告诉我已经达成了协议,所以我来看看是否帮得上忙,"莱格特举起红箱,"比如说把文件拿回酒店什么的。"

"是这样吗?"威尔逊有些怀疑,"好吧,你本来可以不用跑这一趟。一切都敲定了。"

*

哈特曼看着他们从书房走出来——先是张伯伦和汉德逊两人,然后是法国外交官罗查特、克拉比、弗朗索瓦-庞塞……莱热没和其他人在一起,而是走到角落去接坐在那里拿着啤酒瓶的达拉第。法国总理慢慢地站了起来。接着,莱格特和威尔逊一起走了出来,威尔逊像一个刚抓到犯人的便衣警探那样托着莱格特的胳膊肘。他们离他只有几步远。莱格特朝哈特曼的方向瞥了一眼,但没跟他打招呼。几分钟后,希特勒和墨索里尼一同出现,接着是齐亚诺和里宾特洛甫。他们朝大餐厅的方向走去。

哈特曼试图解读他刚才看到的那出哑剧:莱格特大概读了备忘录,把它带到了元首行馆,并试图和张伯伦谈这件事,但为时已晚。这似乎是最合乎逻辑的解释。

有一个副官过来收哈特曼的译文。突然,柯尔特朝他冲过来,急切地挥手叫他站起来。"哈特曼,跟我们来。快点把领带拉直。我们被邀请与元首共进晚餐。"

"真的吗,柯尔特?这太可怕了。我从不和不太熟的人一起吃饭。"

"这不是你能选择的。这是魏茨泽克的命令。英国人和法国人不愿与元首共进晚餐,所以我们必须去补上这个缺口。来吧。"柯尔特伸出手来。

哈特曼不情愿地站了起来,他们一起穿过一楼走向大楼的另一边。哈特曼问:"英国人和法国人今晚会回来吗?"

"会的,晚餐后过来签协议。"

所以,哈特曼想,事情还没有完全成定局,尽管破坏局面的可能性看起来非常小,小到他甚至开始鄙视这样想的自己。尽管如此,当他走进房间时,他还是设法让自己的脸上露出一种更为中立的表情。

希特勒背对窗户坐在一张大长桌的中间。墨索里尼和齐亚诺坐在他的两侧,魏茨泽克和里宾特洛甫坐在他对面。服务员为客人们上酒,希特勒在喝一瓶矿泉水。当哈特曼走过长长的镶板会客厅时,他注意到自己认得的人——戈林、希姆莱、赫斯、凯特尔、阿托利科,等等——总共大概有 16 个。他没有看到绍尔。

对于这么大的空间来说,这个团体实在是太小了,气氛很尴尬。服务员正在收拾桌子两端的餐具。哈特曼选择坐在希特勒所在位置另一头的椅子上,觉得离他越远越好,旁边是意大利人安弗索,罗马外交部门的高层。即便如此,哈特曼离元首还是很近,近到能很清楚地观察他——他正郁郁寡欢地小口吃面包卷,几乎不打算与人交谈。元首看上去好像在沉思英国人和法国人对他的冷落。沉默似乎感染了他周围的人,就连戈林也安静下来了。只有当面包和汤被端上桌时,元首才显得有些高兴。他抿了一口汤,然后用餐巾轻擦了一下小胡子。

"领袖,"元首开始说,"您难道不同意人们可以从政府首脑的脸上看到一个民族的衰败吗?"这句话理论上是一个针对墨索里尼的提问,却是用一种响亮得足以让桌子对面的人听到的声音说出的,而且它的语气暗示对方不需要就此作答。其他对话停下了。元首又喝了一点汤。"在某种程度上,达拉第不适用这条准则。毫无疑问,法国人是颓废的。莱热来自马提尼克岛,显然有着黑人血统,达拉第的外表却很有个性。他是个老兵,就像你我一样。达拉第——是的,他很好相处。他看到了事情的本来面目,并得出了正确的结论。"

墨索里尼说:"他只想喝他的啤酒,然后让他的顾问去处理事务。"

希特勒似乎没有听到墨索里尼的话。"但是张伯伦!"他带着讽刺的恶意念出这个名字,把元音拉长了,听起来像在说脏话,"这个'老管家'① 在每个村子里都讨价还价,为一些鸡毛蒜皮的小事斤斤计较,就像一个摆摊的!先生们,你们知道吗?他竟然要求我们保证,被驱逐出苏台德的捷克农民能带着他们的猪和牛一起离开。你能想象一个人的大脑被这些琐事和细节干扰吗?他要求我们为每一座公共建筑提供赔偿!"

墨索里尼插话说:"我喜欢弗朗索瓦-庞塞的话——'什么?甚至包括公共厕所?'"

餐桌上有人笑了。

希特勒没有被转移注意力:"张伯伦!他甚至比捷克人还要讨

---

① 张伯伦(Chamberlin)这个名字在英文中的字面意思。

厌！他在波希米亚又有什么损失呢？这和他有什么关系？他问我喜不喜欢在周末钓鱼。我从来没有周末，我也讨厌钓鱼！"

更多的人笑了。齐亚诺说："你知道人们在巴黎怎么称呼他吗？'我喜欢柏林！'"①

希特勒对他怒目而视，显然对这次打断感到恼火。墨索里尼责备地看了女婿一眼。齐亚诺丰满嘴唇上的微笑渐渐收起。元首继续说："是时候让英国人知道，他们没有权利当欧洲的家庭教师了。如果他们不能停止干涉活动，那么从长远来看，战争是无法避免的。领袖，只要你和我仍然年轻，我就会开战，因为这场战争将是对我们两国力量的巨大考验，需要由正值壮年的男人来出任各自政府的首脑，而不是颓废而愚蠢的老妇和黑人！"

掌声和敲击桌子的声音不绝于耳。哈特曼瞥了柯尔特一眼，但柯尔特正在观察自己的汤盘。突然间，哈特曼再也受不了了。服务员在桌边准备端走第一道菜时，他放下餐巾，把椅子往后推了推。他本来希望自己能悄悄地溜开，不被人发现，但恰好在他站起来的时候，希特勒瞥了一眼桌子，注意到了他。元首的脸上掠过困惑的神色：在自己说话的时候，怎么还有人敢离开？

哈特曼站到一半停住了。"元首，对不起，他们需要我帮忙翻译协议。"

希特勒抬了抬手指。"等一下。"他靠在椅背上，叫来一名身穿白衣的党卫军副官，副官敏捷地走到他身边。哈特曼慢慢挺直身体，意识到所有的目光都在盯着自己看。墨索里尼、戈林、希姆莱——他们似乎都对他的窘境感到好笑。只有柯尔特吓得僵住了。副官开始绕着桌子向他走来。哈特曼觉得似乎过了很长一段

---

① "我喜欢柏林"（*J'aime Berlin*）是张伯伦的名字在法语中的谐音。

时间，但实际上可能只有几秒钟。副官走到他面前，把手表递给他。当哈特曼离开房间时，他听到熟悉的声音在身后响起。"我永远不会忘记个人的责任。为了德国，我已经准备好去做一千件不诚实的事；如果只是为了我自己，我永远也不会这样做。"

9

威尔逊让莱格特乘第一辆车,以确保首相的晚餐安排就绪。莱格特已经和经理说好了,经理向他保证底楼会有一个准备就绪的私人房间。此刻他在摄政宫饭店的入口处等代表团的其他人回来。他觉得自己出尽了洋相。威尔逊对他非常客气,但这几乎是最糟糕的情况。他可以想象当他们回到伦敦时,他会被叫去谈话:克莱弗利和卡多根会和他简短地交谈,慎重地把他传唤到首席私人秘书办公室,派他到压力较小的地方去任职,也许是某个公使馆。然而,他固执地认为这是他的职责。张伯伦应该在协议签署前知道那份备忘录的存在。

奔驰豪华轿车组成的车队呼啸着冲进马克西米利安广场,冲进对面发出更大欢呼声的人群中。如果说和之前有什么不同的话,那就是察觉到协议即将公布的可能性,人群的规模和兴奋感似乎都在增长。在首相由邓格拉斯陪同着穿过旋转门时,许多身着晚礼服的酒店客人站在大堂对面为他鼓掌,弦乐四重奏乐团正在演奏《快乐的好伙伴》。张伯伦分别向左右两边点了点头并笑了笑,但一进入餐厅这个避难所,他就扑通一声瘫倒在中间桌子最边上的那把镀金大椅上,然后声音嘶哑地要了一杯威士忌苏打水。

莱格特放下红箱,走到边桌旁,桌上有一个放了水瓶的托盘。酒店的墙壁是凡尔赛风格的镜面玻璃,烛台上插着电蜡烛,因此他在把苏打水倒进大玻璃杯时,能够看到枝形吊灯下坐在椅子上的张伯伦。首相慢慢地垂下下巴，把它抵到胸前。

邓格拉斯把手指放在嘴唇上，其他人——威尔逊、斯特朗、艾希顿-格瓦金、汉德逊、柯克帕特里克——安静地走了进来。只有马尔金没有回到酒店，因为他要留下来监督最后的协议起草工作。他们蹑手蹑脚地绕过首相，低声说话。苏格兰场的警探关上门，站在外面。威尔逊走向莱格特。威尔逊朝着张伯伦的方向点了点头，小声说："他七十多岁了，已经连轴转了十五个小时，飞行了六百多英里，还和阿道夫·希特勒进行了两次谈判。我认为他有权感到疲倦，你说呢？"威尔逊的声音充满关切。他拿起威士忌苏打水，轻轻地放在首相面前。张伯伦睁开眼睛，惊讶地环顾四周，然后笔直地在椅子上坐起身来。

"谢谢你，霍勒斯。"张伯伦伸手去拿杯子，"我得说，那简直是人间地狱。"

"不过，事情已经结束了，我认为任何人都不可能做得更好。"

汉德逊说："首相，媒体可能会用大量笔墨来抨击您的行为。但今晚，千百万母亲将会赞颂您的名字，因为您把她们的儿子从恐怖的战争中拯救了出来。"

邓格拉斯平静地说："听吧，听吧。"

"你们真体贴。"首相喝完了威士忌苏打水，递出杯子要求续杯。他的精力显然正在恢复，就像一朵下垂的花朵被浇灌了清水。他憔悴发灰的面颊泛起了血色。莱格特给他又倒了一杯，然后走出房间，去看食物准备得怎么样了。几个住客在外面闲逛。他们试图在莱格特周围找到张伯伦的身影。一排侍者顶着银制的盘子穿过大堂，就像顶着奖杯一样。

*

晚餐的前菜是蘑菇汤，然后是小牛肉和面条。起初，由于服务员在场，谈话内容受到了限制，因此威尔逊让莱格特请他们离开。但是，当门刚刚关上，首相刚刚开始问是否有来自伦敦的消息时，柯克帕特里克就指向了天花板。"对不起，先生，在您继续讲下去之前，我想最好假定我们所说的每句话都会被监听。"

"我不在乎。我不会在希特勒背后说那些我不能当他的面说的话。"张伯伦放下刀叉，"有人跟爱德华或卡多根通过电话吗？"

汉德逊说："我和外交大臣通了电话。这消息使他深受鼓舞。"

威尔逊说："要我说的话，我们需要的是一份清单，上面应逐点列出您成功迫使德国人做出的让步，好与我们来到慕尼黑之前他们提出的要求做比对。我们回到伦敦后，这对应对任何批评都非常有用。"

斯特朗用怀疑的口吻问："所以他们已经做让步了吗？"

"噢，是真的，做了不容忽视的让步。在10月10日之前分阶段占领，而不是在10月1日入侵。捷克人作为少数群体将在国际监督下有序撤离。还商定了一种能解决潜在纠纷的机制。"

"我想知道捷克人是否会这么看。"

"捷克人，"张伯伦低声说道，点燃一支雪茄，把椅子往后推了推，"我们已经忘记了捷克人。"他转向莱格特。"他们现在在哪儿？"

"首相，据我所知，还在他们的房间里。"

"你看——所以希特勒为什么要这样对待他们？这非常不礼貌，且和其他事情一样没有必要。"

汉德逊说："首相，您阻止了希特勒对他们的轰炸，而这本来是他最想做的事情。因此，他现在所能做的就是用小花招羞辱他们。他们应该庆幸自己没有被困在防空洞里。"

"但是，假如在受到这样对待后，他们打算拒绝这个协议呢？那我们都将陷入最可怕的困境。"

房间里鸦雀无声。

威尔逊冷冷地说："把捷克人交给我吧。我将说明实际情况。同时，您应该在签约仪式前休整休整，我希望那里有摄影师。休，可以把捷克人叫来吗？"

"当然，霍勒斯爵士。"

莱格特放下餐巾。他的饭菜一点儿也没有动。

*

哈特曼关上宴会厅的门，停下脚步戴好表。现在是晚上9点40分。从走廊另一头的办公室里传来微弱的打字声。电话响了。

他又爬上了疏散楼梯，一路走到地下室。他沿着走廊右转，经过嘈杂的厨房，穿过烟雾弥漫、热气腾腾的餐厅（那里一如既往地坐满了士兵和司机）。他走过警卫室，走到院子里，点了一支香烟。这里的车大多无人看管，一辆紧挨着另一辆停放，车钥匙就留在点火装置里。他突然想要借一辆，但又决定算了。最好还是步行过去碰碰运气。云层很低，挡住了白天的酷热。国王广场的聚光灯射出了纳粹的万字符号，它的反射光笼罩了天空。他能听到人群的喧闹声。

哈特曼朝大街走去。他有一种不安的感觉，就好像有人在监视或跟踪他。但是，当他回头看的时候，他只能看到一排排闪闪发光的黑色豪华轿车，以及隐约出现在车顶上的元首行馆的巨大轮廓。高高的窗户里灯火通明。通过服务人员来来去去的身影,他能清楚地辨出宴会厅的位置,希特勒无疑还在向他们阐述民主国家的堕落。

*

莱格特已经做好了与看管捷克代表团的盖世太保争论的准备。但是,当他用硬邦邦的德语解释说,英国首相希望向捷克政府代表通报会谈的进展时,他被告知这没有问题,但前提是两位绅士不会离开酒店。

莱格特敲了敲门。马萨里克开了门,他是来自布拉格的外交部官员。他穿着长袖衬衫,年长的捷克驻柏林公使马斯特尼也是如此。尽管窗户大开着,房间里还是充满了香烟的烟雾。床上放着一副象棋,一局对弈正在进行。马斯特尼坐在床垫边上,把一条腿交叉在另一条上,把下巴搁在手掌上,研究着棋子的位置。桌上有剩饭。马萨里克看到莱格特瞥了它一眼。"噢,是的,"他尖刻地说,"你可以告诉红十字会,犯人已经吃过饭了。"

"霍勒斯·威尔逊爵士想和你们谈谈。"

"只有威尔逊吗?首相呢?"

"我恐怕他很忙。"

马萨里克用捷克语对马斯特尼说了些什么。马斯特尼耸了耸肩,简短地回了一句。他们开始穿上衣。马斯特尼说:"这至少可以让我们活动活动身体。我们在这里被关押了将近五个小时。"

"我为你们的处境感到抱歉。首相一直在尽其所能。"

莱格特把他们领到走廊里。盖世太保紧随其后。他决定领着他们绕到酒店后面,走后侧的楼梯,因为不希望他们不小心碰到首相。后面比前面更破旧。捷克人对任何新的怠慢都很警惕,很快就注意到了。马萨里克笑了。"他们让我们使用服务人员的入口,沃伊捷赫!"莱格特皱起眉头。他很高兴自己背对着他们。整件事变得越来越尴尬。英国人所站立场在理论上有无懈可击的逻辑。但在唐宁街调整地图上的国境线是一回事,来到德国面对面地解决问题又是另一回事了。他想到放在楼下首相红箱里的备忘录:从政治和军事角度看,将奥地利和捷克斯洛伐克并入德国会提供相当大的优势,因为这意味着更短和更好的边境线,意味着可以将兵力用于达成其他目的……

除了威尔逊、艾希顿-格瓦金和几个收拾脏盘子的服务员外,这间私人餐厅里空荡荡的。威尔逊正在抽烟——这是莱格特以前从未见过的景象。当艾希顿-格瓦金把威尔逊介绍给捷克人时,威尔逊把香烟移到左手,把烟灰掸在地毯上。"我们先坐下来吧,好吗?"服务员走了。艾希顿-格瓦金递给威尔逊一张卷起来的小地图。威尔逊拂掉桌布上的食物残渣,把地图摊开。莱格特站在他身后。

"先生们,这是我们能为你们做的最大努力了。"

要移交给德国的领土用红色标出。捷克斯洛伐克东部的大部分地区未受影响;然而,在西半部,沿着埃格尔、奥西希和特罗保这三个城市的边界有三大块土地,它们像咬掉的肉一样被切除了。南边的一个地区毗邻曾经的奥地利,被涂上了一层浅粉色。威尔逊解释说,它的命运将由公投决定。

起初捷克人似乎被吓得说不出话来。然后,马萨里克突然爆发了:"你们已经给了德国人他们想要的一切!"

"我们只同意转移那些大部分人口是日耳曼人的地区。"

"但我们所有的边境防御工事都会随这种转移一起消失,这会让我们的国家无法立足。"

"你们不应该在德国恢复元气后,于肯定会产生争议的地区修建防御工事。"

威尔逊又点了一支烟。莱格特注意到他的手在微微颤抖。即便是他,也觉得这件事很残酷。

马斯特尼指着地图。"在这里这个最窄的地方,捷克斯洛伐克只有四十五英里宽。德国人一天之内就能把我们的国家一分为二。"

"我不对实际的地理情况负责任,阁下。"

"是的,当然,我明白。然而,法国政府向我们保证,无论达成怎样的协议,我们的边界都仍会保有防御性——地理现实、经济现实、政治现实以及种族问题都将被考虑在内。"

威尔逊摊开双手。"我还能说什么呢?希特勒认为,这是捷克斯洛伐克从一开始就有的原罪——你们是一个经济和政治单位,而不是一个国家。对他来说,种族是必要条件。他在这一点上决不让步。"

"我相信,如果英法两国坚定立场,他会让步的。"

威尔逊笑着摇摇头。"你不在场,马斯特尼先生。相信我,他厌恶不得不就这个问题进行谈判这件事本身。"

"这不是谈判。这是一种投降。"

"我不同意你的观点。这是我们能争取到的最好协议。你们国家百分之九十的领土将保持完整,你们不会被侵略。现在,我建议你们和布拉格那边谈谈,说服他们接受这个协议。"

马萨里克问:"如果我们拒绝呢?"

威尔逊叹了口气。他转向艾希顿-格瓦金。"你为什么不说点什么,弗兰克?我说服不了他们。"

"如果你们拒绝,"艾希顿-格瓦金慢吞吞地说,"那么你们就必须完全靠自己的力量解决和德国人的问题。这就是现实。也许法国人会更委婉地提出这一点,但我们可以告诉你们,他们同意我们的观点。他们是无所谓的。"

两个捷克人面面相觑。他们似乎已经无话可说了。最后,马斯特尼指向地图。"我们可以拿走这个吗?"

威尔逊说:"当然。"他小心翼翼地把它卷起来,递了过去。"休,请带我们的朋友回到他们的房间,帮他们问问能不能用一下电话。"

莱格特拿起首相的红箱,打开了房门。两个盖世太保在走廊里等候。莱格特站到一边让捷克人先走。威尔逊在他们身后喊道:"只要签署协议,我就一定会让首相亲自接见你们,向你们解释这一切。"

莱格特几乎没听清他在说些什么,因为在大堂的另一边,在棕榈树盆栽的后面,他看到保罗·哈特曼那显眼的高大身影——哈特曼正站在接待处和门房交谈。

*

莱格特花了几秒钟才恢复冷静。他对级别较高的那个盖世太保说:"必须允许马萨里克先生和马斯特尼博士尽快与布拉格政府谈话。我相信我可以指望你们来搞定这件事。"莱格特不等对方回应就穿过门厅朝哈特曼走去。哈特曼看见莱格特走近自己。但是,他没有像莱格特所期望的那样,指明一个可以谈话的隐蔽角落,而是向莱格特走了过去。

"你看过文件了吗?"

"是的。"

"跟张伯伦谈过了吗?"

"小声点。不,还没有。"

"那么我必须马上采取行动。他在三楼,对吗?"哈特曼朝楼梯走去。

"保罗,看在上帝的分上,别犯傻了!"莱格特急忙跟在他后面。在楼梯的底部,莱格特抓住了哈特曼的胳膊。莱格特的个子比哈特曼小,且德国人也下定了决心;然而,就在那一刻,莱格特的绝望让他成功阻止了哈特曼。"等一下。做一个十足的傻瓜是没有意义的。"莱格特平静地说,意识到有人在注视他们,"我们需要就这件事谈一谈。"

哈特曼转身对他说:"我不想让我的良心认为我什么也没有做。"

"我完全理解。我也有同感。我已经跟他提过一次了,我保证我会再试一次。"

"那么,让我们现在一起去吧。"

"不行。"

"为什么不行?"

莱格特犹豫了。

哈特曼说:"你看见了吗?你没有答案!"他把脸朝莱格特凑近。"或者你担心这会毁掉你的大好前程?"

哈特曼开始爬楼梯。过了一会儿,莱格特跟了上去。这种嘲笑刺痛了莱格特。为什么会这样?难道因为它有真实的成分?莱格特试图回想每个人的位置。威尔逊和艾希顿-格瓦金还在餐厅里,虽然毫无疑问他们随时都有可能离开。马尔金还在会场。其他人可能在房间或办公室里试着和伦敦通话。首相应该在休息。这也许是行得通的。

"好吧,"他说,"让我看看我能做些什么。"

哈特曼脸上露出了熟悉的笑容。在牛津，有人曾经说那笑容可以用来暖手。"你是个好人，休。"

他们爬到了三楼。走到走廊的一半时，莱格特看到苏格兰场的警探和往常一样站在首相套间的外面。他已经开始为他的决定后悔了。他说："我警告你，他年纪大了，脾气很倔，又很疲惫，已经快撑不住了。如果他确实同意见你，看在上帝的分上，请不要对他进行道德说教。告诉他事实就行了。在这儿等着。"

莱格特向警探点点头，敲了敲门。在焦虑中，他意识到自己正在搓手。他把手塞进衣袋。首相的医生，伦敦大学学院附属医院的约瑟夫·霍纳爵士打开了门。他手里拿着一个黑色的橡皮球，上面连着一根附有压力表的橡皮管。在他身后，莱格特可以看见张伯伦没有穿上衣外套，衬衫的右袖被卷到手肘以上。

莱格特说："非常抱歉，首相。我过一会儿再来。"

"不用，进来吧。我只是在测血压。我们已经测好了，对吗？"

"是的，首相。"

霍纳开始把听诊器和血压计装进他的轻便旅行袋。莱格特以前从没见过张伯伦不穿上衣外套的样子。首相胳膊上肌肉的发达程度令他惊讶。张伯伦放下袖子，系紧袖口。"所以你想说什么，休？"

莱格特把红箱放在桌上，打开它。他一直等到张伯伦穿上他的外套，等到霍纳严肃地说完一句"晚安，首相"并离开房间。

"我们获得了一份我认为很重要的文件。"他把备忘录递给张伯伦。

首相疑惑地看了莱格特一眼。然后，他戴上眼镜，快速翻阅文件。"这是什么？"

"这似乎是希特勒去年11月与高级军事指挥官所举行会议的备忘录。在那次会议上，他明确表示要投身战争。"

"这是怎么到我们手里的?"

"我的一个朋友——一个德国外交官——今天晚上以绝对秘密的方式把它给了我。"

"是吗?他为什么要给我们?"

"我想也许应该让他自己解释一下。他正在外面等候。"

"他就在这里吗?"首相猛地抬起头来,"霍勒斯爵士知道这件事吗?还是说斯特朗知道?"

"不,先生,没有人知道。"

"你让我很震惊。这种事情不应该这样处理的。"张伯伦皱起眉头,"你知道指挥系统是怎么运作的吗?你这是越级汇报,年轻人。"

"我明白,先生。但在我看来,这件事很重要。他冒着生命危险要求单独见您。"

"我不应该和这种事扯上关系。这实在是太不妥了。"首相摘下眼镜,凝视着远方。他生气地轻跺了几下脚。"好吧,"他说,"带他进来。但是只有五分钟——不能更久了。"

莱格特走到门口,打开门,向走廊尽头的哈特曼招呼了一声。他对警探说:"没关系,我认识他。"然后站到一边让哈特曼进屋。"五分钟。"莱格特低声说,从里面关上了门。

"首相,我是德国外交部的保罗·冯·哈特曼。"

张伯伦简短地握了握他的手,好像长时间的接触会弄脏自己。"晚上好。"张伯伦朝一个座位做了个手势,"长话短说吧。"

哈特曼仍然站着。"我就不坐了,首相,因为我不想占用您太多时间。谢谢您愿意见我。"

"我不敢肯定这对我们两人来说是明智的做法,但你最好继续说下去。"

"您手中的文件就是决定性的证据,证明希特勒声称的'在欧洲没有进一步的领土要求'是个谎言。相反,他计划发动一场侵略战争,为日耳曼人争取生存空间。这场战争将在未来五年内打响。占领奥地利和捷克斯洛伐克仅仅是第一步。那些持保留意见的人,包括军队指挥官和外交部部长,都已被撤换。我之所以冒着极大的危险,怀着诚意把这个消息告诉您,是因为即使在这最后一刻,我也希望劝您今晚不要签署协议。协议签署将使希特勒在德国的地位难以动摇。然而,如果英法两国能坚定立场,我敢肯定军队会采取行动反对他,以避免迎来一场灾难性的战争。"

张伯伦双臂交叉地注视了他一会儿。"年轻人,我欣赏你的勇气和诚意,但恐怕你需要从政治现实中吸取一些教训。想要指望英法两国的人民拿起武器,去否定被困在异土、希望离开的日耳曼人的自决权利,是根本不现实的。面对这一单一的现实,其他一切努力都会失败。至于希特勒未来五年的梦想是什么,我们只能走一步看一步了。自《我的奋斗》出版后,他就一直在制造威胁。我的目标很明确:在短期内避免战争,然后努力为未来创造持久的和平——一个月也好,一天也好。面对人类的未来,我所能做的最糟糕的事情莫过于退出今晚的会议。"

"现在,"张伯伦把备忘录折起来,接着说,"我建议你拿走这份文件,这是属于你们政府的东西,请把它还至原处。"

张伯伦试图把它递给哈特曼,但哈特曼拒绝接受。他把手放在背后并摇了摇头。"不,首相。请留着它,让您的专家研究它。这才是政治现实。"

张伯伦后退一步。"现在你太失礼了。"

"我不想冒犯您,但我是来坦率地与您交谈的,而我也已经这样做了。我相信这里正在发生的事情总有一天会被人用臭名昭著来形容。我想我的五分钟时间到了。"令莱格特吃惊的是,哈特曼笑了，但笑得很可怕，充满了痛苦和绝望。"谢谢您挤出时间，首相。"他鞠了一个躬。"我不能再奢求更多了，休。"

他向莱格特点了点头，像阅兵场上的士兵一样敏捷地转过身，走出房间，小心地关上门。张伯伦在他身后瞪了一会儿，然后转向莱格特。"马上把这东西处理掉。"张伯伦把备忘录揉到手里。他的声音听起来冷酷、严厉、精确。他在愤怒的边缘，正令人担忧地努力克制着情绪。他说："我根本不可能让自己被这些事，被这些一年前的秘密会议上不知说没说过的话分心。从去年11月起，情况就完全改变了。"

"是的，首相。"

"我们再也不要提起这件事了。"

"不会了，先生。"

莱格特想从桌子上拿起那只红箱，但被张伯伦阻止了。"放那儿吧。你走吧。"当他走到门口时，首相补充说："我得说，我对你非常失望。"

这些冷冰冰的字眼听起来就像给他的职业生涯判了死刑。莱格特悄悄走入走廊，他不再是英国公务员中那个前途光明的年轻人了。

10

　　哈特曼从离开酒店的那一刻起就确信有人在跟踪他。他有一种动物般的第六感，一种刺痛他脊背的感觉，告诉他自己被捕食者跟踪了。但是，周围有太多的人，他辨不出是谁在盯着自己。摄政宫饭店对面的小公园里挤满了参加啤酒节的人。这是一个很暖和的夜晚，女性仍然穿着露手臂的连衣裙。许多人都喝醉了。在国王广场，方尖碑下有一个即兴组建的民间唱诗班，一个红脸男子在帽子里插了一团羚羊毛，疯狂地挥舞双手，试图指挥他们。

　　哈特曼走得很快。那些傻瓜，他想。他们以为自己在庆祝和平，完全不知道敬爱的元首会给他们带来什么。当布来涅大街上的几个年轻女人突然挡住他的去路，邀请他加入时，他一言不发地从她们身边挤了过去。她们在背后嘲笑他。他低下头。傻瓜。最愚蠢的就是张伯伦。哈特曼在一棵光秃秃的树下停下来点了根烟，小心翼翼地检查身后。他让自己得到了某种苦涩的满足感——在一切都说了并做了之后，他至少得到了机会，向英国首相发出了警告。这是很重要的！当他拒绝收回那份备忘录时，他从那张狭长的乡巴佬一样的脸上看出一种被冒犯的表情。可怜的休站在张伯伦旁边，看上去非常沮丧。也许自己毁了休的事业？太糟糕了，可这是没有办法的事。尽管如此，哈特曼仍然感到一阵内疚。

　　他又回头瞥了一眼。一个人影正在靠近。尽管天气很热，那人还是穿了一件系了皮带的棕色雨衣。当那人路过时，哈特曼看见了他长满麻子的脸颊。一个盖世太保，哈特曼想。他们有他们自己的气味，并且就像老鼠一样，只要有一个，就会招来更多。哈特曼一直等到那人走到国王广场的边缘，走到荣誉圣殿之一的外面，消失在视线中，才扔掉香烟，向元首行馆走去。

这里的人要多得多，至少有几千人。他们也更清醒，因为他们更接近帝国的精神中心。哈特曼爬上铺着红地毯的台阶，走进门厅。就像上午一样，里面挤满了纳粹党的知名人士。喧闹声在大理石上回响。哈特曼仔细端详着老同志们的猪脸，端详着那些1933年之后入党的人，那些更文雅、更有教养的脸，直到他觉得看到了跟踪他的人脸上的麻子。但当他向那个盖世太保走去的时候，那人消失在了衣帽间。这种不折不扣的愚蠢就像其他事情一样彻底激怒了他。他走到楼梯底下等待着。果然，几分钟后，穿黑制服的绍尔从门里走了出来。哈特曼试图挡住他的去路。

"晚上好，大队长先生。"

绍尔谨慎地点了点头。"哈特曼。"

"今天大部分时间我没有看到你。"

"是吗？"

"你知道，我有一种特别奇怪的感觉。也许你能让我安心一点？我觉得你一直在跟踪我。"

有那么一会儿，绍尔似乎吃了一惊。接着，他的脸上闪过愤怒的神色。"你的胆子可真大，哈特曼！"

"有吗？你跟踪我了吗？"

"是的，在你提出那件事后，我就一直在调查你的活动。"

"这样做不太友好。"

"我有充分的理由。因此，我现在对你和你的英国朋友了如指掌。"

"我想你说的是莱格特先生吧?"

"莱格特——是的,莱格特!"

哈特曼平静地说:"我们曾一起在牛津念书。"

"我知道。从1930年到1932年。我已经同外交部的人事处谈过了。我也联系了我们在伦敦的大使馆,他们查到你和莱格特实际上在同一所学院。"

"如果你直接问我,我就能帮你省去这些麻烦。这算不上什么。"

"如果只是这样,我也许会同意你的话。但我也发现,莱格特先生不在昨晚电告柏林的英国代表团名单上。他的名字是今天早上才加上去的。来的本该是他的一个同事,赛耶斯先生。"

哈特曼尽量不表现出惊慌。"我看不出这有什么大不了的。"

"你在库夫施泰因车站的行为——给柏林打电话,确认谁会从伦敦来——让我当时就觉得可疑。你为什么要操心这个?你当初为什么要上元首的火车?现在想来,那是因为你要求莱格特到慕尼黑来,而你又想确定他的确上了张伯伦的飞机。"

"你高估了我的影响力,大队长先生。"

"我并不是说你亲自安排了这一切——你们团伙中的某人会替你提出这个要求。噢,是的,不要惊讶,我们知道发生了什么。我们不是你们以为的傻瓜。"

"我没有这么以为。"

"有人看见你从后门离开元首行馆,前往英国代表团下榻的酒店。我亲眼看见你在大堂里和莱格特先生谈话,然后一起消失在楼上。整件事都充满了背叛的意味。"

"两个老朋友多年之后不期而遇。他们利用公务之余重续友情。背叛的证据在哪里?大队长先生,你这是在自讨苦吃。"

"英国人天生敌视帝国。官员之间未经授权的接触非常可疑。"

"我一直在做的事情，不过就是元首与张伯伦先生整个下午都在从事的活动，即寻找共同点。"

有那么一瞬间，哈特曼感觉绍尔想要揍他。"等我把这件事提请外交部长注意后，我们再看看你是不是还能如此自信。"

"哈特曼！"

那喊声清楚地穿过了门厅里的喧闹声。两个人都向四周看了看，想知道它是从哪儿来的。

"哈特曼！"

他抬起头。施密特伏在栏杆上，示意他上去。

"失陪了，大队长。我等你和部长的消息。"

"你会的——你一定会等到的。"

哈特曼开始爬楼梯。他觉得双腿发软。他把手伸向冰冷的大理石栏杆，很高兴它能支撑住他。他太粗心了。那位来自埃森的前汽车销售员被证明是一个顽强的对手，而不是个傻瓜。他肯定留下了许多间接证据，例如毫无防备的谈话、可能被人看到的会面。还有他和温特太太的关系。对此，威廉大街有多少人猜到了？他不知道自己面对审讯时能有多坚强。这种事很难说。

施密特在一楼等他，看上去疲惫不堪。在四种不同的语言之间口译显然耗尽了他的精力。他不耐烦地说："我一直在找你。你到哪儿去了？"

"英国人对其中一种译本提出了质疑。我直接去了他们的酒店和他们商量。"

再撒一个谎很有可能让他反受其害。但就目前而言，施密特似乎对这种说法感到满意。他点了点头。"好。协议还在打字机上。代表团回来签字时，你必须在场翻译。"

"当然。"

"还有，明天早上你需要做的第一件事，就是回到这里为元首准备英文新闻的摘要。电报将在办公室里校对。如果可以的话，你最好先睡一觉。四季酒店有一个房间是留给你的。"

哈特曼无法掩饰他的惊慌。"既然我们都不在火车上了，那么我想这份摘要应该交给宣传部门来处理吧？"

"通常情况下的确是由他们处理的，所以你应该感到荣幸。元首亲口要求让你来做这件事。你似乎让他留下了深刻的印象。他叫你'那个戴手表的年轻人'。"

*

在摄政宫饭店的大堂里，首相的代表团正排队通过旋转门。张伯伦已经走到人行道上了，莱格特可以听见公园里的人群在为他欢呼。斯特朗说："我有一会儿没见到你了。我还以为你决定不去了。"

"不是的，先生。我向您道歉。"

"我并不是在怪你。我自己是不会介意你不去参加签字仪式的。"

他们走进了夜晚的喧嚣。奔驰车的引擎在不停地转动，汽车关门的呼呼声此起彼伏，人们呼喊着，白色的闪光灯、红色的刹车灯和黄色的车前灯亮成一片。从黑暗中响起了一声哨音。

在过去一个多小时里，莱格特一直等待着打击降临。他坐在走廊拐角处的办公室里，向外交部的一个工作人员口述最新修订的协议，同时竖起耳朵留意走廊里的声音，等着被传唤、训斥和解雇。什么也没有发生。现在威尔逊正把首相安顿在第一辆车的后座上。安排妥当后威尔逊转过身来，注意到莱格特。他一定会说些什么了，莱格特想。然后，他努力打起精神，可威尔逊只是咧嘴一笑。"你好,休。想见证历史的创造?"

"是的,霍勒斯爵士,如果可以的话。"

"当然可以。"

莱格特看着他快步跑向车的另一侧。他的友好令人费解。

斯特朗说:"来吧,休。打起精神来!你为什么不和我坐一辆车呢?"

他们上了第三辆奔驰车。汉德逊和柯克帕特里克在前面的车里,艾希顿-格瓦金和邓格拉斯在他们的后面。他们驶离酒店,车在街道拐角处打了个急转弯,轮胎发出一声柔和的声响。此时,莱格特注意到斯特朗并没有随着汽车的运动而摇摆身体,而是保持着僵硬而静止的状态。他讨厌在车上的每一刻。车队沿着马克斯-约瑟夫大街加速行进,穿过国王广场,迎风疾驰。莱格特想知道自己是否会在元首行馆见到哈特曼。他没有因为哈特曼在首相面前使自己难堪而心怀怨恨。当然,这是一种徒劳的姿态,但在这个时代他们除了徒劳的姿态外什么也没有了。那个晚上,保罗站在莫德林桥的护栏旁说:"我们是疯狂的一代……"这句话是对的。他们的命运从他们相遇的那一刻起就定下了方向。

车队驶入了国王广场。广场的异教元素在黑暗中变得更突出了,它的巨大标志、不灭的火焰和泛光灯照耀下的白色建筑,被一大片闪闪发光的黑色花岗岩围绕着,而那些花岗岩建筑又像某个失落文明的寺庙。当他们的车停下来的时候,首相已经下了他的那辆奔驰,上到了元首行馆门前台阶的一半。他走得十分匆忙,甚至第一次没有停下来向喊他名字的人群致谢。他走进行馆后,他们继续欢呼。斯特朗说:"他在德国的所到之处都受到了多么热烈的欢迎啊!在哥德斯堡也是如此。我开始觉得,如果他去参加德国大选,一定能与希特勒一决高下。"一个党卫军走过来把门打开。斯特朗微微抖了一下。"好吧，让我们先把这件事做完吧。"

灯火辉煌的大厅里挤满了人。身穿白色外套的副官们端着一盘盘饮料走来走去。斯特朗去找马尔金了。莱格特独自一人，端着一杯矿泉水，一边随意走动，一边留意着哈特曼。他看见邓格拉斯朝自己走来。

"你好，亚历克。"

"休，外面有一些我们的记者在抱怨。很显然，没有英国报纸的记者获许进来拍照。你能不能去看看，有没有什么办法？"

"我可以试一试。"

"可以吗？最好让他们高兴一点。"

邓格拉斯消失在人群中。莱格特把杯子递给服务人员，走上楼梯。他在半途停了下来，环视着栏杆围成的走廊，不知道该去找谁。有一个穿制服的人，应该是党卫军的军官，从人群中走出并下楼迎接他。"晚上好。你看起来迷路了，"军官说德语，他的浅蓝色眼睛里有一种奇怪的死鱼般的眼神，"需要帮助吗？"

"晚上好。谢谢，我需要。我想找个人谈谈签订协议时的媒体安排。"

"当然可以。请跟我来。"军官示意莱格特和他一起去一楼。"外交部的一位官员负责与英国客人的大部分联络工作。"他带莱格特来到大楼前部的座位区，哈特曼正站在附近一根柱子的旁边。"你认识哈特曼先生吧？"莱格特假装没听见。

"莱格特先生？"党卫军重复道。他的声音更大了，变得不太友好。"我想问你一个问题：你认识哈特曼先生吗？"

"我不——"

哈特曼打断了他。"我亲爱的休，我想绍尔大队长是在跟你开玩笑。他非常清楚我们是老朋友，我今晚还去你的酒店见了你。

他知道这一点,因为他和他的盖世太保朋友跟着我到酒店去了。"

莱格特试图挤出笑容。"好吧,这就是你要的回答:我们已经认识很多年了。为什么要这么问呢?出了什么问题吗?"

绍尔说:"你在最后一分钟顶替了一个同事,上了张伯伦先生的飞机,这件事是真的吗?"

"是的。"

"我可以问这是为什么吗?"

"因为我德语讲得比他好。"

"但这不是从一开始就明摆着的吗?"

"所有事情都是到最后一刻才定下的。"

"你们驻柏林大使馆的人也可以做翻译。"

哈特曼说:"真的,绍尔,我认为你没有权力盘问一个来我们国家做客的人。"

绍尔不理他。"我可以问问你和哈特曼上次见面是什么时候吗?"

"六年前。但这不关你的事。"

"好。"绍尔点点头。突然间,他似乎失去了信心。"好吧,我要离开了,你们自己谈吧。毫无疑问,哈特曼会告诉你你想知道的一切。"他咔嚓一声并了并脚后跟,微微鞠了一躬,然后走开了。

莱格特说:"这是不祥的预兆。"

"别理他。他决心要揭发我。他会继续挖掘,直到找出什么,但他还没有找到任何东西。现在我们必须假设我们被监视了,所以我们必须扮演各自应扮演的角色。你想知道什么?"

"英国媒体能派一个摄影师过来记录协议签订吗?我该去问谁?"

"不用费劲了。安排已经确定了。唯一获准进入房间的相机属于元首的私人摄影师霍夫曼,有传言说他的助手布朗小姐和我们那位不那么独身的领导人有一腿。"哈特曼把手放在莱格特的肩膀上,平静地说:"如果我今晚的行为让你难堪了,我很抱歉。"

"没关系。我只是很遗憾没有取得更好的效果。"莱格特从外面摸了摸上衣内袋,那张备忘录被折了三折。"你想我怎么处理——"

"留着它。把它藏在你的房间。把它带回伦敦,确保它被交到能做出更好响应之人的手中。"哈特曼捏了捏莱格特的肩膀,松开了手。"现在为了我们双方的利益,我们应该停止谈话,分头行动。我们最好别再交谈了。"

*

又过了一个小时。

莱格特和其他人一起在英国代表团的房间里等待协议最终定稿。没有人说话。他独自一人待在角落。令他吃惊的是,他竟然能泰然自若地思考自己即将毁灭的事业。毫无疑问,这是疲劳产生的麻醉效果。他确信自己在回到伦敦后会产生不同的感觉。但就目前而言,他还是比较乐观的。他试图想象当他告诉帕梅拉,她成为巴黎大使馆女主人的梦想落空了时,会是怎样的场面。也许他会彻底离开外交工作。她的父亲曾经主动提出帮他在城里找个"不错的小铺位"。也许他应该接受这提议?这样做会减轻他们的财务负担,至少在战争爆发之前是这样的。

当邓格拉斯终于将头探入房门时,已经是午夜 12 点 30 分了。

"协议马上就要签署了。首相希望每个人都到场。"

莱格特宁愿不去参加,但没有办法逃开。他疲倦地从椅子上站起来,和同事们沿着走廊走向希特勒的书房。一群低级别人士——助手、副官、公务员、纳粹党官员——聚集在大书房门口。他们让出一条路以便代表团通过。书房里面,厚重的绿色天鹅绒窗帘全都拉上了，但窗户肯定还开着，因为莱格特能清楚地听到建筑外面人群移动的声音，就像一片海水缓缓流动的海域，偶尔被呼喊和歌唱的旋涡打破平静。

房间里挤满了人。站在桌子对面的是希特勒、戈林、希姆莱、赫斯、里宾特洛甫、墨索里尼和齐亚诺。他们正在研究一幅地图。在莱格特看来，他们并不是真的在看地图，而是为了让一个使用手持新闻摄像机的摄影师拍摄。摄影师先从一侧拍，然后又跑到前面去拍，张伯伦和达拉第则在壁炉边旁观了整个过程。所有的目光都集中在希特勒身上。只有他在说话。偶尔他会指指点点，做出横扫的手势。最后，他收起双臂，退了一步，拍摄结束了。莱格特注意到屋里没有录音设备。这就像在看一部奇怪的无声电影。

希特勒瞥了张伯伦一眼。首相似乎一直在等待这个机会。张伯伦离开威尔逊，走上去和希特勒说话。希特勒听完翻译后，使劲地点了几次头。莱格特听到了那个著名的刺耳声音说道："是的，是的。"这番交流持续了不到一分钟。首相回到壁炉旁。他看上去对自己很满意。他的目光在莱格特身上停留了一下，然后几乎立刻就转移到前来和他说话的墨索里尼身上。戈林摇摇晃晃地走来走去，搓着双手。希姆莱的圆形无框眼镜在枝形吊灯的光线下闪闪发光，就像两块盲板。

又过了一两分钟，一小队工作人员走了进来，手里拿着组成协议的各种文件。走在最后面的是哈特曼。莱格特注意到他非常小心，避免和任何人对视。地图被卷起来从桌子上拿走，文件也被摆好了。摄影师身材魁梧，大约五十岁，有一头灰白的卷发，应该就是霍夫曼。他示意首脑们站在一起。这些首脑背对着壁炉笨拙地聚在一起：左边的张伯伦穿着细条纹西装，西装上有一根表链，里面是燕子领衬衫，整个人看起来就像维多利亚时代的博物馆蜡像；坐在张伯伦旁边的达拉第神情哀愁，同样身着细条纹西装，但比张伯伦矮小且肚腩凸起；达拉第旁边是希特勒，他面无表情，脸色苍白，目光呆滞，双手交叉着放在胯部；最右边是墨索里尼，他那张肥硕的大脸上露出了沉思的神情。沉默是显而易见的，就好像没有人愿意待在那里，就好像他们都是包办婚姻婚礼上的客人。照一拍完，几个人就散开了。

希特勒去了桌子旁边。在里宾特洛甫的眼神示意下，一个年轻的党卫军副官递给希特勒一副眼镜，这立刻改变了他的面貌，使他显得挑剔而迂腐。希特勒低头凝视文件。副官给了他一支钢笔。他把它浸在墨水瓶里，仔细端详笔尖，然后皱起眉头，直起身子，烦躁地指了指墨水瓶。里面是空的。房间里正在发生一种令人不安的变化。戈林搓着手大笑起来。一个官员拿出他自己的自来水笔递给希特勒。他又弯下腰仔细地看了看文件，然后草草签了字。一名助手把吸墨纸卷起来放在墨迹上，另一名助手把文件拿开，第三名助手把另一张纸推到希特勒面前。他又潦草地签字。然后是同样的步骤。它总共进行了二十次，整个流程持续了好几分钟。四国各有一份主协议要签，还有各种附件和补充声明。它们是欧洲最具创造性的法律界人士的工作成果，让首脑们能够略过争议问题，推迟讨价还价，在不到十二个小时内达成一致。

希特勒签完字后，随手把自来水笔扔到桌上，转身走开了。张伯伦是下一个走向桌子的人，他也戴上了一副眼镜。和元首一样，他不愿在公共场合被人看见戴这副眼镜的样子。他拿出笔，仔细检查他要签字的内容。他轻轻地前后摇动下巴，然后小心翼翼地写下了自己的名字。外面传来一阵欢呼声，就好像群众知道这一刻发生了什么。张伯伦太专注了，没有对这声音做出反应。

但希特勒表情不悦地转向窗户并做了个手势。副官拉开窗帘,关上窗户。在书房后部的阴影里,哈特曼默默地注视着这一切,他那张狭长的脸因疲惫而变得灰白。他就像一个幽灵,莱格特想,像一个已经死去的人。

第四天

1

在摄政宫饭店的房间里,休·莱格特睡着了。

他仰面朝天,穿着衣服,失去了意识,头耷拉到一边,就像一个才被人从海里捞上来的溺水者。浴室的灯还亮着,浴室门微微开着,淡蓝色的光线从里面射出。有一阵,外面的走廊里传来了说话声,他听出他们是斯特朗和艾希顿-格瓦金。还有脚步的声音。但首相终于上床睡觉了,渐渐地,这些无关紧要的声音也都停止了。现在只听得见莱格特有节奏的呼吸声和偶尔的梦中低啜声了。他梦见自己在飞翔。

他睡得太沉了,沉到听不见门把手转动的声音。是敲门声惊醒了他。刚开始它很轻,更像是在木头上刮指甲。当他睁开眼睛时,他以为那是他的一个孩子在做了噩梦后努力爬到床上的声音。但当他看清这个陌生的房间时,他记起了自己在哪里。他眯着眼看了看酒店闹钟发光的指针。凌晨3点30分。

敲门声又响起了。

他伸手打开床头灯。那份备忘录正放在床头柜上。他从床上滚下来,拉开桌子的抽屉,把它塞进了酒店的慕尼黑指南。在他走向门口时,地板发出了吱吱嘎嘎的响声。他摸了摸门把手,但在最后一刻,直觉告诉他不要转动它。

"谁在外面?"

"是我,保罗。"

那个德国人赫然出现在门口,他那引人注目的神气显得荒唐可笑。莱格特把他拉进房间,飞快地扫视了一下走廊。没有人在走动。警探一定是在首相的客厅里过夜的。莱格特关上了门。哈特曼在卧室里四处走动,拿起莱格特的大衣、帽子和鞋子。"把这些穿上。"

"到底要干什么?"

"快。我想给你看样东西。"

"你疯了吗?在这个时间?"

"这是我们唯一能这样做的时间。"

莱格特仍然半睡半醒。他揉了揉脸,摇了摇头,想完全清醒过来。"你想让我看什么?"

"如果告诉你,你就不会来了。"下定决心的哈特曼看起来似乎疯了。他拿出鞋子。"请。"

"保罗,这很危险。"

哈特曼发出一声短吠般的笑声。"你认为有必要向我指出这一点吗?"他把鞋子扔到床边。"我在酒店后面。我会在外面等你。如果你十分钟之后还没到,我就知道你不打算来了。"

他走后,莱格特在狭小的房间里踱了一会儿步。这太荒谬了,他几乎以为这一切都是他的梦。他坐在床垫边缘,捡起鞋子。他昨晚太累了,因此没有完全解开鞋带就脱了鞋。现在,他发现即使用牙齿也弄不开鞋带。他不得不站起来,把脚趾踢进鞋里,用手指把脚后跟撬进去。他感到愤怒。他也承认,自己很害怕。他戴上帽子,把外套搭在胳膊上,进入走廊,锁上身后的门,向左拐,迅速转过拐角处,朝后面的楼梯走去。在楼梯最下方,他经过了土耳其浴场的入口。蒸汽混着精油香气的味道短暂地勾起了他对蓓尔美尔街的回忆。然后,他走出玻璃门,来到酒店后面的小巷。

哈特曼吸着烟，倚在黑色敞篷奔驰车的车身上，那是他们一整天都在乘坐的其中一辆车。它的发动机在空转。哈特曼看到了莱格特，咧嘴一笑，把烟扔进排水沟，然后用鞋尖把它踩灭。他像司机一样打开了副驾驶的车门。一分钟后，他们驾车行驶在一条宽阔的街道上，街道两旁是商店和公寓楼。微风依然温暖。一面纳粹万字三角旗在发动机盖上飘扬。哈特曼没有说话。他把注意力集中在路况上。他的高前额和罗马鼻让他的侧脸显得有些专横。他每隔几秒钟就检查一下后视镜。他的这种焦虑传染了莱格特。"我们后面有人吗？"

"我觉得没有。你去看看好吗？"

莱格特在座位上转过身。路上空无一人。一轮弯月升起来了，柏油路就像一条平坦而银光闪闪的运河。有几扇商铺的窗户是亮着的。他不知道他们要去哪里。他转回来面向挡风玻璃。汽车在十字路口减速。几个戴着桶形头盔的巡警站在街角。随着奔驰车一点一点地逼近，他们的头跟着一起转动。他们看到了代表政府的万字旗，然后开始敬礼。哈特曼看了看莱格特，对这荒唐的一幕一笑了之，露出他的那颗大牙。莱格特又一次感到哈特曼不太正常。

"你是怎么弄到这辆车的？"

"我给了司机一百马克让他借车给我。我说我需要开它去见一个女孩。"

汽车驶过市中心，进入郊区和工厂。在黑暗的原野上，莱格特可以看到炉子和烟囱的烟——深红色的、黄色的、白色的。有一段时间，一条铁路与高速公路保持着平行。然后路变窄了，他们来到了开阔的乡村。这让莱格特想起了从牛津到伍德斯托克的车程，还有他们过去常去的那家酒吧。它叫什么名字来着？似乎是黑太子酒吧。十分钟后,莱格特再也压制不住心中的慌乱了。"还有很远吗?我需要尽快赶回酒店。首相是个早起的人。"

"没有那么远。别担心,我会在早晨到来前把你送回去。"

他们经过一个巴伐利亚小镇,那里门窗紧闭,人们都进入了梦乡。不久后他们进入了另一个小镇的外围。粉刷过的半木墙、陡峭的红瓦屋顶、肉铺、客栈、车库——这一切看上去也完全正常。这时,莱格特看见了一个地名:达豪。他明白了自己为什么被带到这里来。他隐隐感到失望。就是这样了吗?哈特曼小心翼翼地驶过空荡荡的街道,直到他们来到小镇的边缘。哈特曼把车停在路边,熄灭发动机,关了前灯。右手边是林地。左手边是集中营,在被月光照亮的天空下它清晰可见。高高的带刺铁丝网一直延伸到莱格特的视野之外。他还看到一些瞭望塔,瞭望塔后面是低矮的兵营轮廓。警犬的吠声在寂静的空气中回荡。瞭望塔上的探照灯不停地照射着广阔的练兵场。最令人震惊的是集中营的巨大规模:这是一个修在城镇里的俘虏城。

哈特曼观察着莱格特。"我想,你知道这是哪里吧?"

"当然。媒体对此事的报道已经够多了。伦敦经常举行反对纳粹迫害的示威活动。"

"我猜,你没有加入他们吧?"

"你很清楚我不能这么做。我是一个公务员。我们要保持政治上的中立。"

"这是当然的。"

"噢,看在上帝的分上,保罗——别那么幼稚!"莱格特觉得受到了侮辱。"斯大林修了大得多的集中营,那里的人受到了更恶劣的对待。你想让我们也和苏联开战吗?"

"我只是想说,根据今天的协议,被转交给德国的一些人很可能今年年底就会在这里死去。"

"是的,而且毫无疑问,如果他们没有在爆炸中丧生的话,他们最终肯定会死在这里。"

"但如果希特勒被推翻,就不会发生这种事了。"

"如果!你总是说如果!"

他们提高的嗓门已经被注意到了。在铁丝网外,一个警卫牵着一条拴了短皮带的阿尔萨斯犬,开始朝他们大喊大叫。探照灯穿过练兵场,越过栅栏,照向公路也照向他们。突然,车身上铺满了探照灯的明亮光芒。

哈特曼骂了一句。他启动引擎,挂上倒挡,回过头,把一只手搭在方向盘上。奔驰车飞快地往后退,在道路中间左右摆动,直到开入一条小巷。然后,他把车挂到第一挡,转动方向盘,掉头往回走,扬起一片尘土。轮胎因为遭受剧烈摩擦而发出了焦味。他们离开时的加速度让莱格特摔到了座位上。当莱格特回头观察时,探照灯还在马路上来回摆动,盲目地搜索着。莱格特愤怒地说:"这是一件极其愚蠢的事。你能想象一个英国外交官在这里被捕吗?我想回慕尼黑,就现在!"哈特曼继续盯着前方,没有回应莱格特。"你把我拉到这么远的地方,难道就只是为了表达你的观点吗?"

"不。这只不过是顺路而已。"

"顺哪条路?"

"去找蕾娜的路。"

*

终于说到蕾娜了。

蕾娜想亲眼见见希特勒。这并不是说她想听他演讲,因为对自称共产主义者的她来说,去听希特勒的演讲是不可能的事。她的目的是看一看希特勒真人,这个有点阴险、有点滑稽、喜欢与人吵架的空想家。其政党在四年前的选举中只排第九名,得票率不到百分之三,但他马上就要当总理了。在大选期间的大多数夜晚,他会在结束大型集会的演讲后,回到这座城市。每个人都知道他公寓的地址。她建议他们到公寓外面去站着,这样他们说不定就能看他一眼。

哈特曼从一开始就反对这计划。他说这是在浪费大好时光,是一种小资的消遣("你们国家的人不就是这么形容的吗?"),是在把注意力集中在个人身上而不是造就个人的社会力量上。但莱格特后来意识到,哈特曼的不情愿不只是出于这个缘故。哈特曼知道她是什么样的人,也知道她会做出怎样的莽撞事。她请求莱格特站在她那边,莱格特当然这么做了,部分原因是他很想见见希特勒,但主要原因是他几乎爱上了她。这是三个人都知道的事实。他们把这件事当作笑话,包括莱格特自己。他远没有哈特曼那么有经验,那么世故,他在二十一岁时还是个处男。

所以,在结束国王广场的草地野餐之后,他们就出发了。

那是7月第一个星期里的某一天,刚过中午,天气很热。她穿着哈特曼的一件白衬衫(把袖子卷起来了)、一条短裤和一双步行靴。她的四肢被太阳晒黑了。目的地在超过一英里以外,他们需要穿过市中心。各种建筑物在热浪中闪耀着梦幻的光芒。当他们经过英国公园的南端时,哈特曼建议他们干脆去艾斯巴赫河游泳算了。莱格特心动了,但蕾娜不肯,于是他们继续往前走。

公寓坐落在一座小丘的坡顶,对面是摄政王广场。那是一个令人印象深刻的繁忙广场,铺着鹅卵石,有轨电车从广场上经过。他们到达时,已经热得汗流浃背、心烦气躁了。哈特曼闷闷不乐,蕾娜决定进一步刺激他，假装和莱格特调情。希特勒住的那栋楼是一座建于本世纪初的华美建筑，在设计风格上带有一点法国城堡的味道。大楼外面，大约十来个突击队队员在闲逛，部分人行道被封锁了，迫使行人走在马路上，绕开正在等候元首的那辆六轮奔驰车。公寓对面不到二十码远的地方聚集了一小群好奇的人，所以希特勒当时正在公寓里。莱格特记得不仅如此，看起来希特勒好像还正要离开。

莱格特问："哪间是他的公寓？"

"在三楼。"她指过去。两个落地窗的凹处之间有一个阳台。它是坚固的、沉重的砖石结构。"有时他会出来向人群展示自己。当然，这里也是他侄女去年死去的地方。"她说到最后一句话时，略微提高了嗓门。有几个人转过身来看着她。"他们住在一起，对吧？你是怎么想的，保罗？那个吉莉·拉包尔，她是自杀的还是因为丑闻被谋杀的？"哈特曼没有回答，于是她对莱格特说："这个可怜的孩子才二十三岁。每个人都知道她叔叔在和她偷情。"

站在旁边的一位中年妇女转过身来怒视着她。"你应该闭上你那张臭嘴。"

街对面的党卫军引起了人们的注意。他们在公寓楼和汽车之间组成了一支仪仗队。人群慢慢地向前移动。门开了，希特勒现身了。他穿着一件深蓝色的双排扣西装。（后来，莱格特断定他一定正准备去吃午饭。）一些围观者欢呼鼓掌。蕾娜用手在嘴边做出喇叭的形状，喊道："奸污侄女的混蛋！"

希特勒瞥了一眼那一小群人。他应该听见了。突击队肯定听见了，因为他们的头都转向了莱格特三人的方向。但为了保证让希特勒听到，她又重复了一遍。"你上了你的侄女，你这个杀人犯！"他的脸上毫无表情。他上车后，几个党卫军打破队形开始向她走来。他们带着短警棍。哈特曼抓住蕾娜的胳膊想把她拉走。那个叫她闭上臭嘴的女人试图堵住他们。莱格特把她推开。一个男人——一个大个子,大概是她的丈夫——挥了一拳,正好打中了莱格特的眼睛。他们三个沿着一条绿树成荫的小路跑出广场。

哈特曼和蕾娜跑在前面。莱格特能听见褐衫党的靴子在身后的鹅卵石上发出的砰砰声。他的那只眼睛很痛,已经睁不开了。他感到肺在灼烧,好像装满了液态冰。他记得当时他既恐惧又平静。当一条岔路出现在右边,哈特曼和蕾娜径直跑过它时,他却顺着岔路跑了下去,经过了有前庭花园的大别墅。过了一会儿,他意识到党卫军已经没有追捕他了。他孤身一人,靠在一扇小木门上边喘边笑。他几乎欣喜若狂,仿佛磕了药似的。

后来莱格特回到他们的住处,发现蕾娜背对着墙坐在院子里。她的脸正对着太阳。她睁开眼睛,一看见他就站起来拥抱他。他怎么样了?他很好,实际上比很好还要好。保罗在什么地方?她不知道。在法西斯分子放弃追捕,他们的安全得到确保后,哈特曼马上就开始冲她大喊大叫,她也对他大喊大叫,然后哈特曼就走了。她检查莱格特的眼睛,坚持带他去楼上的卧室。他躺在床上时,她把一条手巾浸在盆里,折成一条敷布。她坐在他旁边的床垫上,把布放在他的眼睛上。她的臀部紧贴着他。他能感觉到她臀部肌肉的硬度。他感到前所未有的精神。他把手举过她的头,用手指穿过她的头发,把她的脸拉到他面前,吻了她。她反抗了一会儿,然后回吻了他,跨坐在他身上,解开了自己衬衣的扣子。

哈特曼整晚都没回来。第二天早上,莱格特把他应付的那份房钱放在梳妆台上,然后溜了。不到一个小时,他就搭上了最早的出城火车。这就是到昨晚之前,休·亚历山大·莱格特这个曾经的牛津大学贝利奥尔学院学生、现在的英国外交部三等秘书认真规划的一生中的唯一一次大冒险。

*

他们在狭窄的乡间小路上静静地行驶了一个钟头。现在气温更低了。莱格特把手插在上衣口袋里。他不知道自己要被带到哪里去,也不知道到了那里又该说些什么。直到今天,他还不知道哈特曼是否知道他曾经的背叛行为。莱格特一直认为哈特曼应该是知道的:不然为什么他这么多年来都没有再联系自己呢?莱格特还给蕾娜写了两封信,信中写满了爱意、悔恨和浮夸的道德说教。回想起来,他很庆幸这两封信被原封不动地退回了。

最后,他们开了一段很长的路。前灯照亮了修剪整齐的草皮和低矮的铁栏杆。前方出现一座大房子的轮廓。那是一座庄园式的房子,颇有英国的风味,周围还有一些附属建筑。在屋檐下的一扇小圆窗里,有一盏灯亮着。他们穿过一个拱形的大门,在铺着鹅卵石的前院停了下来。哈特曼关掉了引擎。

"在这儿等着。"

莱格特看着他朝门口走去。房子的正面爬满了常春藤。在月光下,他可以看清楼上的窗户被封住了。他突然感到一阵恐惧。哈特曼一定按了门铃。一分钟后,门上方的灯亮了。门是从里面打开的——起初是小心翼翼的一条门缝,后来门缝慢慢变宽了,莱格特看见了一个穿护士制服的年轻女子。哈特曼对她说了些什么,指着车。她把头探出来看了一眼。他们讨论了些什么,哈特曼举了几次手,表达了一些观点。最后她点了点头。哈特曼碰了碰她的胳膊,然后示意莱格特加入他们。

大厅里弥漫着煮过头的食物以及消毒剂的味道。莱格特经过这里时记下了所有细节：门上雕刻了圣母像；以绿色粗呢为底的布告栏上钉着图钉，但上面没有布告；楼梯底下放着轮椅，旁边有一副拐杖。莱格特跟着哈特曼和护士上了楼，沿着走廊走了一小段路。护士的腰带上系着一大串钥匙。她从里面挑出一把，打开了一扇门。她走了进去，他们在外面等着。莱格特望着哈特曼，希望得到一个解释，但哈特曼不再与他对视。护士再次出现。"她醒了。"

那是一个小房间。铁床架占据了大部分空间。她的头靠在枕头上，厚厚的白色睡衣的纽扣一路系到了她的喉咙。莱格特差点没认出她来。她的头发剪得像男人一样短，脸胖了很多，皮肤蜡黄。但真正让他认不出她的，是她缺乏生气的五官，尤其是那双缺乏生气的深褐色眼睛。哈特曼走上前，握住她的手，吻了吻她的前额。他悄悄地对她说了些什么。她没有表现出听到的迹象。哈特曼说："休，你为什么不进来打个招呼呢？"

莱格特吃力地走到床边，拉着她的另一只手。那只手是肿胀的、冷冰冰的、毫无反应的。"你好，蕾娜。"

她的头微微一转。她抬头看向他。她的眼睛眯了一会儿，他觉得她的眼珠在转动。但后来，他相当确定，这只是他想象出来的。

*

在回慕尼黑的路上，哈特曼请莱格特为自己点一支烟。莱格特点了一支，放入哈特曼的嘴唇之间，然后自己拿出另一支。莱格特的手在颤抖。"你会告诉我她经历了什么吗？"

又是一阵沉默。最终，哈特曼说："我可以告诉你我所知道的一切，但其实那并没有多少。我们在慕尼黑的那件事之后就分手了，正如你可能猜到的，我和她断了联系。她对我来说太沉重了。她显然回了柏林，开始更认真地为共产主义事业献身。他们有一份报纸叫《红旗报》，她就是报社的一员。纳粹上台后禁了该报纸，但它继续作为地下出版物发行。据我所知，她在1935年的一次突袭中被捕，然后被送往莫林根妇女集中营。她当时已经嫁给了一位共产党员。"

"她的丈夫怎么了？"

"死了。在西班牙战死沙场。"哈特曼平淡地说，"然后，他们放了她。当然，她直接回到了她的同志中间。他们又抓了她，只是这一次他们发现她是犹太人，用了更粗暴的手段——正如你所看到的。"

莱格特感到非常难受。他用手指紧捏香烟，把它扔出了汽车。

"蕾娜的母亲和我联系上了。她住得离这儿不远，是个寡妇，以前是个教师，没有钱。她听说我入了纳粹党，想看看能否利用我的影响力为蕾娜争取适当的治疗。我尽力了，但毫无希望——她的大脑严重受损。我能做的就是支付疗养院的费用。这是个不错的地方。托我身份的福，他们同意无视她是犹太人的这一事实。"

"你真是好人。"

"好？"哈特曼笑着摇摇头，"谈不上！"

他们继续开了一段路，一句话也没说。然后莱格特说："他们一定把她打得很惨。"

"他们说，她从三楼的窗户掉了下去。我敢肯定这发生过。但在此之前，他们在她背上文了一颗大卫之星。请再给我一支香烟，好吗？"莱格特又给他点了一支。"事情就是这样的，休。这是我们在牛津时永远也无法理解的,因为它超越了理性;这根本就不是理性。"哈特曼一边说,一边用左手挥动着香烟。他把右手放在方向盘上,眼睛盯着前方的道路。"非理性的力量就是我在过去六年里学到的东西,它和牛津教给我的截然相反。每个人都说——我指的是像我这样的人——我们都说:'噢,希特勒是个可怕的家伙,但他不完全是坏人。看看他的成就吧。撇开他那些似乎来自中世纪的可怕反犹言论不谈,他还是说得过去的。'但关键是,不能就这样说过去。你不能把这个问题和其他事分开。它们是一体的。如果反犹主义是邪恶的,那希特勒就是邪恶的。因为如果他们能做出这种事,就可能做出任何事情。"哈特曼把目光从路上移开,看了莱格特一眼。他的眼睛湿润了。"你明白我的意思吗?"

"是的,"莱格特说,"我明白了。我现在完全明白你的意思了。"

从那以后,他们有半个小时没有交谈。

*

天开始亮了。路上终于有了车——那是一辆公共汽车,还有一辆堆满金属废料的平板卡车。早晨的第一班火车正沿着铁轨开往慕尼黑。他们超过了它。莱格特能看到乘客们正在阅读宣布协议签署的报纸。

莱格特问:"你打算怎么办?"

哈特曼陷入了他自己的思绪,一开始似乎没有听清这个问题。"我不知道,"哈特曼耸耸肩,"大概会继续努力吧。我想这一定就是一个人在意识到自己患有不治之症时的感受:一个人知道末日即将来临,但即便如此,除了每天坚持起床外,他什么也做不了。比如说今天上午我要准备一份外国媒体报道的摘要。我很可能会被要求亲手把它呈给希特勒。我听说他可能对我青睐有加！你能相信吗？"

"这对你的事业可能有用，不是吗？"

"会吗？但这就是我的困境。我是应该继续为这个政权工作，希望有一天能做一件可以从内部破坏它的小事呢，还是应该对着自己的脑袋来一枪？"

"得了，保罗！这太夸张了。必须选前面那条路。"

"当然了，我真正应该做的是给他的脑袋一枪。但是我所做的每一件事都在阻挠我。除此之外，可以确定的是，我的下场就是一次血洗——毫无疑问，我所有的家人都会被杀害。可最后，我们还是要满怀希望地继续前行。希望是多么可怕的东西啊！如果没有它，我们都会过得更好。这是个牛津式悖论。"哈特曼又开始看后视镜了。"如果你不介意的话，现在我应该把你送到一个离你住的酒店还有几百米远的地方，以防绍尔大队长在监视你。你能找到回去的路吗？这里是我们昨天谈话时所在植物园的另一头。"

哈特曼把车停在一栋宏伟的办公大楼外。从外观上看，这是一个挂了纳粹党徽的法院。在街道的另一头，莱格特可以看到圣母教堂的双塔。哈特曼说："再见了，我亲爱的休。希望我们之间能一切安好。无论发生了什么，我们都将得到安慰，因为我们已经尽力了。"

莱格特从奔驰车里爬了出来，随手把门关上，转身说再见，但已经迟了，因为哈特曼已经消失在了清晨的车流中。

2

莱格特在恍惚中走回酒店。

在植物园和马克西米利安广场之间的繁忙十字路口,他没有观察车流就走到了马路上。汽车的喇叭声和刹车声打破了他的沉思。他往后一跳,举起双手表示歉意。司机咒骂了一声,加速离开了。莱格特靠在一根灯柱上,低下头哭了起来。

五分钟后,当他到达摄政宫饭店时,酒店的人已经开始忙碌了。他在门口停了下来,拿出手帕,擤了擤鼻子,又擦了擦眼睛。他小心翼翼地扫视大厅。客人们正走下楼前往餐厅;他能听到供应早餐的当啷声。接待处有一家人正等着退房。确定大堂里没有英国代表团的成员后,他迅速穿过它,朝电梯走去。他按了电梯按钮。他的目标是回到房间而不被人发现。但当电梯门打开时,他看到了穿着时髦的内维尔·汉德逊爵士。大使戴上了他常常戴的康乃馨胸花,嘴里叼着那个一定会和他一同出现的玉烟嘴。他拿着一个精致的小牛皮旅行袋,脸上露出惊讶的神色。

"早上好,莱格特。看来你出门逛了逛。"

"是的,内维尔爵士。我觉得需要呼吸些新鲜空气。"

"好吧,但你现在得上楼去,要快点。首相在找你。艾希顿-格瓦金已经和捷克人一起去布拉格了,我要和冯·魏茨泽克一起去柏林。"

"谢谢提醒,先生。祝您旅途愉快。"

莱格特按了三楼的电梯钮。在电梯的镜子里，他简短地审视了自己：没刮胡子，衣服皱巴巴的，红着眼睛。他看上去好像在外面狂欢了一整晚，所以汉德逊吃了一惊也就不足为奇了。莱格特脱下帽子和外套。电梯铃一响，他就挺起胸膛，走进走廊。在首相套房外，苏格兰场的警探又站回了原位。他对莱格特挑起眉毛，露出一副别有深意的表情，敲了敲门，把门打开。

"找到他了，先生。"

"好的，让他进来。"

张伯伦穿着一件格纹家居服。他那双瘦削的光脚从条纹睡裤下伸出。他没有梳头，头发乱蓬蓬的，像灰白鸟的羽毛。他在抽雪茄，左手抓着一捆文件。他问："那份上面有希特勒先生演讲的《泰晤士报》在哪儿？"

"我想它就在您的红箱里，首相。"

"帮我找一下，好吗？"

莱格特把帽子和外套放在最近的椅子上，拿出钥匙。这位老人似乎充满了莱格特之前在唐宁街10号花园里看到的那种志在必得的活力，看到他的人都不会想到昨晚他几乎没有入睡。莱格特打开红箱，把文件分门别类，直到找到周二的那份报纸，也就是他在丽兹饭店等帕梅拉时读的那份。首相把它拿到桌子上摊开，戴上眼镜，然后俯视着它。他没有回头地对莱格特说："昨晚我和希特勒说了句话。我问他是否可以在今天早上我飞回伦敦之前见他一面。"

莱格特目瞪口呆地看着首相的后背。"他同意了吗，先生？"

"我想我已经学会怎么对付他了。我故意这么说，让他实在无法拒绝。"首相的头慢慢上下晃动，眼睛在报纸上扫视着。"我得说，你昨天晚上让我见的那个年轻人相当粗鲁。"

终于来了,莱格特想。他打起精神。"是的,我很抱歉,先生。我愿意承担全部责任。"

"你告诉过别人吗?"

"没有。"

"好的。我也没有。"首相摘下他的眼镜,把报纸折起来,递给莱格特。"我要你拿它去找斯特朗,请他把希特勒先生的讲话变成一份意向声明。两三段就够了。"

莱格特的大脑通常转得很快,但不是现在。"对不起,先生。我不太明白……"

"星期一晚上,"张伯伦耐心地说,"希特勒先生在柏林公开宣称,他希望苏台德问题解决后,德国和英国能永远和平相处。我希望以他的承诺为基础,起草一份关于未来英德关系的联合声明,我们今天上午可以在该声明上签字。你去吧。"

莱格特在首相身后轻轻地把门关上。联合声明?他从未听说过这样的事。如果他没记错的话,斯特朗与首相只隔着三个房间的距离。他敲了敲门,但没有人应答。他又试了一次,且用了更大的力气。

过了一会儿,他听到有人在咳嗽。斯特朗开了门。他穿着一件背心和一条棉质长睡裤。没有戴那副猫头鹰般的眼镜让斯特朗的脸年轻了十岁。"天啊,是休!一切都好吗?"

"我有首相的口信。他希望你起草一份声明。"

"声明?关于什么的?"斯特朗打了个哈欠,用手捂住嘴。"对不起。我花了好一会儿才睡着。你最好进来一下。"

房间里很暗。斯特朗轻轻地走到窗前拉开窗帘。他的客厅比首相的要小得多。通过房内的一扇门,莱格特可以看到一张凌乱的床。斯特朗从床头柜上取走眼镜,小心地戴上,再回到客厅。

"再跟我说一遍吧。"

"首相今天上午要和希特勒再开一次会。"

"什么?"

"首相昨晚显然问过希特勒,后者同意了。"

"还有人知道这件事吗?外交大臣呢?内阁呢?"

"我不清楚他们知不知道,但我认为他们还不知道。"

"上帝啊!"

"首相希望基于希特勒周一晚上在柏林发表的讲话,让他签署某种联合声明。"莱格特把报纸递给斯特朗。

"下划线是他画的吗?"

"不,是我画的。"

斯特朗似乎非常不安,因为直到那一刻他才想起自己只穿了贴身衣物。他低头瞥了一眼自己的光脚,露出惊讶的神色。"我想我该先穿上衣服。你能给我们俩倒两杯咖啡吗?最好再帮我把马尔金叫来。"

"要叫霍勒斯·威尔逊爵士吗?"

斯特朗犹豫了。"是的,我想应该叫上他。你觉得呢?他可能也对此一无所知。"斯特朗突然把手放在头的两侧,盯着莱格特。这位循规蹈矩的外交官显然被这种脱离常轨的行为震惊了。"首相在玩什么?他似乎把大英帝国的外交政策视为自己的封地。这是桩多么了不起的买卖啊!"

*

哈特曼把奔驰停在元首行馆的后面,把钥匙留在点火装置里。他身体僵硬地往前走。他开了一夜的车,现在累得要命,但他知道今天是最需要保持头脑清醒的一天。他很高兴做了这件事。他可能再也没有机会见她了。

后门没有上锁，也没有人看守。他疲倦地爬上疏散楼梯，来到一楼。一队身穿军装的清洁工正在清扫大理石地板，把烟灰缸里的烟灰倒进纸袋，并收起用过的香槟酒杯和啤酒瓶。他设法去了会议室。两个年轻的党卫军副官四肢舒展地躺在扶手椅上。他们抽着烟，把靴子放在咖啡桌上，正在和一个坐在沙发上的红发秘书调情，而她把自己优雅的双腿盘了起来。

哈特曼敬礼。"希特勒万岁！我是外交部的哈特曼。我必须为元首准备英文新闻摘要。"

一听他提起元首，那两个副官就立即掐灭香烟，站起来向他敬礼。其中一人指着角落里的桌子。"材料在那儿放着，哈特曼先生。《纽约时报》刚刚从柏林发出了电报。"

那捆文件有他拇指那么粗，被装在了铁丝筐里。"可以要杯咖啡吗？"

"当然可以，哈特曼先生。"

他坐下来把铁丝筐拉到自己面前。《纽约时报》在最上面。

今天上午，英国、法国、德国和意大利的政府首脑在慕尼黑会面并达成了一项协议，允许德意志帝国的军队逐步占领捷克斯洛伐克苏台德地区以日耳曼人为主要人口的部分。占领过程为期十天，从明天开始。欧洲一直在积极准备的战争得以避免。希特勒总理的大部分要求得到了满足。张伯伦首相争取和平的努力终于取得了成果，他获得了慕尼黑群众最热烈的掌声。

下面是另一个故事:《张伯伦:慕尼黑群众眼里的英雄》。

只要身材瘦削、身穿黑衣、面带微笑、步履谨慎的张伯伦现身,全场就会响起真正的欢呼声,就像我们在橄榄球场上常常听见的那样。

哈特曼认为,能够激怒希特勒的恰恰就是这种细节。他拿出钢笔。他会把这段内容放在最前面。

*

酒店房间里,斯特朗刮完了脸,穿得整整齐齐,坐在客厅的书桌前,用他那只干净的小手在一张印有酒店名字的便笺纸上写着什么。被扔在地上的废弃草稿围住了他的脚。马尔金坐在一把椅子上,膝盖上放了一叠纸,正回头看。威尔逊坐在床尾研究《泰晤士报》上的希特勒讲话。莱格特正在倒咖啡。

从威尔逊最初震惊的反应可以明显看出,他也不知道首相在想些什么。但现在他已经恢复了往常的平静,并试图让大家觉得这一切都是他的主意。

威尔逊用手指轻敲报纸。"这无疑是希特勒谈论《英德海军协定》的关键段落:'为了给大英帝国一种安全感,我自愿放弃再次参与海军军备竞赛……这样的协议只有在两国彼此承诺永远不再次开战时,才具有道义上的正当性。德国有这样的意愿。'"

斯特朗做了个鬼脸。莱格特知道他在想什么。在外交部,他们认为1935年签订的《英德海军协定》是一个错误。在该协定中,德国承诺其舰艇的总吨位永远不会超过皇家海军总吨位的35%。

斯特朗说:"别再提《英德海军协定》了,霍勒斯爵士,我们说点别的吧。"

"为什么不呢?"

"因为很明显,希特勒把这看作对我们的默许:他让我们的海军拥有了三倍于德国海军的规模;作为回报,我们也应该让他在东欧自由行动。这就是形势恶化的开端。"斯特朗草草写下一句话,继续说,"我建议我们略过这一点,直接跳到他演讲的第二部分,把它与关于苏台德地区的事项联系起来。意向声明上面应该写:'我们认为昨晚签署的协议象征了我们两国人民永远不再互相开战的愿望。'"

外交部的法律顾问马尔金倒抽了一口气,说:"我十分希望首相能意识到这没有任何法律效力。这只是一份表达美好期望的声明,仅此而已。"

威尔逊厉声说:"他当然知道。他又不是傻瓜。"

斯特朗继续书写。几分钟后,他举起一张纸。"好吧,我已经尽力了。休,不然你把它拿给首相,看看他是怎么想的?"

莱格特走入走廊。除了张伯伦房间外的警探,唯一的外人是一个结实的中年女服务员。她推着手推车,车上装满了清洁用具和新的洗漱用品。他经过她时向她点了点头,然后他敲了敲首相的门。

"进来!"

客厅中央放了一张双人桌。张伯伦正在吃早饭。他穿着日常的西装和高翻领衬衫。他对面坐着邓格拉斯勋爵。首相正在给一片烤面包涂黄油。

"打扰了,先生。斯特朗先生写了一份草案。"

"我看看。"

张伯伦放下面包片,戴上眼镜,研究起了文件。莱格特壮起胆子瞥了邓格拉斯一眼,邓格拉斯微微睁大了眼睛。莱格特不懂这意味着什么。嘲笑?关心?警告?还是三者兼有?张伯伦皱起了眉头。"请把斯特朗叫来。"

莱格特回到斯特朗的房间。"他想见你。"

"出了什么问题吗?"

"他没说。"

马尔金说:"也许我们都应该去。"他们就像被召去见校长的学生一样紧张。"你愿意和我们一起去吗,霍勒斯爵士?"

"如果你们想这样的话。"威尔逊看上去没有把握,"尽管如此我还是要提醒你,不要试图改变他的主意。一旦他确定了方向,就绝对不会改变。"

莱格特跟着他们三人走进首相的房间。张伯伦冷冷地说:"斯特朗先生,你把《英德海军协定》漏掉了。为什么?"

"我不确定这是一件值得骄傲的事情。"

"它正是我们现在应该努力与德国达成的那种协议。"张伯伦拿出笔来修改草案。"还有,我看到你把我的名字放到了他名字的前面。这是绝对不行的。应该反过来说:'我们,德国元首兼总理和英国首相,今天有了进一步的会晤……'"他圈出头衔然后画了一个箭头。"我想让他先签字,这样就会显得他的责任更大一些。"

威尔逊清了清嗓子。"如果他拒绝,我们该怎么办,首相?"

"他为什么要拒绝?这些都是他自己对公众做出的承诺。如果他拒绝在上面写自己的名字,就会证明这些承诺自始至终都只是空头支票。"

马尔金说:"可即便他签了字,也不意味着他必须遵守其中任何一项。"

"其意义是象征性的,没有法律约束力。"张伯伦把椅子往后推了推,朝周围的官员看了一眼。他显然对他们未能领会他的意思而感到恼火。"先生们,我们必须上升到事件的高度。昨晚的协议只解决了一个地区的争端。我们可以肯定还会有其他争端。我想让他致力于维护和平与协商进程。"

一阵沉默。

斯特朗再次尝试表达观点。"但难道我们不应该至少告诉法国人,您打算与希特勒直接达成协议吗?毕竟达拉第还在慕尼黑——他的酒店就在附近。"

"我看不出有什么告诉法国人的必要。这完全是希特勒和我之间的事。"

张伯伦又把注意力转回草案。他有节奏地快速挪动笔头,删去一些词,又添加一些词。完成修改后,他把它交给莱格特。"把它打出来。两份——一份给他,一份给我。我已安排了在11点去见总理。要确保有车可用。"

"是的,首相。是要到元首行馆去,对吧?"

"不。我建议我们私下谈谈,一对一地谈,没有随从官员——我特别不希望里宾特洛甫在附近。所以他邀请我去他的公寓。"

"没有随从官员?"威尔逊震惊地重复道,"我也不行吗?"

"你也不行,霍勒斯。"

"可您不能自己一个人去见希特勒呀!"

"那我就选亚历克。他没有官职。"

"没错,"邓格拉斯又露出那种嘴唇一动不动的笑容,"我是一个无名小卒。"

＊

哈特曼整理完新闻摘要，交给那个年轻漂亮的红发女郎用元首专用的大字印刷机打出来。总共有四页纸，上面都是来自世界各地的一致欢呼，他们为战争得以避免而欢呼，为和平永存的希望而欢呼，为内维尔·张伯伦欢呼。像往常一样，伦敦《泰晤士报》的感情最为强烈：如果谈判失败，战争爆发，英国和德国就会不可避免地站在对立立场。有鉴于此，献给那个一心一意追求和平之人的欢呼声，其背后的心意很明显。

哈特曼翻阅摘要，不得不承认其中某些话有点道理。在第三帝国的中心，在民族社会主义的摇篮，一位英国首相成功地策划了一场长达一天的堪称和平示威的活动。这是一项很大的成就。哈特曼差点第一次放任自己抱有一线希望。也许元首的征服之战最终会被阻止？他把摘要折了起来，不知道该拿它怎么办。他太累了，没有力气去找一个可能知道该怎么办的人。秘书又开始和那两个党卫军副官调情了。他们关于电影明星和运动员的无关紧要的喋喋不休令人宽心。他感到眼皮很重，很快就在扶手椅上睡着了。

哈特曼醒了，因为有一只手粗暴地摇晃他的肩膀。施密特俯身看着他。外交部首席翻译脸很红，和往常一样紧张不安。"我的天，哈特曼，你以为你在干什么？新闻摘要在哪儿？"

"就在这儿，已经完成了。"

"太好了！天啊，看看你现在的状态！没办法了，我们需要行动起来。"

哈特曼挣扎着站了起来。施密特已经朝门口走去。他跟着施密特来到一楼的楼梯平台，然后走下大理石楼梯。楼里空无一人，响着回声，就像一座陵墓。哈特曼想问他们要去哪儿，但施密特太着急了。外面，士兵们卷起红地毯。法国的三色旗已经被取下了。一个工人站在梯子上，正在取下英国国旗的最后一角。它像裹尸布一样轻轻地落在他们身后。

哈特曼爬上豪华轿车的后座，坐在施密特旁边。施密特打开一个黑色真皮文件夹，翻看着里面的笔记说："魏茨泽克和柯尔特已经飞回柏林了，所以现在全靠你和我了。看来威廉大街要出事了，你听说了吗？"

哈特曼感到一阵惊恐的刺痛。"没有。怎么了？"

"魏茨泽克的助手温特太太——你知道我说的是谁吗？——很显然昨晚被盖世太保逮捕了。"

汽车在卡洛林广场上飞驰。哈特曼麻木地坐着。直到他们经过位于摄政王街尽头的德国艺术之家那长长的柱状外墙时，他才猛然意识到自己将被带到什么地方。

*

执行首相的指示让莱格特忙了一个多小时。

他把声明交给安德森小姐打印，把他们回伦敦的航班从上午改到下午。他与德国外交部礼宾司通了话，安排了前往元首公寓和机场的交通工具。他给奥斯卡·克莱弗利打了个电话，告诉对方发生了什么事。首席私人秘书心情很好。"这边的舆论非常正面。新闻界欣喜若狂。你们什么时候回来？"

"我想是下午晚些时候。首相今天上午要和希特勒私下谈谈。"

"进一步商谈吗？哈利法克斯知道吗？"

"我想斯特朗现在正在向卡多根汇报这件事。问题的关键是首相不会带任何官员一起去。"

"什么？天啊！他们打算谈些什么？"

莱格特一如既往地意识到这条电话线路很可能被窃听了，他小心翼翼地说："英德关系，先生。我得挂电话了。"

莱格特挂了电话，短暂地闭上眼睛。他用手摸了摸长出胡茬的下巴。他几乎有三十个小时没有刮胡子了。办公室里很安静。斯特朗和马尔金正在房间里与伦敦那边通话。琼跟着威尔逊走了，威尔逊还有几份文件要口述。安德森小姐拿着打好的声明草案，等着首相批准。

莱格特沿着走廊走回房间。闹钟显示现在刚过上午 10 点 30 分。女仆已经收拾好房间了。窗帘被拉开，床也整理好了。他走进浴室，脱了衣服，开了淋浴喷头。他把脸转向那股热水，让水柱给脸部按摩半分钟，然后是头皮和肩膀。他给自己擦了肥皂，然后冲洗掉泡沫。他走出淋浴间，觉得自己恢复了元气。他擦了擦镜子上的水汽，然后刮起胡子来。他刮得很快，但不是很仔细，绕着头一天早上割伤的位置刮了一圈。

他关了水龙头，在开始擦干身子时，才听到卧室里的动静。那声音很模糊，让他分不清是地板还是家具发出的。他停下动作倾听，把一条毛巾裹在腰上，走出去，正好看到门被非常小心、非常安静地关上了。

他纵身跳到门口，猛地把门拉开。一个男人沿着走廊飞快地跑开了。莱格特在他后面喊道："嘿！"但那人还是继续前行并拐了个弯。莱格特试图追赶他，但两只手抓着毛巾让他很难快速移动。当莱格特走到拐角处时，那人的背影消失在了楼梯间。他沿着走廊跑了一半，然后放弃了追赶。他诅咒自己。一个可怕的想法出现在他的脑中。他快步走回自己的房间。马尔金刚从办公室出来，吃惊地往后退了几步。

"上帝啊，莱格特！"

"失礼了，先生。"

莱格特绕过他，走进自己的房间，关上门。

衣柜是开着的。他的手提箱倒扣在床上。桌上的抽屉已经被完全拉出来了，城市指南正面朝下地打开着。他呆呆地盯着它看了几秒钟。封面是夜晚灯火通明的酒店。欢迎来到慕尼黑！他把它捡起来翻了翻，把它翻了个底朝天，还摇了摇。但里面什么都没有。他感到一阵可怕而空虚的恐慌填满了胃。

他的粗心大意是不可原谅的。这是致命的粗心。

毛巾掉到了地上。他光着身子走到床头柜旁，拿起电话。他要怎么做才能找到哈特曼？他努力思考这个问题。哈特曼不是说过要为希特勒准备一份外国新闻摘要吗？

接线员说："先生，需要帮忙吗？"

"不用。谢谢你了。"

他放回了听筒。

他用最快的速度穿好衣服。一件新衬衫。贝利奥尔学院的领带。他又一次发现自己在走路时踢起了鞋子。他穿上夹克，又回到走廊。他意识到自己的头发还是湿的。他尽力把它抹平，向警探点点头，敲了敲首相的门。

"进来！"

张伯伦和威尔逊、斯特朗、邓格拉斯在一起。首相戴着眼镜，正研究声明草案的两份副本。他瞥了莱格特一眼。"什么事？"

莱格特说："请原谅我，首相，但我想就您和希特勒的会面提一个建议。"

"什么？"

"让我陪着您去。"

"不,那是不可能的。我想我已经说得很清楚了——没有官员陪同。"

"先生,我不是说让我以官员身份陪同,我可以作为一个翻译。我是我们当中唯一会说德语的人。我能保证您的话被准确地传达给希特勒,他的话也被准确地传达给您。"

张伯伦皱起了眉头。"我认为没有必要。施密特博士非常专业。"

张伯伦把头转回去继续细读文件。也许只能这样了,但威尔逊还是开了口:"尊敬的首相,您还记得在贝希特斯加登发生了什么吗?当时里宾特洛甫拒绝给我们提供您和希特勒第一次长谈时施密特做的笔记。直到今天我们还没有完整的记录。有英国翻译在场会对我们有很大帮助。"

斯特朗点头表示同意:"千真万确。"

每当张伯伦觉得自己被施加压力时,就会变得暴躁。"但这可能会改变整个会议的基调!我想让希特勒觉得这是一次非常私人的谈话。"他把声明的两份副本塞进了上衣的内袋。威尔逊看向莱格特,轻轻耸了耸肩,表示他已经尽力了。窗外传来了一阵噪声。张伯伦的眉头困惑地皱了起来。"那是什么声音?"

斯特朗略微拉开窗帘。"街上有一大群人,首相。他们在喊您的名字。"

"又来了!"

威尔逊说:"您应该到阳台上向他们挥手。"

张伯伦笑了。"我想不必了。"

"一定要的!休,打开窗户,好吗?"

莱格特解开了窗钩。在酒店对面的花园里,街道两旁的人比前一天还要多。当人群注意到落地玻璃窗被打开时,他们咆哮起来。莱格特退后一步让张伯伦走上小阳台，此时喧闹声已变得非常大。张伯伦向每个方向谦虚地鞠躬了三四次，挥了挥手。他们开始呼喊他的名字。

在酒店的套间里，四个人听着外面的声响。

斯特朗平静地说："也许首相是对的——也许在此时此刻，希特勒完全有可能被舆论的力量说服，进而克制自己的行为。"

威尔逊说："没人能指责首相缺乏想象力或勇气。即便如此，且即便我很尊重亚历克，我还是要说，要是我们当中能有个人陪他去，我会更高兴的。"

几分钟后，张伯伦回到房间。这种奉承似乎激励了他。他双颊发红，眼睛异常明亮。"我们是多么的渺小啊！先生们，你们知道，在每个国家都是如此——世界各地的普通民众只想过上和平的生活，他们珍惜自己的孩子和家庭，享受自然、艺术和科学的馈赠。这就是我想对希特勒说的话。"他沉思了一会儿，然后转向威尔逊。"你真的认为我们不能信任施密特吗？"

"我担心的不是施密特，首相，而是里宾特洛甫。"

张伯伦想了想。"噢，好吧，"他终于说，"但是要谨慎。"他转头警告莱格特："别记笔记。我只想让你在我的意思没有被正确传达时再介入。另外，你一定要躲开希特勒的视线。"

3

自哈特曼上次看到摄政王广场以来已过了六年，但它几乎没有什么变化。他们爬上山，绕过拐弯处，此时他的目光立即转向了人行道的东北角，休、蕾娜以及他自己曾站在那里，站在那栋红色石板屋顶的白色公寓楼下。今天，同样规模的人群聚集在同一个地方，希望一睹领导人的风采。

奔驰车在 16 号外面停了下来。两个党卫军哨兵守着入口。看到他们，哈特曼突然意识到自己还带着枪。他已经习惯了它的重量，甚至忘记了自己带着它。他应该在昨天晚上把它扔了。如果他们抓住了温特太太，那他肯定就是下一个。他想知道他们是在哪里逮捕她的。是办公室还是她的公寓？他也想知道他们是如何对待她的。哈特曼在施密特下车后也下了车，他能感到汗珠在衬衫下滑动。警卫认出了施密特，挥手示意施密特过去。哈特曼跟在后面溜了进去，甚至没有人询问他的名字。

他们在警卫室从另外两个党卫军身边经过，然后爬上了公共楼梯——先是石头台阶，然后是抛了光的木制台阶。墙壁是灰绿色的瓷砖砌成的，就像地铁站里一样。楼道里有几盏昏暗的电灯，但光线主要是从落地窗射进来的。透过落地窗可以看到一个小花园，园里种着冷杉和白桦。他们经过一楼和二楼的公寓房间，弄出了很大的动静。宣传部说，元首现在的邻居还是他成为总理之前的那些人，这证明元首在本质上仍然是大众中的一员。哈特曼想，如果真的是这样的话，那么那些人在过去几年里——从1931年希特勒的侄女去世到昨天墨索里尼午餐时的拜访——一定看到了很多奇怪的事情。他们继续往上走。哈特曼觉得自己被某种东西困住了，仿佛被某种黑暗的磁力无情地吸引着。他放慢了脚步。

"快点，"施密特说，"跟上！"

在三楼，元首公寓结实的双开门和其他门没有什么区别。施密特敲了敲门，他们被党卫军副官迎进了一间狭长的前厅。它向两边伸展，铺着镶木地板，装饰着地毯、油画和雕塑。这里的气氛是寂静而不寻常的，没有什么人气。副官请他们坐下。"元首还没有准备好。"他走开了。

施密特自信地小声说："他经常熬夜，常常要到中午才出卧室。"

"你的意思是我们可能得在这儿再坐一个小时？"

"今天不会。张伯伦计划11点到。"

哈特曼惊奇地看了施密特一眼。这是哈特曼第一次知道希特勒要会见英国首相。

*

张伯伦的车花了几分钟才从酒店前拥挤的人群中驶出。首相和邓格拉斯坐在后座，莱格特坐在司机旁边。在他们身后是第二辆奔驰车，车上载着首相的两个保镖。他们在广场上绕了半圈，然后疾驰穿过音乐厅广场，进入一个由精致的皇家宫殿和宏伟的公共建筑组成的区域。莱格特依稀记得自己在1932年来过这里。他通过后视镜观察着张伯伦，后者正僵硬地望着前方。人们喊着首相的名字，向他挥手。首相坐在一路飞驰的汽车上，对他们毫不在意。他不再是常见描述中那位让人觉得索然无味的行政长官，而是成了预言家,成了像年迈会计一样身着单调服装的和平的弥赛亚。

他们继续行驶到一座有石头护栏的桥上。河面又宽又绿,河堤上红色、金色、橙色的树木连成了一条火线。和平天使的镀金雕像俯身站在高高的石柱上接受阳光的照射。雕像后面的道路绕过了一个公园。他们开始爬上摄政王街的斜坡。莱格特在回忆中总是把它描绘成一个陡坡。就像人们对儿时情景的记忆并不准确一样,此时他在马力十足的汽车里发现,它只是一个缓坡。他们经过一家剧院,然后突然间他们来到了希特勒公寓前的空地,至少这里的样子和他脑海中的完全一样。人行道上的人群认出了张伯伦,开始欢呼。又一次,首相一反常态地没有瞥他们一眼。哨兵行了个礼,副官走上前拉开车门。

莱格特下了车,跟着张伯伦和邓格拉斯穿过大门,走上台阶,走进阴暗的室内。

副官把首相领进笼子般的小电梯,按下按钮,但电梯没有动。副官又试了半分钟,他那年轻英俊的脸因尴尬而生出了红斑。最后,他不得不打开楼梯间的门,示意他们步行上楼。莱格特走到邓格拉斯旁边,跟着张伯伦爬上楼梯。邓格拉斯低声说:"昨晚没有墨水,电话也几乎不能用。我认为这些家伙并不像他们吹嘘的那样能干。"

莱格特祈祷哈特曼会在那里。他不确定自己能用什么回报上帝,但他向上帝承诺自己一定会做点什么——那将是一种不同的生活方式,一个新的开始,一种与年龄相称的姿态。他们到了三楼。副官打开公寓的门,在那里莱格特看到了哈特曼,他正伸开双腿地坐着。在他旁边,莱格特认出了希特勒的翻译。他们在看到张伯伦时都站了起来。哈特曼盯着莱格特,但他们除了交换眼神之外什么也做不了，因为副官坚持让莱格特跟着张伯伦和邓格拉斯穿过大厅，前往对面的房间。他叫施密特也过去。哈特曼想跟他们一起，但副官摇摇头。"没叫你。在这儿等着。"

哈特曼一个人在空荡荡的前厅里伫立了几秒钟。莱格特短暂的一瞥充满了警告。一定出了什么事。他不知道是否应该趁着还有机会马上溜走。接着，哈特曼听到一扇门在他右边打开。他转过身，看见希特勒正从走廊尽头的一个房间里走出。元首捋着头发，理了理棕色的制服上衣，检查了一下臂章——像一个准备上台的演员一样，他在最后一分钟做了一些吹毛求疵的调整。哈特曼站起来敬礼。"希特勒万岁！"

希特勒看着他，漫不经心地举起一只手表示知道了，但似乎没有认出他。希特勒走进那间别人正在等他的房间，门在他身后关上了。

*

此后，莱格特就可以宣称——而不是吹嘘，吹嘘从来都不是他的风格——自己曾三次和希特勒同处一室，两次在元首行馆，一次在元首公寓。但是，就像慕尼黑的大多数英国见证者一样，他并不能够提供与常见描述不同的任何东西。希特勒看起来和照片与新闻短片中的他一样，唯一的区别在于现场是有色彩的。最主要的冲击来自与世界知名人士的近距离接触，和第一次看到帝国大厦或红场时的感受没有什么区别。不过，有一个细节一直保留在他的脑海里：希特勒身上有一股强烈的汗味。莱格特曾在希特勒的书房里发现了汗味，这次希特勒从他身边经过时他又闻到了。那是一周没洗澡、没换衬衣的前线士兵或工人常有的体味。

希特勒的心情又变得阴沉起来，且没有打算掩饰这点。他大摇大摆地走了进来，跟张伯伦打了声招呼，没有理睬其他人。然后，他走到房间最远的角落里坐下，等着客人坐到他身边。

首相坐在他右边的扶手椅上。施密特坐在他的左边。副官站在门口。这是一个很大的房间，几乎占据了公寓的所有空间。它面向大街，摆放的家具也很现代，就像豪华邮轮上的大厅。远处有一个壁龛，里面堆满了书，希特勒和张伯伦就坐在壁龛前面；中间有一些沙发和椅子，莱格特和邓格拉斯在那里歇脚；房间的另一头摆着餐桌。莱格特与他们的距离不远不近，能听见他们在说些什么，又不至于影响谈话。然而，由于希特勒就坐在角落里，因此莱格特没法像首相指示的那样，完全避开独裁者的注视。他时不时地注意到那双不透明的古怪蓝眼睛朝他们所在的方向闪烁，好像在试图弄清为什么这两个陌生人出现在了这间公寓。房间里没有茶点供应。

张伯伦清了清嗓子。"首先，我要感谢总理邀请我到您家里做客，并同意在我回伦敦之前进行最后一次谈话。"

施密特忠实地翻译了这句话。希特勒轻轻靠坐在垫子上，礼貌地点了点头。"是的。"

"我想我们可以就涉及我们两国共同利益的问题简单地讨论一下，将来我们可以在这些领域进行合作。"

希特勒再次点头。"是的。"

首相把手伸进上衣口袋，掏出一个小记事本，又从内袋掏出钢笔。希特勒警惕地注视着他。他翻到第一页。"也许我们可以从西班牙的可怕内战开始……"

几乎所有的话都是张伯伦说的。西班牙、东欧、贸易、裁军——他在他想要提出的话题前画钩，而希特勒对每个话题都做了简短的回应，但没有给出详细的阐述。"这对德国至关重要"是希特勒说得最多的话。要么他就说"我们的专家对此进行了研究"。他在椅子里坐立不安，不停重复交叉双臂的动作，并看向自己的副官。莱格特认为他就像一个房东，一时软弱就让推销员或传教士进了家门，为此感到痛苦而后悔，正在寻找摆脱对方的机会。莱格特不停地看向房门，想知道自己怎样才能找到足够长的时间，悄悄对哈特曼发出警告。

似乎连张伯伦也察觉到了他的听众正在走神。张伯伦说："我知道您很忙。我不能继续耽搁您的时间了。最后，我想说的是，昨天早上我离开伦敦时，妇女、儿童甚至婴儿都戴上了面具，以保护自己免受毒气危害。总理先生，我希望您和我都能同意，现代战争将对平民造成前所未有的伤害，遭到所有文明国家憎恶。"

"是的，是的。"

"我认为，我的访问如果仅仅解决了捷克问题，就会成为一个遗憾。本着这种精神，我起草了一份简短的声明，以正式表明我们都希望让英德关系进入一个新的阶段，给整个欧洲带来和平与稳定。我希望我们双方都在上面签字。"

施密特翻译了这段话。当听到"声明"这个词时，莱格特看到希特勒向张伯伦投去怀疑的目光。首相从上衣内袋里掏出了两份文件，递给施密特一份。"也许你能帮我把它翻译给总理。"

施密特看向它，然后用德语念出它的内容，认真地对每一个词都做了强调。

"'我们，德国元首兼总理和英国首相，今天有了进一步的会晤，并一致认为，英德关系问题是两国和欧洲的首要问题。'"

希特勒慢慢地点了点头。"是的。"

"'我们认为昨晚签署的协议和《英德海军协定》象征了我们

两国人民永远不再互相开战的愿望。'"

听了这段话,希特勒轻轻把头歪向一边。显然,他认出这是他自己说过的话。他微微皱了皱眉头。施密特等着希特勒叫他继续翻译,但希特勒什么也没说。最后,这位翻译自行说了下去。

"'我们决心以协商的方式处理可能涉及我们两国的任何其他问题,我们决心继续努力消除潜在的分歧源头,从而为保障欧洲的和平做出贡献。'"

施密特结束翻译后的几秒钟里,希特勒没有动。莱格特能看见他的目光在房间里来回扫动。看上去他正在算计着什么。正常来说,他很难拒绝为自己公开表达过的观点签字。不过,他显然厌恶这份声明,也厌恶这个挑剔的英国老绅士用欺骗的手段闯进他的家,对他玩了这套把戏。他怀疑这里面有圈套,毕竟英国人很狡猾。但另一方面,只要他签了字,至少会面就能结束,张伯伦就会离开。说到底,这只是一张废纸,表达了一种虔诚的希望,没有任何法律后果。签了它又有什么关系?

以上或者至少是类似的想法,是莱格特后来对这位独裁者的心理活动的推测。

"好,我签。"

"元首答应了,他会签字的。"施密特翻译道。

张伯伦如释重负地笑了。希特勒打了个响指,示意副官过来。副官抽出一支笔,急忙向他走去。邓格拉斯站了起来,想要看得更清楚一点。莱格特找到了机会,走到门口。

*

哈特曼在空无一人的门厅里坐了十分钟。新闻摘要放在他旁边的椅子上。在他的左边,他可以听到微弱的盘子碰撞的声音、一个女人的声音,以及一扇门开了又关的声音。他猜想那边一定是服务区,是厨房、衣帽间和仆人住的地方。因此,元首的卧室一定就在右边,也就是刚刚他走出来的地方。张伯伦和希特勒会面的那间屋子的门关上了,中间隔着的厚厚的木头让他什么也听不见。挂在门边的是描绘维也纳国家歌剧院的水彩画,它画工精湛,却显得呆板而没有灵魂。哈特曼怀疑它是希特勒自己的杰作。他站起身来,走过镶木地板,仔细对着它看了看。的确是,因为在右下角有元首名字的首字母缩写。他假装更仔细地研究这幅画,朝走廊尽头阴影里的元首卧室瞥了一眼。旁边有一个房间,离卧室只有四五步远。好奇心战胜了他。他朝厨房看了看,发现没有人注意到他,然后以漫不经心的姿态走过去把门打开。

那是一间可以看到后花园的小卧室。百叶窗半开着。干花、鲜花以及黑色香水瓶(里面装的似乎是肉桂调的香水,但快要干了),都散发出一种强烈的、令人作呕的甜味。梳妆台上放着一瓶枯萎的玫瑰和一碗黄色与紫色的小苍兰。床上搭着一件简单的白色棉质睡衣,和蕾娜一直穿的那件一样。他走到床尾,打开浴室的门。与希特勒的卧室相对的那扇门敞开着,通过它可以看到一件夹克搭在椅背上。他往回走了几步,仔细看了看梳妆台:一个相框,里面放的是一只狗的黑白照;一堆左上角写有"安吉拉·拉包尔"的信纸;一本叫作《女人》的时尚杂志。他看了一下杂志发行日期,是 1931 年 9 月。

蕾娜是对的。一旦人们看到这间房,就不会怀疑那个传言的真实性。这个房间与希特勒房间很不自然的近距离,令人窒息的封闭,共用的浴室,对这里神龛式的打理方式,埃及墓室般的氛围——

哈特曼听见身后有响声。他迅速后退,关上了门。莱格特正从客厅里走出来。他转过头来,用一种急促而平静的声音说:"我有个坏消息——盖世太保拿走了那份文件。"

哈特曼花了一点时间来整理自己的思绪。他越过莱格特朝敞开的客厅门望去,但没有看见任何人。他低声问:"什么时候的事?"

"不到一个钟头前。他们趁我洗澡时搜了我的房间。"

"你确定它不见了吗?"

"毫无疑问。保罗,我非常抱歉——"

哈特曼举起手让莱格特住口。他需要思考。"如果是不到一个小时以前,那他们现在一定正在找我。我——"

哈特曼停了下来。副官出现在莱格特身后。副官从客厅里走出来,后面跟着张伯伦和希特勒,施密特和邓格拉斯紧随两位领导人身后。首相手里拿着两小张纸。他给了希特勒一张。"这是给您的,总理先生。"

希特勒立即把它交给副官。由于客人们要走了,他看起来很放松。"施密特先生将陪您回酒店。飞行愉快。"

施密特翻译说:"首相,我会护送您回酒店。元首祝您飞行愉快。"

"谢谢。"张伯伦和希特勒握了手。看上去张伯伦好像想再做一次简短的发言,但最后决定算了。副官打开公寓门,首相和施密特一起走到楼梯口。邓格拉斯带着一点讽刺地说:"走吧,休。"

莱格特知道他再也见不到哈特曼了,但什么也说不出来。他向邓格拉斯点点头,跟着其他人走了出去。

*

门一关上,希特勒就站在那里盯着它看了几秒钟。他用左手拇指搓着右手的手掌，一圈一圈地搓，就像手掌扭伤了似的。这是一种无意识的动作。最后，他注意到了椅子上放的新闻摘要。他转向哈特曼："那上面是外国媒体的看法吗？"

哈特曼说："是的，元首。"

"拿过来。"

哈特曼一直希望偷偷溜走。但现实是，他发现自己跟着希特勒进了客厅。副官正在把家具摆回原位，把坐垫抚平。哈特曼把新闻摘要递过去。希特勒从胸前口袋里掏出眼镜。从下面的街道传来了欢呼声。他用一只手拿着眼镜，瞥了一眼窗户，然后走过去。他拉开窗帘的边缘，低头看向人群。他摇摇头。"要怎么做才能让这样一个民族上战场呢？"哈特曼走到另一个窗口。张伯伦在这栋楼里的消息传出后，人群的规模在过去半个小时里变得更大了。几百人在对面的人行道上排队。男人们挥舞着帽子，女人们伸出胳膊。从这个角度是看不见首相的专车的，但根据人们跟着车的移动转头的动作，可以推测它的行进轨迹。

希特勒放下窗帘。"德国人放任自己被人欺骗——被张伯伦欺骗！"他打开眼镜，用一只手戴上，开始浏览新闻摘要。

哈特曼正要离开窗户，这时街上的新动静吸引了他的目光。一辆豪华奔驰轿车呼啸而过，在街对面猛地停了下来。哈特曼认出了里宾特洛甫，他旁边坐着绍尔。他们一副匆匆忙忙的样子，甚至没等后面那辆载了四个党卫军士兵的护送奔驰车停下来，就下了车，开始一边左右张望一边过马路。绍尔在等待一辆卡车开过时抬头看了眼公寓。哈特曼本能地后退一步，以免被他看见。

希特勒正在匆匆翻阅摘要。他用嘲讽的口吻读出了《纽约时报》的新闻标题——《张伯伦：慕尼黑群众眼里的英雄》，然后读出下面的一句话：献给希特勒的欢呼是机械而礼貌的；但面对张伯伦，他们欣喜若狂。

门铃响了。副官离开房间去前厅开门。希特勒把摘要扔在沙发上，走到书桌前。哈特曼第二次被单独留在他身边。他听着前厅里的动静。他把手伸进夹克，手指触到了金属，但立刻又收回了手。这太荒谬了。他即将被捕，但仍然无法采取行动。如果他做不到，那么谁又可以呢？在那一刻，在那一瞬间，他清楚地知道，没有人能做到。他不行，军队不行，单打独斗的杀手也不行——没有任何一个德国人能破坏他们共同的命运轨迹，他们只能眼看着它成为现实。

门开了，里宾特洛甫走了进来。绍尔在他后面。他们停下来敬礼。绍尔恶狠狠地瞪了哈特曼一眼。哈特曼感到耳朵里一阵轰鸣。他已经做好了准备。然而，里宾特洛甫似乎比他更加紧张。"元首，听说您刚刚见了张伯伦。"

"他昨晚要求私下会面。我看不出这有什么坏处。"

"我可以问他想要什么吗？"

"让我在一张纸上签名。"希特勒从桌上捡起文件，交给了外交部部长。"他似乎是一个没有恶意的老先生。我认为拒绝是不礼貌的。"

里宾特洛甫在浏览声明的时候，似乎把脸都绷紧了。当然，元首不可能犯错，甚至连做出这样的暗示都是不可想象的。但哈特曼感到房间里的气氛发生了变化。最后，希特勒不耐烦地说："噢，别把这一切想得那么严重！那张纸没有任何深意。问题在这里，在德国人身上。"

希特勒背过身去，弯腰去查看桌上的文件。

哈特曼看到了机会。他先向外交部部长微微鞠了一躬，又向绍尔鞠了一躬，然后退到门口。两人都没有试图阻止他。一分钟后，他走到了街上。

4

洛克希德的伊勒克屈拉式飞机在英吉利海峡上的低空云层中颠簸。舷窗外除了一片茫茫灰色，什么也看不见。

和飞往慕尼黑时一样，莱格特坐在后排。他用手托着下巴，面向窗外，眼神放空。首相和威尔逊在最前面。斯特朗和马尔金坐在中间。只有艾希顿-格瓦金不在飞机上，他还在布拉格说服捷克人签署协议。机舱里的氛围显得疲惫而忧郁。马尔金和邓格拉斯睡着了。莱格特座位后面的储物柜里有一篮食物，是由摄政宫饭店提供的。但张伯伦在得知这是德国人送给他的礼物后，下令说不许碰它们。食物并不重要，没有人觉得饿。

莱格特又一次靠耳压变化知道了他们从什么时候开始下降。他拿出怀表，上面显示刚过下午 5 点。威尔逊从座位上探出身子。"休！"他示意莱格特走上前去。然后他问大家："先生们，我们能谈谈吗？"

莱格特摇摇晃晃地走到飞机前部。斯特朗和马尔金换到了首相后面的座位上。莱格特和邓格拉斯不得不背对着驾驶舱站着。飞机颠簸了一下，他们撞到了一起。威尔逊说："我跟罗宾逊机长谈过了。我们应该会在半个小时内着陆。正如你们已经想到的，有很多人在等着我们。国王已经派宫务大臣把首相直接接到白金汉宫，以便国王和王后陛下能够亲自表达谢意。我们一回到唐宁街就会召开内阁会议。"

首相说:"很明显,我必须对着镜头发言。"

斯特朗清了清嗓子。"首相,我冒昧说一句,我力劝您极为谨慎地对待希特勒做过的任何事情。关于苏台德地区的实际协议是一回事,大多数人会理解它背后的逻辑;但另一份文件……"他的声音渐渐低了下来。

他坐在张伯伦的正后方。他的长脸很愁苦。首相不得不转过头去回复他,莱格特再次注意到张伯伦的侧面有多么顽固。"我理解外交部的观点,威廉。例如我知道卡多根认为,我们应该简单地把绥靖看作一种令人遗憾的权宜之计,应该表明我们在目前情况下没有任何可行的替代办法,只是为了争取时间才这样做,并同时宣布一项大规模的军备重整计划。对,我们确实正在大规模地重整军备,仅在明年一年我们就将把政府开支的一半以上用于购买与升级武器。"现在首相开始对着所有人,或许尤其是莱格特(虽然事后莱格特没法确认这点)说话。"我不是绥靖主义者。我在与希特勒打交道时学到的主要教训是,一个人如果手里没有牌,就不能和恶徒玩扑克。但如果着陆后我这样去发言,就只会给他提供保持好战姿态的借口。不过,要是他信守诺言——我相信他会做到——我们就能避免战争。"

斯特朗仍然坚持。"但如果他食言了,我们该怎么办?"

"如果他敢食言,那么全世界都会看清他的真面目。到那时,没有人会再有任何疑问。整个国家和各自治领或许能以一种现在还做不到的方式团结起来。谁知道呢?"他微微一笑。"或许这甚至能让美国站在我们这边。"他拍拍衣袋。"因此,我打算一到伦敦,就力所能及地宣传这一联合声明。"

*

5点38分,首相的专机终于冲破云层,出现在赫斯顿机场的上空。地面闪烁着光芒,莱格特可以看到西大道的车流。两个方向都停着加起来有超过一英里长的车辆。雨一直下得很大。汽车前灯反射在潮湿的柏油路面上。成千上万人聚集在机场门口。洛克希德飞机从航站楼上空呼啸而过,然后迅速下降。莱格特紧紧抓住座椅扶手。滑轮在草地跑道上弹了几下,然后飞机落地了,开始以每小时一百英里的速度在跑道上颠簸前行,向两边溅起水花。在转向混凝土停机坪之前,它猛地刹了下来。

窗外的萧索秋日中是一片混乱的景象——有摄影师和报纸记者,有机场工作人员和警察,有几十个穿正装的伊顿公学学生,有内阁大臣、下院议员、外交官、公众人士和上院议员,还有戴着仪式用挂链的伦敦市长。即使隔着一段距离,莱格特也认出了哈利法克斯勋爵那高大无比的身影。他戴着圆顶礼帽,像堂吉诃德站在矮小的桑丘·潘沙旁边一样站在亚历山大·卡多根爵士身旁。赛耶斯和他们站在一起。他们的伞收起来了。雨一定停了。那里只有一辆车,一辆老式的劳斯莱斯,车身上插着王室旗。一个穿工装裤的人把他们领到停机点,示意飞行员把引擎关掉。螺旋桨咯吱咯吱地停止了转动。

驾驶舱的门打开了。和之前他们降落在慕尼黑时一样,罗宾逊机长先和首相说了几句话,然后走下有坡度的通道,打开了后门。这一次,吹进机舱的是又冷又湿的英国的风。当首相从身边走过时,莱格特坐在自己的座位上。他紧张地咬紧牙关。一个如此害羞的人现身于公众视野并力争上游,这种事是多么的奇怪啊!

风把舱门关上了,张伯伦只得用胳膊肘把它顶开。他低下头走出舱门,被近乎歇斯底里的掌声、欢呼声和呼喊声包围了。威尔逊站在过道上,把其他人拉住,直到首相走到最下面的那级台阶:荣耀的时刻理应只属于首相一人。等到张伯伦开始沿着迎宾队伍一一与人握手时,威尔逊才大胆地跟在他后面,再往后是斯特朗、马尔金和邓格拉斯。

莱格特是最后一个离开的。台阶很滑。飞行员抓住他的胳膊,帮他稳住身体。在潮湿的空气里,夜幕是蓝色的,而新闻摄像机的灯光是明亮的白色,就像冻结的闪电。张伯伦结束了对重要人士的问候,转身站在一排麦克风前。麦克风上分别印有电台的名称——BBC、有声电影新闻、CBS、百代。莱格特看不见首相的脸,只能看到他瘦窄的后背和倾斜的肩膀在强光下显出轮廓。首相等到欢呼声平息下来。他的声音在风中听起来单薄又清脆。

"我只想说两件事。首先,在最近这些焦虑的日子里,我收到了大量来信,我的妻子也收到了。它们是表示支持、赞同和感激的信,我无法告诉大家这对我是怎样的激励。我要感谢英国人民所做的一切。"

人群再次欢呼起来。有人喊道:"您做得太好了!"另一个人喊道:"好心肠的张伯伦!"

"接下来,我想说,在我看来,捷克斯洛伐克问题的解决只是前奏,未来一定会有一个更全面的解决方案,让整个欧洲都能获得和平。今天上午我又和德国总理希特勒先生谈了一次话,这张纸上签有他的名字,也有我的……"他高高举起声明,纸页被微风轻轻拍打着。"你们中的一些人可能已经听说了它的内容,但我还是想要读给你们听……"

张伯伦的眼镜没有什么用。他得把纸举到一臂远的地方才能看清上面的字。这就是莱格特对那个著名时刻的印象。一直到许多年后,到他去世的那天,那一刻仍然印在他,一个受人尊敬的公务员的记忆中——那个冷峻的黑色身影在巨大亮光的中心伸出手臂,像一个跳到电网上的人。

*

就在首相准备乘国王的劳斯莱斯离开时,又一架洛克希德飞机着陆了。张伯伦到达机场大门时,远处祝福者的掌声与飞机引擎的轰鸣声混在了一起。赛耶斯说:"我的天啊,你听到了吗?通往伦敦市中心的道路都被封锁了。"

"你要想我们是赢了一场战争,而不是避免了一场战争。"

"我们出门时,有成千上万人聚集在林荫路上。很显然,国王和王后打算带他到阳台上去。给我吧,让我拿着它。"赛耶斯从飞机货舱里拿出一只红箱。"所以这几天你感觉如何?"

"老实说,相当可怕。"

他们一起穿过停机坪朝英国航空公司的航站楼走去。走到一半时,新闻记者打的光熄灭了。在突然到来的昏暗中,人群发出了愉快的呻吟。他们开始向出口移动。赛耶斯说:"有一辆大巴可以载我们回唐宁街。天知道要花多少时间。"

在拥挤的航站楼里,意大利大使和法国大使正在与大法官和陆军大臣交谈。赛耶斯出去查看大巴的情况。莱格特留在后面看着红箱。疲惫不堪的他在一张长椅上坐下,他的上方是飞往斯德哥尔摩的航班的广告海报。海关服务台旁边有一个电话亭。他不知道是否应该给帕梅拉打电话,让她知道自己已经着陆了。一想到她的声音和她的那些问题,他就感到沮丧。通过巨大的平板玻璃窗,他可以看到第二架洛克希德飞机上的乘客三三两两地走进航站楼。约瑟夫·霍纳爵士被夹在两个警探中间。琼正和安德森小姐一起走,一只手拿着手提箱,另一只手拿着便携式打字机。她一看见莱格特就朝他的方向走来。

"莱格特先生!"

"真的,琼,看在上帝的分上,叫我休吧。"

"好的,休。"她在他旁边坐下,点了一支烟。"这一切都太恐怖了。"

"是吗?"

"是的,我想是的。"她转过身来面向他并上下打量着他。她的目光是坦率的。"我想在我们离开慕尼黑之前找你,但你已经走了。我有一个小小的坦白要做。"

"怎么了?"她很漂亮,但他没有心情调情。

她狡黠地靠了过来。"我只告诉你,休。我并不完全是我表现出来的那种人。"

"不是吗?"

"我不是。事实上,我扮演了某种守护天使般的角色。"

现在她开始让他心烦了。他环视了一下航站楼。大使们还在和大臣谈话。赛耶斯在电话亭里,大概是想找到他们的大巴。莱格特疲惫地说:"你到底想说什么?"

她把手提箱拖到膝盖上。"孟席斯上校是我的叔叔。更确切地说,他是我远房表弟的父亲,他喜欢让我跑腿。事实上,我之所以被派往慕尼黑,不仅是因为我有堪称精湛的打字技术,还因为我负责监视你。"她啪的一声打开行李箱,从她叠得整整齐齐的内衣下面取出备忘录。它还在原来的信封里。"半夜你和你的朋友离开后,为了安全起见,我从你的房间里把它拿走了。真的,休——

顺便说一句，我喜欢你的名字，它很适合你——真的，休，感谢上帝我做了这样的事。"

*

哈特曼对他继续享有自由的事实感到难以置信。当他那天下午离开元首行馆赶往机场时，当他后来在外交部的特许下坐在容克斯客机的机舱里准备回家时，特别是当他那天晚上降落在滕珀尔霍夫机场时——实际上在他返回柏林的每一个阶段——他都觉得自己马上就会被逮捕。但是，没有任何人的手伸出来抓住他的胳膊，没有便衣警察突然跳出与他发生肢体冲突，也没有"哈特曼先生，请跟我们走一趟"。实际上，他没受任何干扰地穿过航站楼，来到了打车区。

星期五晚上，城里到处都是狂欢者，享受着这意料之外的和平氛围。他不再像在慕尼黑时那样鄙视他们了。每个人都举起酒杯，每个人都面带微笑，每个人都搂着自己的爱人。在他看来，这是一种反对现有政权的姿态。

她的公寓门铃响了好一段时间，却仍然无人应答。他快要放弃了。但这时，他听到锁眼转动的声音。门开了，她就站在那儿。

晚上稍晚的时候，她说："总有一天他们会绞死你的——你知道的，对吗？"

当时，他们面对面地靠坐在浴缸的两端。她点燃了一支蜡烛。从敞开的浴室门外传来外国电台播放爵士乐的声音。

"为什么要这么说？"

"因为他们在放走我之前是这么告诉我的。'离他远点，温特太太。这是我们的忠告。我们知道他是什么人。他也许认为今天逃脱了，但最终我们会抓住他。'他们在谈论这件事时非常客气。"

"你又说了什么？"

"我感谢他们的警告。"

他笑了，伸出他那两条长得出奇的腿。水溅到了地板上。他能感觉到她光滑的皮肤。她是对的。他们是对的。他们总有一天会把他绞死。确切地说，1944年8月20日，在普勒岑湖监狱，他们会用一段钢琴弦绞死他。即使他无法准确描述自己的命运，他也能感觉到它。但是在那之前，他得活着，还有一场战斗要打，还有值得为之献身的事业要完成。

*

莱格特终于在晚上10点被放回家。克莱弗利告诉他，他没有必要等内阁会议结束，赛耶斯会处理红箱，而他应该在周末好好休息一下。

莱格特从唐宁街10号走出，穿过满是庆祝人群的街道。全城都燃放了烟火，它们的火光照亮了天空。

楼上的窗户一片漆黑。孩子们一定睡着了。他把钥匙插进锁眼，把手提箱放在门厅。他能看见客厅里亮着灯。他一进室内，帕梅拉就把书放在一边。"亲爱的！"她跳起来，伸出双臂搂住了他。他们有一分多钟没有说话。最后，她放开手，捧起他的脸。她在他的眼睛里搜寻着。她说："我太想你了。"

"你怎么样？孩子们好吗？"

"你回家后我们会更好。"

她开始解开他外套的扣子。他抓住她的手。"不，不用了。我不在家里过夜。"

她向后退了一步。"你还得回去工作吗？"这不是批评，听起来更像是一种期待。

"不，不是工作。我先上楼去看看孩子们。"

家里太小了，孩子们共用一个房间。约翰有一张床。黛安娜还躺在婴儿床里。孩子们睡着时的安静总是让他惊奇。在落地灯的光线下，他们一动不动地躺在半明半暗的房间中，嘴微微张开。他摸了摸他们的头发。他想吻他们，但又不敢，怕会吵醒他们。防毒面具的目镜从五斗橱顶上望着他。他轻轻地把门关上。

当他下楼走进客厅时，帕梅拉背对着他。她转过身来，没有哭泣。多愁善感从来不是她的风格。他对此很感激。她平静地说："你要去多久？"

"我就在俱乐部过夜。我明早再回来。我们到时候再谈。"

"你知道，我能改的，只要你希望我改。"

"一切都得改，帕梅拉。你，我，所有的一切。我一直在想我可能该辞去这份工作。"

"那你要去做什么？"

"你不会嘲笑我吧？"

"让我先听听。"

"在回英国的航班上，我想我可能会加入皇家空军。"

"但刚刚我还听到张伯伦在广播中对唐宁街的人群说，我们这代人的和平到来了。"

"他不应该那样做。他一说出来就后悔了。"据邓格拉斯说，张伯伦夫人说服了他，她是他永远无法拒绝的人。

"那么，你认为还会有一场战争？"

"我敢肯定。"

"那这一切究竟是怎么回事——这一切希望，一切庆祝活动？"

"这只是一种止痛剂。我不怪民众。当我看着孩子们时,我自己也会这么想。但事实是,我们为未来埋下了一根绊绳,但希特勒迟早会跨过它。"他吻了吻她的脸颊。"明早见。"

她没有说话。他拿起手提箱,走进外面的黑夜。史密斯广场上有人在放烟火。在花园里他能听到欢乐的呼喊。古老的建筑在瀑布般的火花中断断续续地闪烁着,然后又回到黑暗里。

致　谢

这本小说源于我对《慕尼黑协定》的极致痴迷，这种痴迷可以追溯到三十多年前。我要感谢 Denys Blakeway，1988 年我与他一起制作了 BBC 纪录片《上帝保佑你，张伯伦先生》(*God Bless You, Mr Chamberlain*)，以纪念慕尼黑会议召开五十周年。从那时起，我们两人一直对这个话题保持着一定程度的迷恋。

在德国，我在 Heyne Verlag 出版社的朋友 Patrick Niemeyer 和 Doris Schuck 帮我安排了前往慕尼黑的调研。我尤其要感谢 Alexander Krause 博士，在他专业的引导下，我们参观了曾经的元首行馆，现在的慕尼黑音乐表演艺术学院（他是该学院的院长）。同时我还要感谢巴伐利亚州内政部允许我参观希特勒在摄政王广场的故居，这里现在被改建成了警察总局。

在英国，我要感谢唐宁街 10 号的政治秘书 Stephen Parkinson 和外交部首席历史学家 Patrick Salmon 教授。

我又一次有幸能从四位精明的"第一读者"的建议和支持中受益。感谢伦敦 Hutchinson 出版社的编辑 Jocasta Hamilton。感谢纽约 Knopf 出版社的 Sonny Mehta。感谢我的德语翻译 Wolfgang Müller。和往常一样，我还要向我的妻子 Gill Hornby 致以最深切的感谢。

我要感谢以下作品的贡献：John Charmley, *Chamberlain and the Lost Peace*; Jock Colville, *The Fringes of Power*：*Downing Street*

Diaries 1939–1955; David Dilks (editor), *The Diaries of Sir Alexander Cadogan*; Max Domarus, *Hitler: Speeches and Proclamations, 1935–1938*; David Dutton, *Neville Chamberlain*; David Faber, *Munich 1938: Appeasement and World War II*; Keith Feiling, *The Life of Neville Chamberlain*; Joachim Fest, *Albert Speer: Conversations with Hitler's Architect*; Joachim Fest, *Plotting Hitler's Death: The German Resistance to Hitler 1933–1945*; Hans Bernd Gisevius, *To the Bitter End*; Paul Gore-Booth, *With Great Truth and Respect*; Sheila Grant Duff, *The Parting of the Ways*; Ronald Hayman, *Hitler and Geli*; Nevile Henderson, *Failure of a Mission*; Peter Hoffmann, *German Resistance to Hitler*; Peter Hoffmann, *The History of the German Resistance 1933–1945*; Peter Hoffmann, *Hitler's Personal Security*; Heinz Höhne, *Canaris*; Lord Home, *The Way the Wind Blows*; David Irving, *The War Path*; Otto John, *Twice Through the Lines*; *The Memoirs of Field Marshal Keitel*; Ian Kershaw, *Making Friends with Hitler: Lord Londonderry and Britain's Road to War*; Ivone Kirkpatrick, *The Inner Circle*; Alexander Krause, *No. 12 Arcisstrasse*; Klemens von Klemperer (editor), *A Noble Combat: The Letters of Sheila Grant Duff and Adam von Trott zu Solz 1932–1939*; Valentine Lawford, *Bound for Diplomacy*; Giles MacDonogh, *1938: Hitler's Gamble*; Giles MacDonogh, *A Good German: Adam von Trott zu Solz*; Andreas Mayor (translator), *Ciano's Diary 1937–1938*; Harold Nicolson, *Diaries and Letters, 1930–1939*; John Julius Norwich (editor), *The Duff Cooper Diaries*; NS-Dokumentationszentrum, München, *Munich and National Socialism*; Robert Rhodes James (editor), *Chips: The Diaries of Sir Henry Channon*; Richard Ollard (editor), *The Diaries of A. L. Rowse*; Richard Overy, with Andrew Wheatcroft, *The Road to War*; David Reynolds, *Summits: Six Meetings that Shaped the Twentieth Century*; Andrew Roberts, *'The Holy Fox': A Biography of Lord Halifax*; Paul Schmidt, *Hitler's Interpreter*; Robert Self, *Neville Chamberlain*; Robert Self (editor), *The Neville Chamberlain Diary Letters, Volume Four*; William L. Shirer, *Berlin Diary*; Reinhard Spitzy, *How We Squandered the Reich*; Lord Strang, *Home and Abroad*; Despina Stratigakos, *Hitler at Home*; Christopher Sykes, *Troubled Loyalty: A Biography of Adam von Trott*; A. J. P. Taylor, *The Origins of the Second World War*; Telford Taylor, *Munich: The Price of Peace*; D. R. Thorpe, *Alec Douglas-Home*; Daniel Todman, *Britain's War: Into Battle 1937–1941*; Gerhard L. Weinberg, *The Foreign Policy of Hitler's Germany, 1937–1939*; Ernst von Weizsäcker, *Memoirs*; Sir John Wheeler-Bennett, *The Nemesis of Power: The German Army in Politics 1918–1945*; Stefan Zweig, *The World of Yesterday: Memoirs of a European*.

图书在版编目(CIP)数据

慕尼黑 / (英) 罗伯特·哈里斯 (Robert Harris) 著;王林菁译. -- 北京:社会科学文献出版社,2020.9

书名原文:Munich
ISBN 978 - 7 - 5201 - 6794 - 9

Ⅰ.①慕… Ⅱ.①罗… ②王… Ⅲ.①间谍小说 - 英国 - 现代 Ⅳ.①I561.45

中国版本图书馆 CIP 数据核字(2020)第 102723 号

慕尼黑

著　者 / 〔英〕罗伯特·哈里斯(Robert Harris)
译　者 / 王林菁

出 版 人 / 谢寿光
组稿编辑 / 董风云
责任编辑 / 廖涵缤
文稿编辑 / 彭　媛

出　　版 / 社会科学文献出版社·甲骨文工作室(分社) (010)59366527
　　　　　　地址:北京市北三环中路甲29号院华龙大厦　邮编:100029
　　　　　　网址:www.ssap.com.cn

发　　行 / 市场营销中心 (010)59367081　59367083
印　　装 / 北京盛通印刷股份有限公司

规　　格 / 开　本:787mm×1092mm　1/16
　　　　　　印　张:10.25　字　数:232千字
版　　次 / 2020年9月第1版　2020年9月第1次印刷
书　　号 / ISBN 978 - 7 - 5201 - 6794 - 9
著作权合同
登 记 号 / 图字01 - 2017 - 9454号
定　　价 / 59.00元

本书如有印装质量问题,请与读者服务中心(010 - 59367028)联系

▲ 版权所有 翻印必究